百年乡愁

中国乡土小说经典大系 17

张丽军 主编

小鲍庄
——当代沪浙乡土小说

山东城市出版传媒集团·济南出版社

图书在版编目（CIP）数据

小鲍庄：当代沪浙乡土小说/张丽军主编.—济南：济南出版社,2023.6
（百年乡愁：中国乡土小说经典大系）
ISBN 978-7-5488-5736-5

Ⅰ.①小… Ⅱ.①张… Ⅲ.①乡土小说–小说集–中国–当代 Ⅳ.①I247.7

中国国家版本馆CIP数据核字（2023）第113701号

小鲍庄——当代沪浙乡土小说
XIAOBAOZHUANG

张丽军/主编

出 版 人	田俊林
责任编辑	刘召燕　苗静娴
装帧设计	郝雨笙　张　倩
出版发行	济南出版社
地　　址	山东省济南市二环南路1号（250002）
编辑热线	0531-86131722
发行热线	0531-86116641　87036959　67817923
印　　刷	济南龙玺印刷有限公司
版　　次	2023年6月第1版
印　　次	2023年7月第1次印刷
成品尺寸	145毫米×210毫米　32开
印　　张	10.75
字　　数	212千
定　　价	58.00元

（济南版图书，如有印装质量问题，请与出版社出版部联系调换。电话：0531-86131736）

编委会

主　编　张丽军

副主编　田振华

编　委（以姓氏笔画为序）

丁　帆　马　兵　王方晨　王光东　王延辉　田振华
付秀莹　丛新强　刘玉栋　刘醒龙　李　勇　李云雷
李君君　李掖平　吴义勤　何　平　张　炜　张丽军
陈文东　陈继会　赵月斌　赵德发　贺仲明　徐　勇
徐则臣　蒋述卓

本书部分文字作品稿酬已向中国文字著作权协会提存，敬请相关著作权人联系领取
电话：010-65978917，传真：010-65978926，E-mail：wenzhuxie@126.com

总　序

记录百年中国乡愁　传承千年根性文化

面对急剧迅猛的乡土中国城市化、现代化、高科技化浪潮，我们惊讶地发现，曾被认为千年不变、"帝力于我何有哉"的中国乡村根性文化正面临着从根源深处的整体性危机。"谁人故乡不沦陷？"千百年来，孕育和滋养乡土中国文化、文明的乡村及其根性文化正以某种加速度的方式消逝，甚至被连根拔起。这不仅是乡土中国城市化、现代化的问题，而且是一个全球化、人类性的整体危机。早在20世纪60年代，法国社会学家孟德拉斯就提出，在工业文明入口处，数十亿农民向何处去的问题。而在1948年，中国学者费孝通就在《乡土重建》中提出传统的乡土社会所面临的现代性失血危机，进而提出了"乡土重建"的深邃思考。显然，在21世纪的今天，思考乡村、乡土、农业、农民乃至整体性人类向何处去的问题，显得无比重要而迫切。

作为一个从事乡土文学研究二十多年的研究者，我在苦苦思考：中国乡土文学向何处去？乡土中国社会向何处去？乡土中国农民向何处去？新时代乡村如何振兴？……苦苦思考之后，我突然意识到，既然看不清去处，何不回顾自己的来路？未来的道路，并不是冥思苦想来的，而是从过去的来路而来。历史的来路，决定了我们未来的去处，即未来的去处正蕴藏在历史来路之中。这让我重新思考百年中国乡土文学，重新回顾晚清以来中国仁人志士的文化选择和文学审美思考，乃至从更远的历史、文学中寻找智慧和启示。正是在这样一种文化思考中，我与济南出版社不谋而合，立志从众多乡土中国文学中选编一套"中国乡土小说经典大系"，来为21世纪的新一代中国青年提供一个关于百年乡土中国心灵史的文学路线图，慰藉那些因完整意义的乡土中国乡村消逝而无从获得纯粹乡土中国体验的21世纪中国读者。此外，从中汲取智慧和灵感推进新时代中国乡村振兴，也是本套丛书的应有之义。简单归纳之，《百年乡愁：中国乡土小说经典大系》（以下简称"大系"）具有以下特点：

一是强烈的经典意识。文学、文化的传承与经典的建构是由一个个经典化的环节与步骤完成的。从古代文学的"选本"，到20世纪中国新文学大系，在中国文学经典化中，"选本"文化起到了某种极为重要的，乃至核心的作用，为经典化提供了不同时代不断接续的核心动力源。本套"大系"选编了现当代文学史中具有重要影响的作家作品，力图使"大系"具有乡土中国现代化思想史的重要功能，展现中华民族的百年心灵史。

二是浓郁的地方气息。乡土文学是最接地气的文学，是"土气息、泥滋味"的文学，是由不同地域文化包孕、滋养的文学，又是最能显现和表达乡土中国各个地方独特文化的审美形态的文学。本套"大系"就是百年中国各地民俗文化最大、最美、最迷人的表达。齐鲁、燕赵、三秦、三晋、江南、东北、西北、岭南等不同地域的文化，在本套"大系"中得到了较完整的展现。从这个意义上而言，本套"大系"既是一部百年中国民俗文化史，也是一部最精彩的地方文化志。

三是典雅的审美意识。文学是审美的艺术。言之无文，行而不远。文学性、审美性是文学的自然属性。文学应该是美的，是诗，是生命舒展的自由吟唱。正是在这个审美维度上，我们来选编百年乡土中国小说，让读者、研究者在美的文字诗意流动中获得对千年中国乡村根性文化之美的感悟，从而思考人与自然、人与大地、人与世界的精神建构问题。因此，本套"大系"是"乡土中国最后的抒情诗"，是千年乡土中国根性文化的当代吟唱，是具有深厚乡土生命体验的文化乡愁。

乡愁是感伤的，是一种甜蜜优美的感伤。不是每个人都有乡愁的。乡愁是一种深厚的文化情怀，是对大地、故乡、世界的一种深刻的生命眷恋。而《百年乡愁：中国乡土小说经典大系》就是让我们这些具有乡土中国完整经验的最后一代人，以文化传承的方式，把这种纯粹、完整、具有审美意义的文化乡愁，传递给21世纪中国青年，乃至未来的中国青年。我们曾有过这样一种乡土生活，这样一种乡土中国乡村根性文化——这就是我们的文化根基、我们的精神基因，它蕴含未来的路径和种种可能性。

我们常言，越是民族的，就越是世界的。而我想说的是，越是地方的，越是中国的，也越是世界的。中华文化是一个整体，是由一个个具有地方文化特性的地域文化组成的，是千百年来文化交融凝聚而成的。地方性文化的丰富和多样，恰恰是中华文化的活力与魅力所在。《百年乡愁：中国乡土小说经典大系》就具有鲜明的、浓郁的地方性文化特征，不同地域的读者不仅可以从中读到自己家乡的影子，而且可以由一个个乡土文化而建立起丰富、感性、美美与共的中华文化世界。

本套"大系"适合研究乡土文学文化的学者、学生阅读，也适合对中华文化、地域文化感兴趣的读者阅读。事实上，这套"大系"对于世界各国读者而言，是理解和思考千年中国根性文化、百年中国社会变迁的最佳读本，是具有世界性意义、最接中国地气、最具中国民俗文化气息的文学读本。

是为序。

张丽军

2023年7月1日凌晨于暨南园

导 读

随着城市化进程的推进，农民进城突显了农村与城市之间的对比。王安忆、滕肖澜、朱文颖、李杭育、张弦、张抗抗、余华、艾伟等作家以此为题材创作了许多带有地域色彩的乡土小说，他们的作品展示了城市化进程中农村和城市的独特面貌。

王安忆的小说多以平凡的小人物为主人公，非常注重挖掘平凡生活中的不平凡经历与情感。她创作了长篇小说《长恨歌》、中短篇小说《本次列车的终点》《忧伤的年代》《海上繁华梦》等。王安忆的《小鲍庄》立足于乡村世界，以她早期在安徽插队的经历为创作素材，讲述了小鲍庄的仁义之子捞渣的故事。

滕肖澜，1976年10月出生于上海，2001年开始创作。她偏爱从日常生活中挖掘素材，她笔下的人物大多是上海人。本卷收录的《美丽的日子》讲述的便是两个女人的故事，写出了上海人的那一点小算计，自信又自卑，以及上饶人的那股子不屈不挠的心劲，可敬又可怜。

朱文颖生于上海，是中国"七十年代后出生"的代表性作家之一，于20世纪90年代末开始小说创作，发表了长篇小说《莉莉姨妈的细小南方》，中短篇作品《繁华》《浮生》《凝视玛丽娜》等。本卷收录的《小芋去米村》讲述了一个关于寻找的故事。

李杭育，1957年出生。20世纪80年代中期，"寻根文学"崛起于当代文坛，李杭育的小说《最后一个渔佬儿》是其中一篇代表作。小说通过对葛川江风土人情的描绘，塑造了一个朴实、固执而且带着点原始浪漫与狡猾的渔佬儿形象。在整个社会受到工业文明的巨大冲击之时，他仍然迷恋着传统的、古朴的生存状态。

张弦，1934年出生于上海，1955年开始创作。他善于在激越的社会漩流中、于婚姻爱情的纠葛里，塑造各种类型的女性形象。他对生活的底蕴开掘得深，艺术上追求于诚挚、和谐、平实中见深刻的风格。本卷收录的《被爱情遗忘的角落》讲述了母女两代人三个女性在不同时期的爱情和婚姻。

张抗抗，1950年出生于浙江杭州，1972年开始创作。进入20世纪90年代，她对人物的理解有了新的认识，创作过一批展示"进城"的"乡下人"精神世界的小说，如《寄居人》《钟点人》《工作人》等。本卷所选录的《工作人》即从"乡下人"梁百川的叙述视角入手，从进城的乡下人的生命体验出发，展现在经济体制转轨的大背景下城市与乡村生存方式的碰撞，以及乡下人辗转于城乡之间价值观念的流变和精神的焦灼。

艾伟，1966年出生于浙江，著有长篇小说《风和日丽》《盛夏》，小说集《乡村电影》《水上的声音》等，其作品多充满人性关怀。

目录

百年乡愁：中国乡土小说经典大系

小鲍庄 / 王安忆　001

美丽的日子 / 滕肖澜　111

小芊去米村 / 朱文颖　168

最后一个渔佬儿 / 李杭育　179

被爱情遗忘的角落 / 张弦　198

工作人 / 张抗抗　221

乡村电影 / 艾伟　312

长篇存目　325

后记　326

小鲍庄

/// 王安忆

引子

七天七夜的雨,天都下黑了。洪水从鲍山顶上轰轰然地直泻下来,一时间,天地又白了。

鲍山底的小鲍庄的人,眼见得山那边,白茫茫地来了一排雾气,拔腿便跑。七天的雨早把地下湿了,一脚下去,直陷到腿肚子,跑不赢了。那白茫茫排山倒海般地过来了,一堵墙似的,墙头溅着水花。

茅顶泥底的房子趴了,根深叶茂的大树倒了,玩意儿似的。

孩子不哭了,娘儿们不叫了,鸡不飞,狗不跳,天不黑,地不白,全没声了。

天没了,地没了。鸦雀无声。

不晓得过了多久，像是一眨眼那么短，又像是一世纪那么长，一根树浮出来，划开了天和地。树横漂在水面上，盘着一条长虫。

还是引子

小鲍庄的祖上是做官的，龙廷派他治水。用了九百九十九天时间，九千九百九十九个人工，筑起了一道鲍家坝，围住九万九千九百九十九亩好地，倒是安乐了一阵。不料，有一年，一连下了七七四十九天的雨，大水淹过坝顶，直泻下来，浇了满满一洼水。那坝子修得太坚牢，连个去处也没有，成了个大湖。

直过了三年，湖底才干。小鲍庄的这位先人被黜了官。念他往日的辛勤，龙廷开恩免了死罪。他自觉对不住百姓，痛悔不已，扪心自省又实在不知除了筑坝以外还有什么别的做法，一无奈何。他便带了妻子儿女，到了鲍家坝下最洼的地点安家落户，以此赎罪。从此便在这里繁衍开了，成了一个几百口子的庄子。

这里地洼，苇子倒长得旺。这儿一片，那儿一片，弄不好，就飞出蝗虫，飞得天黑日暗。最惧怕的还是水，唯一可做的抵挡便是修坝。一铲一铲的泥垒上去，眼见那坝高而且稳当，心理上也有依傍。天长日久，那坝宽大了许多，后人便叫作鲍山，而被鲍山环围的那一大片地，人们则叫作湖。因此别处都说"下地做活儿"，此地却说"下湖做活儿"。山不高，可是地洼，山把地围得紧。那鲍山把山里边和山外边的地方隔远了。

这已是传说了，后人当作古来听，再当作古讲与后人，倒也一代传一代地传了下来,并且生出好些枝节。比如:这位祖先是大禹的后代,于是,一整个鲍家都成了大禹的后人。又比如:这位祖先虽是大禹的后代,却不得大禹之精神——娶妻三天便出门治水,后来三次经过家门却不进家。妻生子,禹在门外听见儿子哭声都不进门。而这位祖先则在筑坝的同时,生了三子一女。由于心不虔诚,过后便让他见了颜色。自然,这就是野史了,不足为信,听听而已。

一

鲍彦山家里的,在床上哼唧,要生了。队长家的大狗子跑到湖里把鲍彦山喊回来。鲍彦山两只胳膊背在身后,夹了一杆锄子,不慌不忙地朝家走。不碍事,这是第七胎了,好比老母鸡下个蛋,不碍事,他心想。早生三个月便好了,这一季口粮全有了,他又想。不过这是做不得主的事,再说是差三个月,又不是三天,三个钟点,没处懊恼的。他想开了。

他家门口已经蹲了几个老头。还没落地,哼得也不紧。他把锄子往墙上一靠,也蹲下了。

"小麦出得还好?"鲍二爷问。

"就那样。"鲍彦山回答。

屋里传来呱呱的哭声,他老三家里的推门出来,嚷了一声:"是个小子!"

"小子好。"鲍二爷说。

"就那样。"鲍彦山回答。

"你不进来瞅瞅?"他老三家里的叫她大伯子。

鲍彦山耸了耸肩上的袄,站起身进屋了。一会儿,又出来了。

"咋样?"鲍二爷问。

"就那样。"鲍彦山回答。

"起个啥名?"

鲍彦山略微思索了一下:"大号叫个鲍仁平,小名就叫个捞渣。"

"捞渣?!"

"捞渣。这是最末了的了,本来没提防有他哩。"鲍彦山惭愧似的笑了一声。

"叫是叫得响,捞渣!"鲍二爷点头道。

他老三家里的又出来了,冲着鲍彦山说:"我大哥,你不能叫我大嫂吃芋干面坐月子。"说完不等回答,风风火火地走了,又风风火火地来了,手里端着一臽小麦面,进了屋。

"家里没小麦面了?"鲍二爷问。

鲍彦山嘿嘿一笑:"没事,这娘们吃草都能变妈妈。"此地,把奶叫作了妈妈。

大狗子背了一箕草从东头跑来:"社会子死了!"

东头一座小草屋里,传出鲍五爷哼哼唧唧的哭声,挤了一屋老娘们,吸吸溜溜地抹眼泪甩鼻子。

"你这个老不死的,你咋老不死啊!你咋老活着,活个没完,活个没头。你个老绝户活着有个啥趣儿啊!"鲍五爷咒着自个儿。

他唯一的孙子直挺挺地躺着,一张脸蜡黄。上年就得了干痨,一个劲儿地吐血,硬是把血呕干死的。

"早起喝了一碗稀饭,还叫我,'爷爷,扶我起来坐坐'。没提防,就死了哩!"鲍五爷跺着脚。

老娘们抽搭着。

队长挤了进来,蹲在鲍五爷身边开口了:

"你老别忒难受了,你老成不了绝户,这庄上,和社会子一辈的,仁字辈的,都是你的孙儿。"

"就是。"

"就是啊!"周围的人无不点头。

"小鲍庄谁家锅里有,就少不了你老碗里的。"

"我这不成吃百家饭的了嘛!"鲍五爷又伤心。

"你老咋尽往低处想哇,敬重老人,这可不是天理常伦嘛!"

鲍五爷的哭声低了。

"现在是社会主义,新社会了。就算倒退一百年来说,咱庄上,你老见过哪个老的,没人养饿死冻死的!"

"就是。"

"就是啊!"

鲍五爷抑住啼哭:"我是说,我的命咋这么狠,老娘们,儿子,孙子,全叫我撵走了……"

"你老别这么说,生死不由人。"队长规劝道。鲍五爷这才渐渐地缓和了下来。

二

鲍山那边,有个小冯庄,庄上有个大闺女,叫小慧子。一九六〇年,跟着她大往北边要饭,一去去了二三年。回来时,她大没了,却多了个二岁的小小子,说是路边上拾来的。她就叫他拾来,他就叫她大姑。于是,渐渐地,一庄子人都改口叫大姑了。大姑一辈子没嫁人,守着拾来过。大姑疼拾来,疼亲儿似的。拾来吃稠的,大姑喝稀的;拾来穿新的,大姑穿补的。只见大姑对拾来翻过一次脸,倒也不是为什么大事。拾来不知从哪翻出个货郎鼓,坐在门口摇着耍,大姑劈手夺过去,给了他一耳巴子。多少好东西叫拾来糟蹋了,大姑也不心疼,也不知这货郎鼓是金打的,还是银打的。倒是有些蹊跷。还有一桩蹊跷事。有一天,几个媳妇姊妹坐在一堆晒太阳纳鞋底,拾来走过来,一头钻进大姑怀里,伸手就掀她的褂子前襟。大姑脸变了,推开拾来,站起身拾了板凳就朝家走,留下拾来呆站着。媳妇们逗拾来:

"想吃妈妈?找你娘去,这是你姑啊!"

拾来扁扁嘴,要哭又没哭。

渐渐地,庄上传出一个怪话,说的什么怪话,从不叫大姑听见,倒是常常有人去问拾来:

"拾来,你大姑那货郎鼓找来让我耍耍可管?"

"拾来,你大姑的妈妈你吃过吗?"

"拾来，你大姑……"

拾来虽小，却晓得问的不是好话，倒不回去向大姑学嘴，只是一味地沉默。问的人便越发觉着蹊跷，越发地要问。

拾来阴沉沉地看着他，然后一声不作地走了。于是，人们更加觉着这一大一小共同保守着一个什么秘密。而拾来则变得孤寂起来，尽力躲着人，和一切人疏远着，只与他大姑接近。

就这样，大姑带着拾来过。到如今，大姑老了，没人上门提亲了；拾来大了，长得又高又大，堂堂一条汉子，干活拿九分五的工了。住的还是大姑她大盖的那间小屋，快趴到地底下去了，拾来要弯下腰才能进门。屋里黑洞洞的，一眼两块砖大的窗，冬天塞团草，夏天把草投了。灶底下是张案板，案板边上是一张床，床板上一领凉席，凉席上一个枕头一条被。拾来大了，一头睡不下了，大姑缝了个布口袋，塞进麦穰，又做了个枕头。一人一头睡。大姑抱着拾来的脚丫子睡，拾来的脚丫子一直伸到大姑暖暖的怀里，心里才觉着踏实，不一会儿就睡过去了。

初春的夜里，拾来觉着有点燥热，忽然睡不着了。一双脚搁在大姑的怀里，暖暖的，软软的。他轻轻地动了一下脚趾头，脚趾头碰到了一个更加柔软的地方，他头皮麻了一下，不敢再动了。他听见了自己的心跳。风吹进窗洞，窗洞里的草吱啦啦轻响了一下。他试探着又动了一下脚，想离那柔软远一些，不料他的脚在那柔软暖和中陷得更深了。拾来这才发现，他的脚是在一个温暖的峡谷里。这双脚已经在这峡谷里沉睡了十五年了。他感觉到那峡谷最底层,最深处,有一颗心在跳动。风吹进窗洞,轻轻地响了一声。

第二天早起,拾来眼皮子耷拉着喝稀饭,不吭一声。大姑问他:

"怎么啦?哪儿不好过?"

他不说话。

大姑去摸他的脑门。

他一扭头,让开了。

中午,大姑烧开了锅,才见他扛了个凉床架子回来了。问他从哪扛来的,他不吱声,闷着头,扯绳子网床。

夜里,他自个儿睡在凉床上,枕着枕头,裹着一床破棉絮,缩成了一团,直到下半夜才慢慢伸展开来。他梦见自己的一双脚又搁进了温和的峡谷里,岂不知大姑把棉被给他盖上,自己和衣蜷了一宿。

三

鲍仁文缠定了老革命鲍彦荣,要了解他的生平,以著成一部长篇小说。题目已经起定,就叫作《鲍山儿女英雄传》。老革命这一生尽管有过几日峥嵘岁月:跟着陈毅的队伍打了好几个战役,可谓是九死一生,眼下每月还从民政局领取几元津贴,可他极不善于总结自己,也一无自我荣耀的欲望。他最关心的是一家六七张口,如何填得满。见了鲍仁文成天拿了个本本问那早已作了古的事，而且问了一遍又一遍，心下早已烦了。想起身而去，又经不住鲍仁文烟卷的笼络。十分地折磨。

"我大爷，打孟良崮时，你们班长牺牲了，你老自觉代替班长，领着战士冲锋。当时你老心里怎么想的？"鲍仁文问道。

"屁也没想。"鲍彦荣回答道。

"你老再回忆回忆，当时究竟怎么想的？"鲍仁文掩饰住失望的表情，问道。

鲍彦荣深深地吸着烟卷："没得工夫想。脑袋都叫打昏了，没什么想头。"

"那主动担起班长的职责，英勇杀敌的动机是什么？"鲍仁文换了一种方式问。

"动机？"鲍彦荣听不明白了。

"就是你老当时究竟是为什么，才这样勇敢？是因为对反动派的仇恨，还是为了家乡人民的解放……"鲍仁文启发着。

"哦，动机。"他好像懂了，"没什么动机，杀红了眼。打完仗下来，看到狗，我都要踢一脚，踢得它嗷嗷的。我平日里杀只鸡都下不了手，你大知道我。"

"这是一个细节。"鲍仁文往本子上写了几个字。

"大文子，你赔了这么多工夫，还搭上烟卷，是要干啥哩？"他动了恻隐之心，关切地问道。

"我要写小说。"鲍仁文回答他。

"小说？"

"就是写书。"

"是民政局让你写的?"

"不是。"

"是公社要你写的?"

"不是。"

"那是给谁写的呢?"

问到了文学的目的,鲍仁文作难了。这是历代多少大文豪争辩不清的问题,他小小的鲍仁文作何回答。他只草草地说了一句:"我自己想写呢!"

"写成书能得钱吗?"老革命锲而不舍地问道。

"没得钱。'文化大革命'了,稿费取消了。"鲍仁文耐着性子解释道。

"那你图啥?"又回到了"文学的目的"的问题上。

鲍仁文不再回答,只是微笑了一下,笑得有点忧郁。停了一会儿,他又问:

"我大爷,你老再说说涟水战役可管?"

鲍彦荣沉默了一会儿,从兜里摸出烟袋。

"你老吸这个。"鲍仁文递上烟卷。

"我还是吸这个过瘾。"鲍彦荣执意不接受烟卷,他忽然觉着自己在小辈面前做得有点不体面。

鲍仁文只得自己点了一支吸起来。

烟雾缭绕着一盏油灯,一点火光跳跃着,把人的影子投在墙上，鬼似的乱扭着。

影子在霉湿的墙上扭着，忽而缩小，忽而扩张起来，包围住整间屋子。人坐在影子底下，渺小得很。

"我要写一本书。"他心想。他在县中念了二年，晓得苏联有个高尔基，没上过一天学堂，结果成了大作家；他有一本《创业史》，听说那作家是在乡里的；他有一本《林海雪原》，听说那作家是个行伍出身，不识几个字的……古今中外，无穷的事实证明，作家是任何人都能做得的，只要勤奋。"勤奋出天才"，他写在自家床上。

他没日没夜地写着，写在中学里没用完的练习本上，写了有几厚本了。他大他娘要给他说媳妇，他也拒绝了。先著书，后成家，这也是他的座右铭，记在了心里。

人家叫他"文疯子"，这里有着几重的意思。一是他的名字叫仁文；二是他这个疯子是文的，而不像鲍秉德家里的，是武的，耍起疯来几个男人也弄不了她；三是这"文疯子"的"文"里还有着一层"文章"的意思。

面对大家善意的讥讽，他不动声色，心里想着他记在本子上的又一句话："鹰有时飞得比鸡低，而鸡永远也飞不到鹰那么高。"

四

牛棚里，孤老头子鲍秉义坐在凉床上，唱花鼓戏：

"关老爷门口字两行，古人又留下劝人方。这一字出马一杆枪,二字上横短来下横长。三字立起来像川字,四字好比四堵墙……"老革命鲍彦荣目不转睛地看着他,听得出神。

鲍彦山家老大建设子替他喂牛,铡齐的麦秸子填进槽,唰啦啦地响。

鲍秉义打小跟一个戏班子唱戏,卖过嘴,叫族里人瞧不起。老了,回来了。孤身一人去,孤身一人回。问他在外成过家吗?他微微一摇头。有多事的人,给他说过几回寡妇,他还是微微一摇头。

后来,传出一个怪话,说他在戏班子里,和那挂头牌的女角儿相好了,那女戏子又把他甩了。还有个怪话,说他对东头鲍彦川家里的有点意思。鲍彦川死了有四年了,他家里的拖了四个孩子,再嫁也是难。只不过,都是一族里的,论起辈分来,鲍彦川家里的该叫鲍秉义叔,是想也不敢想的。

如今,他单身一人,就让他喂牛,住在牛棚,他有落脚处了,牛也有照应了。

虽瞧不起他干的那行当,可大人小孩都爱听他唱,都叫他作唱古的。一段曲儿能唱遍上下五千年的英雄豪杰:

一字出马一杆枪,韩信领兵去见霸王。
霸王逼在乌江死,韩信死在厉未央。
写个二字两条龙,王母娘娘显神通。
花果高山摆下阵,水帘洞里捉妖精。

写一个三字三条街,陈世美求官未回来。

家里撇下他的妻,怀抱琵琶又上长街。

……

一把坠子吱吱嘎嘎地拉着过门。

五

捞渣满地乱爬了。小脸儿黄巴巴的,一根头毛也没有,小鬼似的。就是笑起来的模样好,眼睛弯弯的,小嘴弯弯的,亲热人,恬静人。大人们说他看上去"仁义"。

他没得什么吃,只有他娘的奶。他娘像头老牛——他大说的,吃什么都能变成妈妈。开始是吃红芋,后来红芋也不能吃净的了,要掺红芋秧子。

他大哥建设子过年十九了,还没说上媳妇。媒人还没进门,就吓回去了。黑洞洞的三间屋,给水泡松了,眼看着就要摊成一堆烂泥。屋里两块床板,两床棉花套子破成渔网了。

这天,门前来了个打莲花落子要饭的,一个十一二岁的小丫头,尖尖的下巴颏,圆圆的一对眼睛。他大姐抱着捞渣站在门前玩,那小妮子站定了,打响莲花落子,滴溜溜地打了一转,才开口唱道:

"这大嫂,实在好,抱小孩,也不闹……"

他大姐还没过门呢,涨红了脸,唾了一声,进屋去了。他娘却乐了,觉着这妮子鬼得喜人,从大锅里舀了一瓢稀饭给她喝。

她不喝，倒在一个大瓷碗里，说要端给她娘喝。

"你娘在哪里？"他娘问。

"在庄东头大柳树底下，有病了。"小丫头说着走了。

他娘一顿饭吃得不踏实，心里七上八下的，像是搁进了一桩事。吃罢饭，她把锅撂下，又盛了一满碗稀饭，抓了两张煎饼，往庄东头去了。

庄东头大柳树是小鲍庄最高的地方，那年夏天，下了九天九夜的雨，一整个庄子，全淹在水里，只露出大柳树的梢，一丛子草似的，停了几十只老鼠。

柳树下果然靠了个病病歪歪的女人，蜡黄的脸皮。小妮子偎在她身边，自己给自己梳小辫。干巴巴猴儿似的人儿，倒有两条乌黑油亮的大辫子。鲍彦山家里的往这娘俩身边一蹲，摸摸丫头的辫子，说：

"早年，我也有这么一头好头毛。那时，只扎一根独辫子，这么长一段红头绳。"她将手指伸成一拃。

后半晌，有人看见鲍彦山家里的，带着外乡人模样的娘俩，往家去了。过了二日，那女人脸色滋润了一些，走了。小闺女留下了。每日里，跟着捞渣那十二岁的小哥文化子下湖割猪菜，回到家就抱着捞渣在门前玩，唱小调儿，嗓门又尖又脆，听着喜人，惹得那些二流子似的小伙站在门前不走了："小翠子，唱个十二月！"

鲍彦山家里的便从门里蹦出来，先把二流子们骂退了，再骂

小翠子:

"甭唱了,没脸没皮的,唱什么!"说急了,还在她身上拍两下。渐渐地,小翠子便不唱了。嗓门也像暗了似的,哑哑的,连说话都懒得说了。她唱,她不唱,捞渣总和和气气地对着她笑,笑得她也只好笑了。

人人喜欢捞渣,独独鲍五爷见了他就来气。为的是捞渣落地的时候,正是他的社会子咽气。于是他便认定他的社会子是叫捞渣抓了替身。如今他被队里五保起来了,心中却是很不乐意听说这"五保"两个字。"五保户"在人们心目中,就算是"绝户"的代名词了。鲍五爷脾气倔,见不得自己成了大伙的累赘,总到队里争活儿干。队里便给了他些烂草烂绳头,让他搓绳。于是,他每日里就坐在磨坊的墙根下,晒着太阳搓绳。

磨坊里人不断。小驴蹄子嘚嘚打着地;石磨轱辘辘地压着石盘;推磨的娘们尖起嗓子吆喝驴;面,沙沙地从筛子上撒下箩。他听着总觉得心窝里暖烘烘的,不那么寂寥了。

小翠子背着捞渣,一手挎着篮子,一手牵着小叫驴,来磨面了。

小叫驴套上了套,戴了眼罩,捞渣被放下了地,坐在太阳下抓石子玩,就在鲍五爷脚边上。鲍五爷斜起眼瞅他,轻轻骂了声:"鬼!"

"鬼"听见了,伸出手拍了一下鲍五爷的大毛窝,笑了。

鲍五爷心里头咯噔一下子,觉得那笑模样实在像他社会子,鼻子一酸,叫道:

"你这个鬼哦!"

小叫驴嘚嘚地围着磨盘转,小翠子轻轻吆喝着:"吁,吁。"

六

鲍秉德家里的又闹了,爬树上梁的,把锅都砸了。几个大男人拉住她,被她拖了几丈远。最后把她四脚朝天翻倒在地,才捆住了。她龇牙咧嘴地吼着,没人声了。

鲍秉德抱着脑袋蹲着。鲍彦山家里的端了一碗稠得能挑上筷子的芋干子稀饭,夹了两张煎饼,给他送去。他不吃,说心里堵得慌。众人们也没得法子,只能陪他叹气。

鲍秉德家里的疯了有八九年了。她娘家是鲍山那边十里铺的人家,做姑娘时如花似玉。都说鲍秉德交了桃花运,娶了十里铺的一枝花。不料这娘们中看却不中用。来的头年怀了一胎,生下是个死孩子,第二年又是一胎,还是个死孩子,怀了有三四胎,胎胎是死的。暗地里就有人说怪话:兴许是做姑娘时不规矩来着。生下第五个死孩子时,疯了。疯了以后,那怪话才没有了。说疯子的怪话就太不厚道了。

刚疯的那阵子,曾经有人劝过鲍秉德,把她离了,再娶一个。鲍秉德一口回绝:"我不能这么不仁不义。一日夫妻百日恩,到这份儿上了,我不能不仁不义。"他说不出过多的道理,只是口口声声的"不能不仁不义"。后来,"文疯子"写了一个广播稿,题名大约是"阶级感情深似海",还是"阶级情义比海深"之类的,投给了公社广播站,给广播了一下。后来,他又往县广播站投,就没投中。不过,鲍仁文的名声还是出去了,知道小鲍庄有了个舞文弄墨的。鲍秉德的名声也出去了。这下子,就是他想离也离不成了。就这么凑合过吧,只是鲍秉德一日比一日话少,成了个哑巴。他心底深处,很奇怪地,暗暗地,总有点恨着鲍仁文。好像,他给自己的事情做了包办,后来却又撒手不管,很不负责。而鲍仁文,隐隐地,也有些畏着鲍秉德,似乎觉着自己欠了他些什么。总之,有些尴尬起来。

鲍秉德家里的在地上乱挣着,一会儿,地上就被她歪了一个坑,浮土一蓬一蓬地扬起来。这疯子虽说是武的,却不伤别人,只打她男人,打孙子似的揍。鲍秉德是不怕她揍的,这么捆起来只是为了怕她伤了自己。有一年腊月里,她一股劲跑到湖里跳了大沟,鲍秉德忘了自己不会水,也跟着跳了下去,让人一起救了上来。

鲍秉德闷着头,不由滴下一滴泪来。他遮掩着大声咳了几声,吐出几口痰,把那滴泪盖住了。

"你也别太愁了。"鲍二爷劝他,"啥事都有个头,你又没做过缺德事,凭什么这样难为你。"

"我家里的她娘家,有个疯子,疯得蹊跷,好得也蹊跷。"鲍彦山说,"不知怎么就疯了,疯了有十几年,爬树上梁的。后来,他奶奶死了,棺材一落地,他这边立马就好了。醒过来了哩,就好比做了一场梦。问他是怎么啦!他什么也不知道,这十多年就像是睡过来似的。"

"真是的吗?"大家都问向他,连鲍秉德也抬起眼睛,好像看到了一丝希望。

"现在都有两个儿子,好好的,清泠得很。"

"这是胡八扯的。"远远地,蹲着鲍仁文,"说正道的,该送我七奶去城里疯人院。"

"那是不成的。"大家一起反对。

"那么些疯子都关在一起,不打成一堆,撕碎了才怪。"

"听人说,那就像坐大狱似的。"

"大夫都拿着带钉的棍哩!"

"这不是病!"

鲍秉德自己是不用再说什么了,只是恨恨地盯着了鲍仁文。

鲍仁文长叹一声,立起身,走了。傍晚的太阳,落在地沿上,把他的影子拉得细溜溜长,孤孤单单地斜过去了。

七

拾来和他大姑分床睡了,到了夏天,他便把凉床抬出去,在大槐树下睡。等到秋凉了,外面睡不住人了,把凉床子扛进屋的时候,他大姑猛然发现拾来长成了一条汉子,屋子越发地小了。

拾来越发地孤独了,唯一可接近的大姑,这会儿他却疏远起来,比对平常人还要疏远得厉害。一天没有三句话,吃饭只听得喝稀饭响。吃罢饭,对坐着,连喝稀饭的响都没了,只觉得又腻味又不自在，只得早早上了床睡去。夜里听见大姑的磨牙声，打鼾声，睡也睡不踏实。到后来，他见了大姑就要躲，怕似的，又像是恨似的。自己也琢磨不透，只觉得心窝里烦躁得慌。

早起，他大姑和他商议，把猪卖了。

"卖就是了。"他没好气地说，像有一肚子火似的。

"卖了猪，扯几丈布，给你缝个新被窝。"大姑说。

"扯就是了。"

"买个凉床子。"

"买就是了。"

"那凉床，冯大家虽然没说要，可话里那音，总是急着要使的意思。"

"还就是了。"他就好像吃了枪子儿似的，绷着脸，埋着头。

"你向队长告个假，上街一趟。"

"不管。"他一口回绝。

"咋不管？"

"不管就是不管。"他硬邦邦地说。自己也不晓得为啥不管，故意要找别扭。

"你不去我去。"大姑也气了。她也弄不明白，这些日子咋侍弄不好这个侄儿了。

大姑换了一身衣裳，借了一挂平车，把猪捆了，推起就走。她迎着早晨的太阳走去了，蓝白花的褂子裹着她健壮的身子，肩膀头圆滚滚的，轻轻快快地上了路。

拾来眼睁睁看着他大姑上了路，心中又十分地后悔起来。一整天，他心里都不安生，不时抬头看看日头，再往大路上眺一眼。大路上走着一挂平车，却不是他大姑，是个大男人，推着一平车的红芋。

直到收工，他大姑还没回来。拾来烧开了锅，馏上馍，蹲在家门口等着。不晓得怎么回事，这会儿，他想起了他大姑的种种好处。他心里那一团无名火融成了一片热腾腾的东西，像水似的荡漾开来，流遍了他的全身。他想着，该对他大姑好。

上弦月升起来了，碧空上细弯弯的一勾，却把个大地照得明晃晃，白花花。

他心里忽然不安起来，会不会出什么事了？都什么时候啦？他浑身一激灵，站起身，来不及锁门，就往庄头走。迎面过来几个割猪菜的小孩，背上的草箕子比人高，小山似的。走到跟前，让开了道，看着拾来过去，看稀罕似的。拾来总叫人觉得稀罕。而面对这么些探究的眼光，拾来更与人接近不了了。他成天价虎着个脸，叫人见了害怕，岂不知他心里是害怕人的。

白花花的一条大路，弯弯曲曲盘过一道坝子，没了。

坝子上翻过来一只黑虫，顺着白花花的路爬了过来，越来越大了。定睛一看，是一挂平车哩！

拾来一拍大腿，三步并两步地迎上去。果然见他大姑推着一挂平车，平车上是凉床，凉床底下一只篮子，篮子里，有布，有二斤肉，还有一盒卷烟。拾来眼窝热了一下：她见我吸烟了？

拾来捡了一个烟嘴,拾掇了一个烟袋,背着人吸呢。

他跑上去,接过大姑的车把子,迈开大步,把大姑甩下了二丈远。他的两张大脚片子踩在白花花的大路上,轻轻巧巧地走着。车轱辘吱咕吱咕转着,路边一只小虫嚯嚯地唱,秋秋唰唰地在拔节儿。月亮婆婆把什么都照得明明晃晃,清清白白。拾来心里一片空明,又平静又欢愉。他不明白,事情咋会变得那么好,叫人觉得,活着是一桩多大的美事,受了多大的恩德。

八

小翠子长个儿了。细溜溜的身子,穿了她大姐的紫花布褂子,直拖到膝盖上。烧锅,刷碗,割猪菜割得比谁都多。人喜欢她,她也喜欢人。就是不和建设子说话,建设子也不理她。两人不能搁一个桌上吃饭。有时见了面,隔老远眼皮子就耷拉下来了,像是几百年的仇人似的。鲍彦山家里的倒喜欢,说这才稳重,稳重好。她对小翠样样满意,就是有一桩搁在心里老放不下,这丫头子太聪明了。她时常想起第一次看见小翠的情景:滴溜溜地打着莲花落子,小嘴一张:"这大嫂,实在好,抱小孩,也不闹!"太鬼了!其实,她最怕的也就是当时她最爱的。看看建设子那么蔫,几棍子打不出一个响。这丫头子能乖乖地跟他过吗?鲍彦山家里的心中没有一点数。因此,有时候,她难免觉得自己要吃亏。逢到这种念头上来,她就拼命地使唤小翠子,似乎是要在鸡飞蛋打之前把本给捞回来。

"翠,喂猪了!"

"翠,把你哥的衣裳拿河里洗了!"

"死妮子,水缸见底了。"

小翠给使唤得滴溜溜转。她眼睛里的笑模样一天比一天少,变得十分严肃,下巴颏越发地尖,两条乌黑的大辫也有点见黄。有人看见她在庄东头大柳树下哭过,不出声,抹抹眼泪,赶紧地又走家了。看见的人自然要叹息,可是大家都晓得,比起别庄上的童养媳,小翠可说是享福了,不挨打,给吃饱。小鲍庄的童养媳是最好做的了,方圆几百里都知晓,这庄的人最仁义,可惜是太穷了。

有了小翠这一把割猪菜的好手,文化子下了晚学,再不必急急忙忙地下湖了。他深感得着了小翠的好处,嘴甜得很,赶着小翠叫"翠姐"。他叫一声,小翠的脸就红一下。文化子不愧是文化人,读着书,晓得男女平等的道理,有着很先进的民主思想,见他娘吆喝小翠吆喝得紧了,他常常会挺身而出:"我去担水。"

他担着桶去了,小翠撵着喊他放下。他不干,飞快地跑,小翠便飞快地追。这么跑着追着到了井沿上,他抢什么似的把桶放了下去,桶脱钩了,漂在水上。傻眼了。

"你看你,慌啥?"小翠说他。

"都是叫你赶的。"文化说她。

"看你咋办。"小翠说。

"这有啥难的!"文化弯下腰去,伸下扁担去钩,扁担绳晃悠晃悠。

"看你能的!"小翠撇撇嘴,弯下腰去夺扁担。

"我能行。"文化不放手。

"给我。"

"不给。"

两人趴在井沿上,水上漂着一只桶,一根扁担钩晃悠晃悠。井底映着两个人影,一个小翠,一个文化。扁担钩子钩着了桶,却没吊起来,倒把水搅花了,花了一阵,又平了。小翠和文化又出来了,看电影似的。

"你看你那样儿!"小翠说文化。

"我看你还怪俊哩,翠姐!"文化嬉着脸说小翠。

"呸!"小翠唾了他一下。

"怎么,我说错了?"

"错了。"

"你丑吗?"

"不是这个错。"

"那又怎么错了?"文化子纳闷。

"就是错,就是错!"小翠点着他鼻子说,那活泼泼的样子又回来了一点。文化子又傻了眼,不吭气了。

桶,捞上来了,水打满了。两桶水搁中间,文化在后,小翠在前。文化把扁担搁上肩,弯着腰,半蹲着,等着小翠上肩。刚要上肩,小翠又直起腰回过头问道:

"你多大,我多大?"

"你属牛,我属鼠。"文化立即回答。

"那么你咋叫我姐?"

文化一愣。

"可不是你错了!"小翠直起腰,扁担上了肩,刷溜溜地就走,把文化拽得一踉跄。

扁担悠着。水在桶里悠着,悠到桶边上,又回来了。

九

捞渣歪歪扭扭地能走了,话也能说不老少了。正吃晚饭,鲍五爷挂着拐来了。鲍彦山招呼他:

"五爷,来吃。"

捞渣学嘴:"来七(吃)。"

鲍五爷装没听见,不理会他,在门槛上坐下来,看蚂蚁搬家。

"吃过了吗?"鲍彦山紧问着。

"吃过了。"鲍五爷回答。

"咋吃的?"

"煎饼,稀饭,咸菜。"

"你老要懒得烧锅了,就过来。咱家人多锅大,多一人少一人见不着。"鲍彦山家里的说。

"我能烧。"鲍五爷回答,闷着头看地。天黑了,看不见蚂蚁了,一只蚱蜢蹦跳过去。

什么东西碰了他的嘴，定睛一看，捞渣什么时候到了跟前，小手里攥着一块煎饼，捏成了团，直送到他嘴边。他看看捞渣，捞渣朝他笑着，一脸厚道相。他心里又是咯噔一下，扭过了脸去。

月亮升起了，眼前豁亮了许多。

鲍五爷掉回头，捞渣正坐在他脚边抓土玩，稀稀的黄头毛底下露出了头皮。鲍五爷伸出手在那头皮上胡噜了一下，心想："我咋像是在哪见过这鬼哩。"

前边牛棚里在唱古，坠子吱吱嘎嘎地传得老远：

写一个五字无底洞，薛仁贵跨海又去征东。
征东招够人共马，回马枪挑凤凰城。
写一六字变化开，我配姣娥女裙钗。
带领三千人共马，才把唐王我主救出来。
……

十

在一千里外的北京，正进行着一场江山属于谁的斗争。

一千里外的上海，整好了装，等着发枪了。

十一

里外三新的新被窝，软软和和地裹着拾来。拾来钻在被窝里，舒服得心里发虚，有点不实在。翻来覆去，不知怎么舒服才好，反倒睡不踏实了。

月光照进堵了一半的窗洞，落在大姑的床上。大姑盖着一床旧棉被，薄得像纸，硬得也像纸。

大姑是真疼自己，拾来想。这世上不会再有像大姑这样疼自己的人了。是媳妇也不能这样，是娘也不能这样，是姊妹更不能这样。拾来这辈子没娘，没姊妹，还没媳妇，他不知娘、媳妇、姊妹的疼是啥味道，他只觉得大姑的疼是天底下最最好，最最好的了。

是大姑给铺的被，身下垫一层，身上盖一层，腿后跟还折了一道，紧紧地裹住了脚。脚一暖，浑身都暖了，俗话说："寒从脚底来。"好多日子，脚没这么暖和过了。可是，这暖和又和那暖和不一样。拾来想起那温暖的峪谷。那柔软的暖和是非常特别地包围着他的脚。

月光移到了大姑的脸上，那脸庞近二年丰腴了起来，只是眼角的皱纹很密。

大姑好像微微地哆嗦了一下，拾来赶紧闭上了眼，等他再睁眼时，大姑已经掉过身去，脸朝里了。月光移到了她的身上，洼下去而又凸起来的地方。

过了几日，有一天，大姑对拾来说：

"拾来，你过年就十八了吧！"

"嗯哪！"拾来生硬地回答。天一亮，他夜里的那些柔情便全退潮似的退去了,不晓得退到什么地方,找也找不见了。

"也该说媳妇了。"她停了一下。

拾来不吭声,心跳了。

"二奶她娘家高庄有个闺女,比你长一岁。啥都好,就是小时出花,脸上落了疤。"她又停了一下。

拾来不吭声,心跳得凶,气都喘不过来了。

"她不嫌咱家穷,愿意跟你过。你要是愿意,明天就上高庄去一下。我让冯大家二小子进城捎了两斤果子。"她停住不再说了。她听见拾来的喘气声,像牛一样。

只听得砰的一声,碗碎了。拾来站起身跑了,带倒了案板,带倒了板凳,咸菜碟子掉了,臭豆子撒了一地。

大姑怔怔地望着一地的碗碴子。进来一只鸡,啄着臭豆子。啄啄,又丢下;啄啄,又丢下。

拾来出去一天,直到夜半才回来,三星都偏西了。大姑坐在床沿,没睡,等他。

他一进门,拉开被子,蒙上头就睡倒了。

"拾来。"大姑叫他。

他不动弹。

"拾来,"大姑脸对着窗洞,一字一句地说,"我给你置一副货郎挑子,你走吧!"

他不动弹。

"你成人了,自己过去吧。我不能养你一辈子,你也不能守我一辈子。"

他不动弹,只觉得从头到脚都凉了,就像掉进了冰窟。

一个风和日暖的早晨,拾来挑着一副货郎挑子,上路了。上路前,大姑不知从哪儿摸出一个货郎鼓,她用手抹了抹鼓面,轻轻摇了一下,"叮咚",货郎鼓响了一下,响得还脆。她看看鼓,又看看拾来,张张嘴,要说什么,又没说。然后把鼓交给了拾来。拾来接过鼓看了看,恍恍惚惚记着小时玩过,为了玩它还挨了一耳巴子。这是他从小长成人,第一次挨耳巴子,就一次,也记得住了。他随手把货郎鼓往货架上一插,径直走了,没有回头。货郎挑子在他宽厚的肩上晃悠着,货郎鼓清清脆脆地响着:

"叮咚,叮咚,叮咚,叮咚。"

大姑听着那鼓声一步一步远远地去了,眼泪直流了下来。

十二

早几天就听说,县上要来个作家,来此地采访治水的事。

这几天又听说,那作家日后就到了,住宿都安排妥了,住县一招。

鲍仁文要去见见那作家。早几天,就把他这些年写的文章拾掇出来,看了几遍,改了几遍。这几天,又重新抄了一遍,整整齐齐地摞在一起,用他娘糊的鞋靠子贴上光溜溜的画报纸,做了个精装的封面,封面上用墨笔写了两个立体的美术字——作品。直弄到夜半。他只迷盹了一小会儿,天就亮了。他起床洗了脸,刷了牙，又用他娘的破梳子蘸了点清水梳梳头，穿上他的蓝卡其学生装，夹着"作品"出发了。

他娘撵了他有半里地，要他捎上半篮鸡蛋上街卖了。他装没听见，大步流星地走出了庄子。

太阳很好，把风都暖热了。半个多月没下雨，大路上的浮土有半脚深了。大车过去，平车过去，自行车过去，人走过去，把个浮土踢起来，扬了个半天，遮黄了太阳。

他感到燥热，走过大方家井沿上，向个提水的老头讨了半瓢水喝，再接着赶路。

路，向前蜿蜒，看不到头，难得遇见个人。远远地，看见个小黑点。走着走着，渐渐大了，大了，大了，显出人形了，辨清男女了，认出眉眼了。到了跟前，过去了，前边只有一条白生生的路，蜿蜒到看不见的远处去了。太阳到了头顶，踩着自己的影子走。

他觉得困顿，像是睡着了。"作品"的封面滑溜溜的，老往下打滑，他把它搂搂好，向前走。

这是他的宝贝，他的心肝，他的所有的一切，一切的所有。他为它熬了多少夜，熬了多少灯油。他累极了，困极了，难极了，写不出一个字却又非要不停地写下去，写下去，这时候，他便会困惑起来：

"这么苦究竟是为啥？究竟图的啥？会有个什么结果呢？"于是他会一下子委顿下来，心里充满了虚无的情绪。这种心情冲击得最强烈的一次,他竟把他写了九个晚上还没写完的一篇小说撕了。然而,等那一阵狂暴过去之后,他望着一地的碎纸片,落寞地哭了。这时,他特别想往什么上面偎靠一下,温暖一下,安慰一下自己这颗破碎而孤寂的心。他觉得自己苦得很,苦得很。他蜷缩着,自己偎依自己,慢慢地平静下来,又重新摊开一张纸,拿起笔。除此以外,他不明白还有什么能给自己安慰和偎靠的。只有这么写着,他才能够希望着什么,妄想着什么。

路,无穷无尽地延伸着,这是一条寂静的路。他又觉着渴,却再不能遇上一口井了。

日头偏过正午,他走上了刘庄的地,前边就是县城了。有人担着空挑子往回走,是从街上下来的。

城里很安静。街中央馆子里,一地的鸡骨鱼刺,一个围着稀脏的围裙的娘儿们,正往外扫,招来了两条狗。剃头店里只有一个师傅靠在剃头椅子上打呼噜。一只猪大摇大摆地从百货店走出来。

他走过邮局,走进招待所。他心中忽然有些紧张。他努力回想着"作品"中最叫自己满意激动的段落,语句,想给自己增添一点信心和勇气。然而,却怎么也想不起来,那些绞尽脑汁写下来的章句全消失得无影无踪。他发觉,自己过去的半生的价值,和今后半生的价值,马上就要得到一个裁决。他有些腿软,几乎要掉过头走去了。

传达室的老头在打盹,口水流在衣襟上。一个女人低着头织毛线。没人理会他。

"大姐。"他犹豫了一下,还是叫了。

"大姐"皱着眉头抬起脸,不太耐烦的样子。

"大姐,这里住的可有一位作家?"

"什么坐家,站家,不知道!"她回答。

"就是从外面来的,写文章,写书的。"

"叫什么名儿?"

"不知道。"

"男的女的?"

"不知道。"

她低下头继续织毛线,不再搭理他。

他又恳切地叫了一声"大姐",没有回应。无奈,只好罢了。他站在招待所门口,思忖了一会儿,掉过身往县委走去。他有个中学里的老同学,在县委宣传部打字。

很顺利地找到了那老同学,她也还认得他。而当他向她打听作家时,她却茫然了好一阵,然后才想起带他去找一位王科长打听。王科长皱皱眉头,抬起手,抖一抖手腕,把袖子抖下去,露出亮晶晶的坦克链表带,然后才去抚摸锃亮的分头:

"听说过这么一件事,不清楚,不清楚,听说过。"

"你去问问张科长嘛!"那老同学微微撒娇地扯扯他的袖管。

原来这位王科长只是个干事,"科长"不过叫叫听听而已。等找着了张科长,真相才大白。是有这么回事,曾经是要来个作家。可是后来不来了。也许是这里治水的事情不够典型吧,犯不着曲里拐弯地到此地来。于是，便不来了。

鲍仁文寂寞地走在大街上，心中不知是喜还是悲。倒像是放下了一块石头，觉得轻了，又觉得空了。他慢慢地走着，觉出了饿，口袋里有一卷夹了大葱的煎饼，他打算出了城就吃它，走过邮局，他站在报栏前看一会儿报纸。他注意到一张报纸的下角有一块目录，是省里一个文艺刊物的目录。何不向它投一稿试试呢？他忽然想到。不由激动起来，血液向上涌去，脸红了。他镇定了一会儿，默记下那刊物的地址。然后，走进邮局，在角落里坐下，翻开他的"作品"。

他把"作品"放在桌沿底下看，没有人瞧见。邮局里没有人，只有一个老头，在缝一只包裹。那老头像是个先生，文质彬彬的样子，戴了一副框架发黄的眼镜，笨手笨脚地拿着一管大针，一针一针缝合着包裹。包裹是寄往青海的——鲍仁文偷看了一眼。

鲍仁文挑了一篇小说，又挑了一篇散文，想想，再挑了一篇小说，卷在一起。

柜台里的人问他："是什么东西？"

"稿子。"他迟疑了一下，脸红了。

"什么？"那人不明白。

"稿子。"他说，脸又白了，好像在做一桩极见不得人的勾当似的。

那人把稿子往秤上一扔，过了秤，然后又拿起来往一个大筐里一扔。鲍仁文瞅在眼里，怪心疼的。就好像自己亲手养大的孩子要出远门游历去了。

从邮局出来,他心里却又一片恬静。太阳落了,黄黄地照着路边的土墙。有人进了馆子,传出划拳声。猪,哼着。广播里在播放一支快活的曲子。

他算着那稿子的路程,什么时候可以到省城了。他从这一刻起,就在等待了。他从此便有了理由等待,有了东西可希望了。

他觉着很幸福,不由跟着广播哼了一句,没和上调,哼得难听,赶紧住了嘴。

晚霞在他身后的天空上变幻着。他看不见晚霞,只觉着了那绚烂的光。

十三

大姑耳朵跟前,老有一只货郎鼓在响着:

叮咚,叮咚,叮咚,叮咚。

十四

太阳落到地边上,割猪菜的孩子都往家走了。小翠和文化来得晚,草箕子里还差点儿才满。

"文化子,你每日价,在学校,一早晨,一白天,忙的啥呀?"小翠子问道。

"上课呗。语文、算术、地理、历史、自然……学习就是了。"文化告诉她。

"学啥哩？我看你啥也不懂，桶掉井里也钩不起来，割猪菜割得多笨！"小翠子讥笑文化。只有在湖里，对着文化子，她才敢撒野。

"哼，我懂的，你不懂的，多着呢！"文化子不服气。他在学校里尽得两分，只有在小翠跟前，才有得显摆。

"你说说看！"小翠斜着眼瞅瞅他。

"你知道，人是打哪儿来的？"文化问。

小翠扑哧笑了："娘肚子里生出来的呗！我当你知道什么哩。在学校里就学了这个？躲滑罢了。"

文化微微一笑，不与她斗嘴，继续深入问道："娘是打哪儿来的？你会说娘是姥姥肚里生出来的。姥姥打哪儿来的？姥姥的姥姥打哪儿来的？"

小翠果然被问住了，扑闪着大眼睛，不吱声了。

"告诉你吧，人是猴子变的。"文化压低声音，极其神秘地说道。

小翠轻轻地惊呼了一声。

"你看，猴和人像吧？活像！"

"那，猴又是什么变的呢？"小翠怔怔地问。

"猴子，是鱼变的。"文化犹豫了一下，最终还是很肯定地说出来了。

"咋是鱼变的？"小翠困惑极了，鱼和人可是一点也不像。

"你知道吧，这是地球。"

"地球？啥球？"

文化打了个格愣，感到和小翠说话十分困难，由此领会到了进行启蒙教育的必要性："就是咱们住的这地。"文化用脚跺跺地，又伸出胳膊画了个圈。

小翠转头看看周围，大地笼罩在苍茫的暮色里。

"这地上，最早，最早，最早，最早，什么也没有，只有水，只有水。"

"哦！"小翠抬起眼睛，望着渐渐暗下去的天，出着神。

"只有水，只有水。"

"那可不就像闹水的时候。"小翠轻轻地说。

"你们那地方也闹水？"文化问。

"差不多年年闹。我小时候，刚满周岁那一年，闹得可凶。听俺娘说，没天没地了，只有水。"

"你能记得？"

"我记得……有一条长虫。"小翠怔怔地说。暮色越来越浓，她的眼睛在暮色里闪亮着，像两颗星星。

"回家吧。"文化有点害怕。

"割满了就走。"小翠子垂下眼睛割了一棵富富苗。

文化低下头，割了一棵七七芽："回家吧！"

"你割不满没事，我割不满可不管。"小翠忽然气了。

"瞧你说的，我娘就这么偏心吗？"文化有点难堪。

"你娘偏心，天底下没有比你娘更偏心的娘了。"

"你咋胡说哩!"文化也有点气了。

"咋是胡说?你娘为啥叫你念书,不叫你哥念书?"小翠回过头,一双黑黑的眼睛看定了他。

文化说不出话了,半天才结结巴巴地说:"我哥人老实哩。"

"谁稀罕他老实。"小翠子提起草箕子,跨过两条芋头趟,又蹲下了。

"老实人靠得住。"文化又结结巴巴地说了一句。

小翠不理他,手脚麻利地割着猪菜。她眼尖,哪儿有猪菜都逃不过她的眼。她的手快,眼到了,手也到了。过了一会儿,小翠说话了:

"文化,你往后给我讲讲,你们上的学吧。"

"管。"文化说,又加了一句,"那还不管。"

小翠说:"我不会亏待你,我唱曲儿给你听。"

"唱个十二月。"文化子立马说。他是从那些二流子嘴里听说有个"十二月",也不知"十二月"究竟是什么,想得心里痒痒的。

小翠子稍停了会儿,唱了一句:

"正月里来本是个新年。"

她调门起得很高,声音细细的,尖尖的,颤颤的。文化觉着,小草抖索了一下。四下,毕静。

"喜欢笑那哈万象更新。牵挂个美少年,知心人难见,相思对谁言……"她哀哀怨怨地唱着,并不懂一字一句里的意思,听大人唱,她也唱,唱熟了,便觉出那一股凄戚很对她心思。

她凄凄戚戚地唱着，文化子凄凄戚戚地听着。

十五

捞渣会给鲍五爷送煎饼了。这倔老头才怪，谁送他饭食，他都不要，似乎一吃人家饭，他便真成绝户了。可是捞渣给送去，他便为难了，看看那张小脸，不收就觉着不过意。

捞渣会得拉呱了，见鲍五爷一个人孤得慌，晓得同他问长问短地解闷。

"吃过了吗？"他问鲍五爷。

"吃过了，你哪？"鲍五爷搭理他。

"吃过了。"

"吃的啥饭食？"鲍五爷问他。

"吃的面条子。"

"不孬。"

"你吃的啥？"他问鲍五爷。

"煎饼，稀饭，臭豆子。"鲍五爷一字一句地回答，毫不含糊。

"蛐蛐儿。"他拿给鲍五爷看。

"是蛐蛐儿。"五爷点头。

"是男的，是女的。"

五爷笑了："这鬼。蛐蛐儿咋说男女，要说公的，母的。"

"是公的，是母的？"

五爷自己默了一会儿神，感叹道："要论起来，说男女也没错，也是个性灵。"

"把它放了吧！"捞渣忽然抬头说。

"放就放吧。"五爷说。

一老一小看着那蛐蛐儿一蹦，蹦没影了。

捞渣和鲍仁远家二小子说"斗老将"。鲍五爷帮着捞渣捋杨树叶子，捋了满满一大鞋壳，一小鞋壳。鲍五爷捂一只鞋，捞渣捂一只鞋，一捂捂两天。捂出来的杨树叶梗子，黑得油亮，比麻还韧。鲍仁远家二小子的杨树叶梗子捂得嫩，拉不过捞渣。斗一个，断一个，斗一个，断一个。急眼了，越急越断。捞渣就把自己的换给了二小子。然后，二小子便翻本了，斗一个，赢一个，斗一个，赢一个。捞渣输惨了，可他不急不躁，依然是喜眉喜眼的。鲍五爷在边上瞅了这半晌，等二小子走了，他问捞渣：

"捞渣哎，你咋把你的老将全换给二小子了？"

"我看他要哭了。"捞渣说。

"你输了不难受吗？"

"难受。"

"那你还换给他？"

"我看他要哭了。"捞渣又说。

鲍五爷不问了，看看捞渣，在他稀稀拉拉的黄头毛上胡噜了一下，叹了一口气。停了一会儿，自语似的说："你也该让他，论起来，你是他叔哩。"

十六

大姑老听得见一只货郎鼓响：

叮咚，叮咚，叮咚，叮咚。

十七

鲍仁文每天收工都要往庄东大路上走两步，见有没有送信的来。大前天迎到一回，有两封信，一封是鲍彦海家大小子打金华部队上来的；一封是鲍二爷家的，打关外来的，鲍二爷家里的是那年他闯关东从关外带来的。昨天又迎到一次送信的，却没有信，送信的只是打这里路过，往大刘庄去的。

今天他又往大路上走去，远远地听见有什么在响：叮咚，叮咚，像是一只货郎鼓，渐渐地才看见过来一个人，是个走路的，担着货郎挑，慢慢地近了。

他背后是太阳，红彤彤的，停在大路的尽头，他走在大路上，货郎鼓叮咚叮咚响着。

"兄弟，你见没见有骑车子的往这边来？"鲍仁文大声问道。

"没有。"卖货的回答。走近过来了，剃得雪青的头皮，黑黝黝的脸膛子，宽肩大膀，嘴唇上的胡子却还没硬，软软地趴着。

"大哥，前面的庄子叫什么名？"他问道。

"小鲍庄。"鲍仁文回答他，慢慢转过身往回走。

"哦，这就是小鲍庄。"小伙子说，和鲍仁文齐着肩走，货郎鼓叮咚叮咚地响。

"怎么,你知道小鲍庄?"鲍仁文瞅瞅他。

"咋不知道?小鲍庄的名声可响哩。都知道这庄上人缘好,仁义。"小伙子说。

"哦。"鲍仁文不再问了。

小伙子东张西望着,早有几个小媳妇听见货郎鼓声音,探出头来了。

"大兄弟,你停一停,让我挑个顶针儿。"有人喊。

回头一看,见是个四十多岁的女人从台子上走下来。她黄白的皮肤,头发在脑后随随便便窝了个纂儿,耳朵边上散落下几绺头发。身上穿的褂子破得可以,好像就前后披了块布,闪闪忽忽,飘飘荡荡,结实的身躯时隐时现着。她走到货郎挑子跟前,低下头,在匣子里挑顶针儿,手腕圆圆的。垂下的眼睑上长着密密长长的眼毛,是个毛呼眼。

"收工啦?大文子。"她招呼鲍仁文。

"买针啊?二婶子。"他招呼鲍彦川家里的。

又来了几个媳妇儿,要买针头线脑的。鲍彦川家里的,挑个顶针儿挑个没完了。

"他二婶,你再挑也挑不出金的银的来。"鲍彦山家里的说她。

"我就是买根针,也要挑个可心的。"她回答,耐心地挑着。

"大兄弟,打哪儿来的?"鲍彦山家里的问他。

"打山那边来的。"

"家里有父母吗?"

"没了。"小伙子瓮声瓮气地说。

"有兄弟姐妹吗?"

"没。"

"呀,是个苦命的孩子。"鲍彦山家里的抬起头看他,看他宽鼻大眼,生得厚道,不由怜惜起来。

鲍彦川家里的正试着一个顶针儿,试戒指似的。这会儿回过头来问:

"你叫个啥名儿?"

"拾来。"他说。他发现这女人的声音好听,低低的,厚厚的,听起来就好像一股温吞吞的河从心上淌过去。

她终于挑好了,把一个两分的分币递到货郎手里,温乎乎的,有点儿潮。

一群媳妇姊妹围着他,都抬头看他,看得他背上冒冷汗,不自在得很。

"噫唏!"娘儿们同情地叹息着。

拾来脑门上开始冒汗,虽说别扭,可心里却暖和和的。自打走出冯井,他第一次露出了笑脸儿。

那么些媳妇姊妹的手在他匣子里翻江倒海地翻腾,他一点不生气,蹲下来,拔出烟袋。烟荷包里却挖不出烟了。忽然,啪的一声响,一样软乎乎的东西掉在他手上,一个烟荷包。抬头一看,那买顶针儿的二婶正看着他,说了声:"吸吧!"转身走了。一件破大褂子挂在身上,飘飘忽忽地上了台子,闪进一扇门里。

这天夜里,拾来宿在牛棚,和唱古的鲍秉义挤一床。晚上,牛棚里照例挤了一屋人,听他唱古:

写一个七字把腿翘,关老爷手提偃月刀。
我问老爷哪儿去,霸王桥上去逮曹操。
写一个八字两边排,八仙随后过海来。
蓝采和撕掉阴阳板,四海龙王又糟糕。
……

十八

鲍彦山家里的很纳闷:小翠可不是天天在眼皮底下转,怎么猛的一下,开始长身子了。那身板不再是竹竿子似的直溜到底,不知什么时候圆了,结实了,胸脯子满满的,小腿肚子鼓了起来,尖下巴颏子圆了。女大十八变,变俊了,水灵了。

多少人同她说:"该给孩子圆房了。"

她同男人商量:"该给孩子圆房了。"

建设子已经二十四,该圆房了。

小翠子觉出了不对劲。她娘待她和气多了,那天失手打了个碗,也没说她,只叫她扫干净碗碴子,别让捞渣扎了脚,便完事了。文化子却又远着他,不再与她说长道短的了。建设子白天黑夜地收拾里屋，往地上垫土，往墙上抹石灰。而庄上那些大嫂大婶们，都对着她挤鼻弄眼的，诡计得很。

小翠子把捞渣从屋里拽出来，带到井沿上，问他：

"捞渣，翠姐待你好不好？"

"比亲姐还好。"捞渣说。

"那你为啥骗翠姐？"

"我没骗。"

"你骗了。"小翠激将他。

"没骗，真没骗！"捞渣急了。

"好，你不骗我，那你告诉我，这几天，我娘和我大商量啥了？家里要办什么事了吗？"

"俺大哥要娶媳妇了。"捞渣说。

小翠子只觉得头脑子轰的一声，炸了似的。她定定神，夸奖捞渣："说实话才是好孩子，你回家吧。"

"你上哪儿？翠姐。"捞渣问。

"我站一会儿。"她说，又改口道，"我上二婶家去借个鞋样子。"

捞渣走了，没走远，站在树影里瞅着小翠，他是个有心眼儿的孩子。

小翠一会儿回转身，慢慢地朝东头走去，越走越快，捞渣撵不上了。

她跑到庄东头大柳树前，一头歪倒在树底下，抱着树号啕大

哭起来,一边哭一边嚷,嚷一句话:

"我才十六岁,我才十六岁!"

哭声几乎把全庄的人都招来了,捞渣早已跑去报了信,鲍彦山和他家里的一起跑来了,要把小翠拖回家去。小翠死抱着柳树干不松手,号着:

"我才十六岁,我才十六岁!"

旁边的人都忍不住滴下泪来,特别是刚过门的小媳妇们,更是触景生情,哭成泪人儿了。

鲍彦山家里的流着泪劝小翠:"咱娘俩一起过了这么些年,有什么话儿不好说,要你这么伤心?"

小翠往树身上撞着头,声泪俱下:"我才十六岁,我才十六岁!"

"娘也不瞒你了,娘是想着要给你们圆房了,建设子过年就二十五了……"鲍彦山家里的哭得比小翠还凶,又伤心又忍不住觉得委屈,眼泪像小溪似的流了个满脸。

"我才十六岁,我才十六岁!"小翠号累了,抽抽搭搭地说着。

"建设子虽说生得笨,心眼是好的,丫头。你跟他过,亏不了你的。"

"我才十六岁……"

"你是老大媳妇,这个家就是你当了。丫头,你就不想想娘的心了吗?"

小翠只是摇头,一个字也说不出来,手却牢牢地抱住树干,拖也拖不开。直到鲍彦山当着众人面，宣布圆房再缓二年，她的手才从柳树干上松开了。

事情过去了。小翠子的下巴颏子又削了下去，而身子上圆起来的地方却不再平复下去。她眼睛里的神情越来越严肃，连个笑丝儿也没了。她娘对她又抠起来了，文化子却有点讨好她，见她扫地，就来夺她的扫帚。而她呢，却对文化子结下了仇，把扫帚啪地朝地上一扔，转身就走。

终于有一天，文化子在井沿上截住了她：

"小翠，你咋啦，我怎么你了？"

"你没怎么我！"

"那你怄啥？"

"怄你没怎么我。"小翠恶作剧地笑笑，担起扁担要走。

文化子按住扁担，不让她起："你把话说明白。"

"我的话再明白不过了。"

"我咋听不明白？"

"你没长耳朵，你没长人心。"

"你咋骂人！"

"就骂你，没心没肝没肺没肚肠！"她一猛劲，担起了水桶。

文化子没防备，跌了个四脚朝天，恼了。

小翠子却笑了起来，"咯咯咯咯"，清脆的笑声把树上的鸟儿都惊飞了。打那以来，她是第一次笑。

文化子就不好再恼了。

十九

早起，鲍秉德家里的忽然清清泠泠地说道：

"也苦了你了。"

鲍秉德心窝里一热，鼻子一酸，不由落下了泪来。

他家里的也落泪了："我拖了你半辈子了，也该到头了。"

鲍秉德一听这话不吉祥，赶紧喝住了她："什么到头不到头的，一日夫妻百日恩，咱们这一辈子好歹都守在一起了。"

她不言声，抹了一把泪，便起身去喂猪。猪食烧得稠稠的，搅得匀匀的。鲍秉德好久没见她这么利索过了。头发梳平了，光溜溜地在脑后窝了个纂儿，海昌蓝的裉子很可体。鲍秉德不由看呆了。他想起她做姑娘的时候：他提着两包果子去相亲，一上台子就看见一个小姊妹坐在门口纳底。她看看他，他也看看她。她脸庞像一轮满月，额头上一排牙子齐崭崭地盖到眉毛上头，细细的眉，细细的眼，眼梢微微挑了挑。他看呆了，她忽然脸红了，站起身进了偏屋，只见一条大粗辫子在他脸面前扫了过去。他想起她做新娘子那天：大辫子窝成一个硕大的纂儿，小山似匀坠得脑袋往后仰，乌黑的头发里埋着一截红头绳，大红袄儿，脸儿像一朵桃花。她端坐在那里，任人怎么闹她只不言声，也不笑，也不恼。鲍秉德只盼着闹房的快走，快走……他想她刚有喜的那阵子：她想吃酸，他跑到山那边去找杏子。每天夜里，他都要趴在她肚子上听听动静，他听得清清泠泠，有一颗心跳，扑通扑通的。

他记得他做了个梦：她生了，下了一个大蛋，再仔细瞅瞅，不是蛋，是个大地瓜。后来，生了个死孩子。他揍过她，关着门揍。她一声不哼，任他拳打脚踹，也不哭，也不叫。揍过了，也不和他怄气，照样地，他要咋，她就咋。他揍过了，也心疼，也后悔，可是急了，便什么都忘了，外人是一点儿也看不出来。渐渐地，她的圆脸变长脸了，红颜色褪去了。后来有一天，鲍秉德收工回家，见地没扫，锅没烧，一地的碎碗碴子。正要发火，却见他家里的坐在小凳上拔自己的头发玩儿，一边拔，一边朝他乐……

"上工去吧！"她叫醒了他。他这才听见上工的锣在敲：铛，铛，铛，铛，铛，他抹了把眼睛，站起身走了。

在湖里平地，鲍二爷和他挨着趟。他告诉鲍二爷：

"她的病见好哩！今天早起清清泠泠地说话哩！"

"她咋说？"鲍二爷问。

鲍秉德一五一十地把那些话都说了。不料鲍二爷变了脸，锨把子拍了一下地：

"不对啊，秉德！"

"咋了？"鲍秉德头皮一麻，心里咯噔一下。今儿早起，他心里隐隐地，也有点觉着不对劲，只是说不上来。

"我说老七，你还是回去守着她的好。"鲍二爷说。

"她今早清泠得很哩，比往常都要清泠。"他说，心里怦怦地乱跳。

"就是这清泠不对啊，她糊涂着倒不怕。"鲍二爷跺跺脚。

众人都围拢过来，纷纷劝鲍秉德回家去守着她。鲍秉德额头上沁出了冷汗，提起铁锨走了。

他快快地抄着大步往庄里跑。平整过的土地一大片，一大片，看不到边。远远的地方有一丛绿树，那就是小鲍庄。他快快地跑着，跑了半天也跑不近。四下里静静的，隐隐传来说笑声。太阳高了，烤得背上发烫。好像有鸟叫。风贴着地过来了，把裤腿灌满了。

他跑进了庄子，庄子里静静的，见不到人。像是有个小孩担着水穿过杨树林子走过来，再一细瞅，又没了。他跑得喘不过气来了，稍稍放慢了脚步，心想：不会有什么事了。这一庄子都静得睡着了似的，能有什么事？一只狗在喉咙里吼着跑过来，几只鸡悠闲地散着步，啄着土坷垃。太阳，明晃晃地照着。

他吐出一口气，有点笑话自己疑神疑鬼。这会儿，再跑回湖里去，也不值得了。他掮起铁锨，慢慢地上了台了。

有一只烟囱冒烟了，不是他家的。

他家的门闩着。他推了推，推不动，里面杠上了。他拍着门，叫"哎——"。

他叫她"哎"，她也叫他"哎"。不能像别人那样，叫"孩他爹""孩他娘"。没个孩子，连个叫头也没了。

她不应声。

他又叫："哎——"

还不应声。

他急了，砰砰地拍着门，脚上来踹了几下，铁锨头拍掉了。

招来一群小孩和老娘儿们,一起打门,一起叫。门硬是叫顶开了。进了门,鲍秉德扑通一下坐倒在地上了,只看见一件海昌蓝褂子在眼前晃悠,地上一把踢翻的板凳。他家里的,悬在梁上。

众人七手八脚地把她放了下来,放平在地上。她居然还有气,没勒对地方。鲍秉德上前一把搂住她放声大哭起来,屋里顿时唏嘘一片。

捞渣早已往湖里去喊人了。不一会儿,呼啦啦来了一大下子人。鲍仁文拖开鲍秉德,上来就做人工呼吸,是那年在中学里上生理卫生课时学的。队长那边就招呼人,整好了凉床,把人抬起就走。

"钱!"鲍秉德绝望地叫道,"我兜里半个钱也没啊!"

"队里给你齐。"队长回头对他嚷。

"大伙儿给你齐。"众人对他嚷。他这才踉踉跄跄地跟着跑去了。

两天以后,鲍秉德用挂平车,把他家里的推回来了。他家里的坐在平车上,啃一颗青桃,三岁毛娃似的,像是什么事也不记得了,什么事也不曾有过似的。

二十

耕读老师来动员捞渣上学了。捞渣七岁了,该上学了。

可是文化子已经在公社上中学了。一家供不起两个学生。他大说:要就是捞渣上,要就是文化上。

要早二年,就好办了,文化子巴不得不上学呢!可如今不同了,文化子不知咋地开了窍,一下子学进去了。从班上最后一名蹿到第一名。小鲍庄只有三名考上公社中学的,他就占了一名。他读书上劲多了。家里没得粮票给他带去吃食堂,他就每天来回跑,二十里路哩,中午带一卷煎饼,泡着茶吃。苦死了。

捞渣也想读书。庄上在学校的孩子,脖子上都有一条红围脖,这就叫他羡慕。他虽然还不知晓这红围脖是啥意思,可他知道是叫人学好的。那天二小子的红围脖叫老师要回去了,因为他和人打仗,把人门牙敲掉了。可见,做了坏事是不能得的,反过来,就是做好事才能得红围脖了。

他大说,还是让捞渣读吧,文化子能写个信儿记个账就算了,回来做活儿也算是个大半劳力。文化子不干了,又哭又闹还不吃饭,捞渣便说:"让我二哥念吧,我不念了。"

文化子这才收了眼泪,下湖去给捞渣逮了一只叫天子,小翠用秫秫秸编了个小笼子。捞渣玩了小半天,就把它给放了。"它自个儿在笼子里,太孤独了。"他说。他大摸摸捞渣的头,叹着气:"好孩子,过年大一定叫你念。"

捞渣不念书了,成天下湖割猪菜,和着一班小孩子。小孩子都围他,欢喜和他在一起。谁走得慢,捞渣一定等他。谁割少了,不敢回家,捞渣一定把自己的匀给他。谁们打架了,捞渣一定不让打起来。跟着捞渣,大人都放心。这孩子仁义呢,大家都说。

捞渣能割猪菜了,鲍五爷却连绳头都搓不动了,成天价只能坐在墙根底下晒太阳，一直晒到中午，懒懒起来走回家烧锅。捞渣就不让他走了：

"来俺家吃吧！"

鲍五爷也不推了。吃长了，他大就逗捞渣："你老叫五爷来家吃，俺家粮食不够吃了，咋办？"

捞渣认认真真地回答："我少吃一张煎饼，少喝一碗稀饭。可管？"

他大这才笑出来，摸摸老儿子的脑袋。

这天，嫁到山那边的大闺女带着孩子回来了。捞渣就到鲍五爷那里去借一宿，和鲍五爷脚对脚地挤一床。鲍五爷偎着捞渣小猫似的身子，说：

"捞渣，五爷的被窝叫你焐热了。"

"五爷，我每天给你焐被窝。"捞渣说。

鲍五爷偎着捞渣暖暖和和的小身子，心窝里滚烫滚烫的。话也多了：

"捞渣，你来和五爷睡，你大答应吧？"

"我大最依我了。"捞渣说。

"你娘答应吧？"

"我娘也依我。"

"他们要说我这老头子啰唆哩。"

"不会哩。"

"我老不死，自己都活烦了。"

"好日子都在后头哩,"捞渣开导五爷,"二小子每天上学,他说老师说的,好日子都在后头哩!'四人帮'打倒了,立马有好日子哩!"

"捞渣,你想不想上学?"

"想。"捞渣说,然后又说,"不想。"

鲍五爷看出他是想的:"你们学费要几块钱呢?"

"不少,三块多哩。"

"五爷给你付了吧。"

"不能,五爷,你的钱是大伙儿的……"

这一句话提醒了鲍五爷:"是的,我吃的是百家饭,我是个老绝户噢!"

"五爷,你咋是绝户呢!咱都叫你爷爷哩。"捞渣说。

"鬼哦,你的嘴好乖哟!"鲍五爷说,过了一会儿又说,"捞渣,你有点像我那社会子哩。"

捞渣没应声,睡着了。

"眉眼像,脾性也像。"鲍五爷说。

捞渣睡得安静,连丝鼻息声都没有。窗洞叫堵上了,屋里黑得伸出手不见五指。

"和社会子一样,都仁义。从不和人吵嘴磨牙……"鲍五爷对着黑暗拉着呱。

墙根有一只虫吱吱地叫着。

二十一

牛棚里在唱古:

写一个九字挂金钩,七狼八虎窜幽州。
就数十字写得全,刘邦去也没回还。

二十二

拾来走了两日,又回来了。他把货郎鼓插在腰里,没让它响。他走到他头回停下来卖货的那台子下,对着台子上喊:

"二婶!"

喊了两声,二婶出来了,穿了一件半旧的褂子,不露肉了。两手黄澄澄的大秫秫面:

"大兄弟,咋又回来了?"

"我上回把二婶的烟荷包带走,忘还来了。"拾来从兜里掏出烟荷包,朝她举了举。

"这还值得送回来吗?给你了,不要了。"二婶说。她低低的,哑哑的,又带点甜味儿的声音叫人心里十分舒坦,像喝了一口热茶。

"哪能。"拾来说着走上台子来了,把那烟荷包朝二婶跟前递过去。

"不要了呢！"二婶说，举着两手黄澄澄的面，朝后退着。

"哪能。"拾来朝她走去。

她只能要了，可是两手的面，怎么好拿？她便侧过身子："替我搁兜里吧！"

拾来把手伸进她斜开的兜，兜里暖暖和和的。他的手停了一下才抽出来，手上带着她的体温。

"进来坐坐，喝碗茶吧！"她说。

"不了，走了。"他说，脚却不动窝。

"坐坐歇歇吧。"她说。

"走了。"他却不走。

"进来坐坐嘛！"她伸出肩膀头子抗了他一下，他顺势进了屋。

屋子不小，有三间。可是空荡荡的，没什么东西。地上爬着两个小孩，一个三岁模样，一个四岁模样。门前架了张鏊子。二婶接着和面，拾来坐在板凳上吸烟。

"这是老几？"拾来问。

"老三老四。"二婶回答。

"怪喜人的。"

"烦人呗。"

他们一句去一句来地拉呱。不知咋地，他在这个二婶跟前，觉着很自在，很舒坦。他觉着这二婶虽说是第二次见面，却好像老早就认得了似的。

"他大做活还没收工？"他问。

"他大做鬼去了，死了！"她回答。

"哦。"他愣了，过了一会儿，慢慢地说，"二婶也是个苦命人啊！"

"苦惯了。大兄弟，你能帮着烧把火吗？"

"能。"拾来忙不迭地站起来，挪到鏊子跟前去，点了火。

"大兄弟。"二婶叫道。

"嗯哪！"拾来答应道。

"你打山那边来，那边是分地了吗？"

"都吵吵呢，嗷嗷叫。怕是快了。"

"分了地，就够俺娘几个苦的了。"二婶叹气。

"大伙儿会帮忙的，这庄上的人情特好。"拾来安慰她。

"一分地，劳力就是粮，劳力就是钱，谁知道会是咋样哩。"

"都是一个庄一个姓，大家锅里有，不会少你几张碗的。"拾来说。

"你这个大兄弟嘴怪会说哩。"二婶笑了。

"我嘴最笨了，我说的是实情。"拾来红了脸。

"你说的是实情。"二婶瞅了他一眼，小声说，像是说给自己听的。

面和好了。二婶搬了张小板凳坐到鏊子前，伸手将面团在鏊子上轻轻一抹。嗞啦啦的一阵轻烟腾起。拾来忽然心里一咯噔，他咋在这轻烟里看见了大姑的脸。

一只竹劈子将那煎饼一挑,二婶的脸又清澄起来:"别走了,在这儿吃吧。"

"不了。"拾来嗫嚅着,二婶没听见,将面团子在鏊子上一抹,抹得溜溜圆,再一挑。拾来看着二婶的手:手腕圆圆的,手指肚鼓鼓的,手背的皮有点起皱,却结结实实的。他见过最多的是媳妇姊妹的手,每日里有多少双媳妇姊妹的手在他眼皮子底下翻腾,挑来拣去。可他却从没觉得有哪双手像这双那样,看着心里就自在,就舒坦,就亲近,就……怎么说呢,心里就暖暖和和的。他像是在哪里见过这么双手,要不,咋这样眼熟呢!

"你也是个苦命的,"二婶抹着面团子,悠悠地说,"往后路过这里了,就进来喝碗茶,吃顿饭,歇歇脚,就算是个落脚的地方吧!"

拾来鼻子酸酸的,不说话。

"有洗的涮的,就搁下。一人在外苦,不容易。"

"二婶!"拾来抬起头喊了一声,眼睛里满满的都是泪。

二十三

这天夜里,大姑耳朵边没听见货郎鼓响。一夜睡得安恬。

二十四

地分到户了。不论文化子怎么哭怎么闹,他大都不让他念书了。文化子急得没法,找了鲍仁文来说情。鲍仁文对他大说:

"我叔,你眼光得放长远点。分地了,要多收粮食,就看个人本事了。让文化子上学,学点科学,种田才能种好哩,单凭死力总不行。"

鲍彦山只是吸烟,不搭话。

鲍仁文又翻报纸念给他听:某某地方一个高中生养长毛兔成了万元户;某某地方一个大学生种水稻,也挣了不老少……听得鲍彦山眼珠子都弹起来了,可话一回到文化身上,他便又泰然下来。似乎文化子与那些人是一无联系的。任凭鲍仁文深入浅出地解释,他亦是不动动,说:

"远水救不了近火啊,大文子!你不知晓。"

"还是多读书好哇!"鲍仁文不放弃努力。文化子在一边抽抽搭搭的,要放弃也放弃不得。

鲍彦山斜过眼瞅瞅鲍仁文,不吱声。其实,鲍仁文来做这个说客是最不合适的了。他自己本身就是一个极有力的反证,证明着读书无用,反要坏事。时时提醒着人们不要步他的后尘,万万别把自己的孩子们弄成这样:赔了工夫赔了钱,弄了一肚子酸文假醋,不中看、不中用,真正是个"文疯子"。

没有任何办法了。文化子晓得哭也是没用,便也不哭了,省些力气吧。倒是小翠背地里说他:

"就这样算了?"

"算了。"文化子垂头丧气地说。

"甩!"小翠子鄙夷地说了一个字。

文化子脸涨红了。在此地,无能,窝囊,饭桶,狗熊,用一个"甩"字就全包了。一个男人最坏的品质怕就是"甩"了,一个男人"甩",那还怎么做人?还怎么叫人瞧得起?文化子动动嘴唇,没说什么,站起来要走。小翠子上前一把拽住他的袖子:

"你把我唱的曲儿还给我。"

"这怎么还!"文化子朝她翻翻眼。

"你唱还给我,唱个十二月!"小翠搡了他一下。

"我不会唱。"

"不会唱也得唱。"

文化子愣了一会儿,晓得是犟不过小翠的,他总也犟不过小翠,犟不过心里还乐滋滋的,真不知见了什么鬼!"那我唱个别的。"他请求。

"也管。"小翠通融了。

文化子苦着脸想了想,又说:"唱个革命歌曲。"

"唱吧!"

文化子沉吟了一会儿,咳了几声,清清嗓子,开口了:"一条大河波浪宽——"他唱了一句便停下来,偷眼瞅瞅小翠,看看她的反应,他怕她笑。

她没笑,看着他,微微张着嘴,倒有些吃惊似的。

"风吹稻花香两岸,我家就在岸上住——"文化子一边唱一边偷看她,她默着神,像在想什么。

"听惯了艄公的号——"文化子唱得鼓起了喉咙,只好认输,

"实在是吊不上去了。"

小翠子像醒过来似的抬起眼睛看看他,轻轻地说:"这个曲儿怪好听的。"

文化得意起来,雪了耻似的。

文化子不读书的消息一传开,那耕读老师便闻讯而来,动员捞渣上学。不得已,他向鲍彦山兜出了心底话:

"说实在的吧!我这个耕读老师做了这些年,至今也没转正。您让捞渣上学,也是给我脸面。这第一期的学费,我替捞渣交了吧!"

鲍彦山看看老师,终于点头了。不过学费没让老师交,他说:"真让他念书了,我就得供他学费,万不能让你老师掏腰包。"

他是说话算话的,一口气交了学费,还花了六毛七分钱,给捞渣买了个新书包。鲍五爷在拾来的货郎挑子上拣了支花杆铅笔,给放在书包里了。

捞渣上学了,做小学生了。第一学期,就得了个"三好学生"的奖状。

小翠把捞渣的奖状拿在手里,颠来倒去地看个不停,看完了便问文化子:

"你念这些年咋没带回过一张花纸来家?"

文化子不屑地看了一眼奖状:"这不算什么。"

"啥才算什么?"小翠回他嘴。

他俩时常这么一句去一句来地拌嘴,鲍彦山家里的都看在眼

里了,慢慢地看出了些个意思,夜里,在枕头上,和男人商量:

"小翠十七了,该给他们圆房了。"

可是就在这时候,小翠忽然不见了。割完最后一垄麦子,小翠说:

"你们先回家,我去沟里涮涮毛巾。"然后就再没回来。

二十五

现今文艺刊物多起来了,天南海北,总有几十种。鲍仁文往四面八方都寄了稿,那一厚本"作品"已经拆开寄完了。寄出去一份,他就增加一份期待。他的生活里充满了期待,没有空隙去干别的了。他和他老娘那三亩四分地里,苗比别人少,草比别人多,都种不过二婶的地。真不知他是中了什么邪魔了。他娘甚至跑到二十里地外,三里堡的土地庙去烧了一炷香。那土地庙早已被毁了,她就把香插在庙前边的大树上。这个庙的菩萨灵,她认为。

他那在县委宣传部打字的老同学给他个消息,省里要开一个笔会。笔会,就是许多作家聚在一起,谈谈,玩玩,以文会友的意思。笔会先在省城开,然后就要到这鲍山去玩玩。这些年旅游风盛,稍有点来历的地方都叫拿出来作胜地了。鲍庄要说起也算有点来历的,据说,那上边还有个什么脚印儿,是那位鲍家的先人巡察治水情况时留下的。还有一个洞,洞里有石桌石椅,是那位先人坐镇指挥时用的。据说,那里也要设置旅游点了,当然,眼下只有一座小房子,里面有卖茶的。荒荒的,野野的,作家们就是要看这野味，亭台楼阁，绮山绣水看惯了，要换换口味。

于是，这批作家便要来游一下鲍山。

于是，省里早早就通知了县里，要县里早早做好准备。县文联——现在县里都有文联了——计划着请这些作家们和本县的文学青年见见面，座谈座谈，讲讲话，指导指导，以繁荣基层文学创作。海报贴出去了，要听讲座要见面的，得买票。不到两天，票就全卖出去了。现今的文学青年也是非常多的。

那老同学也代鲍仁文买了一张票。鲍仁文早早地就在盼望这一天了。长这么大，读了这么多小说，这么地热爱文学，可他却从来没见过一个作家。这实在是太不公道了。

他早早地就在盼这一天了。眼看着这幸福的一天之前的那些不幸福的日子，一日一日熬了过去。那老同学却托人带话来说：讲座见面会取消了。作家们不来鲍山了。因为有的要到西双版纳开笔会，有的要到九寨沟开笔会，还有的要到西藏参观访问，剩下二三个虽没别处的笔会邀请，却也没了兴致，终于没能成行，早早地分散到各地去开笔会了。近来的笔会是非常多的。比起那西双版纳、九寨沟、西藏，这鲍山又野得很不够了。

于是，他又只能继续往各地刊物寄稿子，继续期待着，继续什么也期待不着。

每日里，他在自家那三亩四分地里做活儿，脑子里就像在开锅，种种事情涌上心头，种种滋味充斥在心里。想想年龄是偌大，著书是偌渺茫，没有业，也没有家，这么一日一日过去，实在令人惧怕得很。那一日复一日的单调平凡的生活后面,究竟掩隐着什么?前头的希望究竟什么时候才能到达?他又恨不能马上跨过五年八年,看看那前景是如何锦绣,或者如何黯淡,也好早早死了心。因此,他望着那毒辣辣的日头,就有些为难起来,究竟要它过去得快还是慢呢?

和他的地挨边儿的是鲍彦川家里的地。她每日里带着十一岁的大儿子在地里做活儿,不兴歇歇的。天不亮来了,天黑了还不归。吃饭也不回去,她八岁的闺女提着个篮子给送来,就在地里把张煎饼卷巴卷巴,吃了,喝几瓢凉水。然后再接着干。

"一个人管吗?二婶。"他每日都要招呼她一声。

"管。"她回答。她就是说不管,也不见得有人来帮她忙。这地一到手,人就像疯了似的,恨不能睡在地里,谁也顾不上谁了。这阵子,真是谁也顾不上谁了。

不过,每隔三五日,鲍仁文就看见有个膀大腰圆的外乡小伙子在二婶家地里做活儿。看看不像是雇工,二婶待他像自家兄弟,他待二婶也不外。他干活儿肯下力得很,一点不掺假。再说,这年头,又上哪儿去请雇工。就算有雇工,二婶也未必请得起。

那小伙子最多有二十岁,憨憨厚厚的。要来总是晌午后来,一干干到天黑。有一次,他直起腰左右看了看,正好看到鲍仁文,便龇着牙笑了一下,牙白得耀眼。鲍仁文认出了,就是那天挑货郎挑的弟兄。

小伙子和二婶不外得很。有一次,见他给二婶翻眼皮,二婶眼里进了颗沙子;有一次,见二婶帮他挑手上的刺儿。二婶吸烟,小伙子帮她点火;小伙子吸烟,二婶帮他点火。他叫她"二婶",她叫他"大兄弟",孩子们叫他"叔"。瞅不透他们是什么关系。瞅着只觉得怪有趣儿的。

日子过得那么平淡,难挨,看看他俩,倒也解解闷。

二十六

这天,那小伙子正给二婶锄地,却呼啦啦地跑来了一伙子人,为首的正是鲍彦山。他抡起扁担,一家伙把那小伙子掀翻在地上了。接着,一伙人就拥上来,连打带踢,那小伙子抱着头在地上乱滚。

二婶担着一挑水走到地边,来不及搁下桶就朝这边奔过来了。桶翻了,水涓涓地流着。

二婶跑着跑着,绊倒了,爬起来再跑,一边叫道:"要打打我,要打打我。"

她跑到跟前,就去拖鲍彦山,鲍彦山给了她一脚:"连你一起打。"

她被踢得蹲了一下,又站直了,跑上几步,扑倒在鲍彦山脚边,抱住鲍彦山的膝盖:"大哥,你饶了他小命一条吧!"

鲍彦山不由放下了扁担,瞅了一眼弟妹,叹了一口气,骂道:"你这不要脸的娘儿们,还有脸给他说情!"说罢,就一使劲甩脱了她。

二婶翻转身，索性抱住了那小伙子，不管不顾地嚷："是我偷了他汉子，没他的事！是我偷了他汉子，没他的事！"

一阵更加激烈的拳脚交加。二婶和那小伙子紧紧抱成一团，再不作声了。任他们怎么踢，怎么打，怎么骂，只是不作声。

打累了，终于歇了手，在他身上踹了一脚，说道："下次再叫我瞅见你往这庄上跑，没你好果子吃。"

他们抱成一团，一动不动，像死过去了似的。人走了，半晌过后，才动了起来。

小伙子哇的一声哭了："二婶，我干了缺德事，败了你家的门风。你揍我吧！"

"这不怪你，"二婶整了整衣衫，眼里没有一滴眼泪，干干的。

"我连累了你，二婶。"

"是我连累了你，拾来。"

"我这就走，再不敢来了。"

"你要走，就走吧。"二婶幽怨地看着他。

他爬起来，要走，却又蹲倒了，脑袋垂在了裤裆里。

"你咋不走？"二婶问他。

"我走了，这地你自己咋锄得完。"拾来说。

"我能锄。"

"那，我走了。"他回过头，犹犹豫豫地对二婶说。

"慢，你的货郎挑子叫他们砸散了，你拿什么去做买卖？"

"我能拾掇。"

两人不再说话，低着头。过了一会儿，二婶慢悠悠地说："我说，拾来。"

"我听着哩。"

"我说，你要不嫌我年岁大，不嫌我孩子多，不嫌我穷，你，你就不走了！"二婶说罢，猛地扭过脸去了。

拾来却抬起了脸，眼睛里流露出欣喜的光芒，他感激涕零地叫了声："二婶！"

"你别叫我二婶了。"

"管。"

"你叫我，孩他娘。"

"管。"

二婶慢慢地转过脸，望着拾来，泪糊糊地笑了。拾来也憨憨地笑了。两张鼻青眼肿的脸，就这么泪眼婆娑地相对着，傻笑着。

拾来留下了，却不敢叫本家兄弟们看见。可是这怎么瞒得过人！鲍彦川的本家兄弟到处寻着拾来。

拾来去找队长，现在分地了，没有队了，也就没队长了，队长叫作村长了。村长不如队长能管事。他说他管不了鲍家兄弟，他心里也是不想管，这事儿不能管。这是小鲍庄百把年来头一桩丑事，真正是动了众怒。

拾来是个五尺高的汉子，不是一只烟袋一只鞋，不能藏着掖着。早晚叫他们瞅见了，便跑不了一顿饱打。拾来叫他们打急了，撒腿就跑。二婶在后边大声地叫：

"往乡里跑，往乡里跑！"

一句话提醒了拾来，拾来抱住脑袋，掉转身子就往乡里跑。一气跑了七八里地。到了乡里，才算有了公断：照婚姻法第几第几条，寡妇再嫁是合法的，男方到女方入赘也是合法的。从此，拾来在小鲍庄有个合法的身份，不用躲着人了。

可是，倒插门的女婿难免叫人瞧不起，连三岁小孩都敢在头上动土。干干净净的鲍姓里，忽然夹进一个冯姓，并且据说这个冯姓也不那么地道，纯净，是硬续上的，来路十分不明，叫众人难以认可。一篓瓜里夹进了葫芦，叫人怎么看得顺眼？再加上拾来和二婶的年龄，总给人落下话把。好在，拾来从小是在这种好奇又鄙夷的目光中长大，这对他不新鲜了。而他漂落了这几年，终于有了个归宿。他一点儿没觉着二婶对他有什么不合适的，他想不出他怎么去和一个大闺女过日子。和着一个小姊妹过日子，那也叫过日子吗？二婶对他，是娘，媳妇，姊妹，全有了。拾来心满意足,胖了，像是又高了一截子,壮壮实实,地里的活儿全包了。

二十七

今天晚上和明天白天天气预报：

今天晚上，阴有雨，雨量小到中等，局部地区有大到暴雨。预计明天，仍有中到大雨。希望有关部门及时做好防汛工作……

县里成立了防汛指挥部。

乡里成立了防汛指挥部。

村里也成立了防汛指挥部。

二十八

雨下个不停,坐在门槛上,就能洗脚了。西边洼处有几处房子,已经塌了。

县长下来看了一回。

乡长下来看了两回。

村长满村跑,拉了一批人上山搭帐篷,帐篷是县里发下来的。

这天,天亮了一些,云薄了一些,雨下得消沉了一些,心都想着,这一回大概挨过去了。不料,正吃晌饭,却听鲍山西边轰隆隆地响,像打雷,又不像打雷。打雷是一阵一阵地轰隆,而这是不间断的,轰轰地连成一片,连成一团。"跑吧!"人们放下碗就跑,往山东面跑。今年春上,乡里集工修了一条石子路,跑得动了。不会像往年那样,一脚插进稀泥,拔不起来了。啪啪啪地,跑得赢水了。

鲍秉德家里的,早不糊涂,晚不糊涂,就在水来了这一会儿,糊涂了,蓬着头乱跑。鲍秉德越撵她,她越跑,朝着水来的方向跑,撒开腿,跑得风快,怎么也撵不上。最后撵上了,又制不住她了。来了几个男人,抓住她,才把她捆住,架到鲍秉德背上。她在他背上挣着,咬他的肩膀,咬出了血。他咬紧牙关,不松手,一步一步往东山上跑。

鲍彦山一家子跑上了石子路,回头一点人头,少了个捞渣。

"捞渣!"鲍彦山家里的直起嗓门喊。

文化子想起来了:"捞渣给鲍五爷送煎饼去,人或在他家了。"

"他大,你回去找找吧!"鲍彦山家里的说。

水已经浸到大腿根了。

鲍彦山往回走了两步,见人就问:"见捞渣了吗!"

有人说:"没见。"

有人说:"见了,和鲍五爷走在一起呢!"

鲍彦山心里略略放下了一些,还是不停地问后来的人:"见捞渣了吗?"

有人说:"没见。"

有人说:"见了,搀着鲍五爷走哩!"

水越涨越高,齐腰了。鲍彦山望着大水,心想:"这会儿,要不跑出来,也没人了。"

后面的人跑上来:"咋还不跑!"

"找捞渣哩!"

"他早过去了,拖着鲍五爷跑哩!"

鲍彦山终于下了决心,掉回头,顺着石子路往山上跑了。

鲍秉德家里的折腾得更厉害了,拼命往下挣,往水里挣。鲍秉德有点支不住了。

"你不活了吗？"他大叫道。

她居然把绳子挣断了，两只手抱住她男人的头，往后扳。

"狗娘养的！"鲍秉德绝望地号。他脚下在打滑了，他的重心在失去。他拼命要站稳。他知道，只要松一点劲儿，两个人就都完了。水已经到胸口了。

她终于放开了男人的头，鲍秉德稍稍可以喘口气。可还没来得及喘气，她忽然猛地朝后一翻，鲍秉德一个趔趄，不由松了手。疯女人连头都没露一下，没了。

一片水，哪有个人啊！

水撑着人，踩着石子路往山上跑。有了这一条石子路，跑得赢水了。跑到山上，回头往下一看，哪还有个庄子啊，成汪洋大海了。看得见谁家一只木盆在水上漂，像一只鞋壳似的。

村长点着人头，除了疯子，都齐了，独独少鲍五爷和捞渣。

"捞渣——"他喊。

"捞渣——"鲍彦山家里的跺着脚喊。

鲍彦山到处问："你不是说见他和鲍五爷了吗？"

"没见，我没说见啊！"回说。

鲍彦山急眼了，到处问："你不是说见了吗？说他牵着鲍五爷！"

都说没见，而鲍彦山也再想不起究竟是谁说见了的。也难怪，兵荒马乱的，瞅不真、听不真也是有的。

鲍彦山家里的跳着脚要下山去找,几个娘儿们拽住她不放:"去不得,水火无情哪!"

"捞渣,我的儿啊!"鲍彦山家里的只得哭了,哭得娘儿们都陪着掉泪。

"别号了!"村长嚷她们,皱紧了眉头。自打分了地,他队长改作了村长,就难得有场合让他出头了,"还嫌水少?会水的男人,都跟我来。"

他带着十来个会水的男人,砍了几棵杂树,扎了几条筏子,提着下山去了。

筏子在水上漂着,漂进了小鲍庄。哪里还有个庄子啊!什么也没了,只有一片水了。一眼望过去,望不到边。水上漂着木板,鞋壳子。

"捞渣——"他们直起嗓子喊,声音飘开了,无遮无挡的,往四下里一下子散了,自己都听不见了。

"鲍五爷——"他们喊着,没有声,好比一根针落到了水里,连个水花也激不起来。

筏子在水上乱漂着,没了方向。这是哪儿和哪儿哩?心下一点数都没有。

筏子在水上打转,一只鸟贴着水面飞去了,鲍山矮了许多。

"那是啥?"有人叫。

"那可不是个人?"

前边白茫茫的地方,有一丛乱草,草上趴着个人影。

几条筏子一齐划过去。划到跟前,才看清,那是庄东最高的大柳树的树梢梢,上面趴着的是鲍五爷。鲍五爷手指着树下,喃喃地说:"捞渣,捞渣!"

树下是水,水边是鲍山,鲍山阴沉着。

男人们脱去衣服,一个接一个跳下了水。一个猛子扎下去,再上来,空着手,吸一口气,再下去……足足有一个时辰。最后,拾来一个猛子下去了好久,上来,来不及说话,大口喘着气,又下去,又是好久,上来了,手里抱着个东西,游到近处才看见,是捞渣。筏子上的人七手八脚把拾来拽了上来,把捞渣放平,捞渣早已没气了,眼睛闭着,嘴角却翘着,像是还在笑。再回头一看,鲍五爷趴在筏子上早咽气了。

筏子比上来时多了一老一小,都是不会说话的。筏子慢慢地划出庄子,十来个水淋淋的男人抬着筏子刚一露头,人们就呼啦地围上了。

一老一小静静地躺在筏子上,脸上的表情都十分安详,睡着了似的。那老的眉眼舒展开了,打社会子死,庄上人没再见过他这么舒眉展眼的模样。那小的亦是非常恬静,比活着时脸上还多了点红晕。

鲍彦山家里的瞪着眼,一字不出。大家围着她,劝她哭,哭出来就好了。

村长向人讲述怎么先见到鲍五爷,而后又下水去找捞渣。

拾来结结巴巴地向大家讲述:"我一摸,软软的。再一摸,摸到一只小手。我心里一麻,去拽,拽不动,两只手搂着树身,搂得紧……"

人们感叹着:"捞渣要自己先上树,死不了的。"

"捞渣要自己先跑,跑得赢的。"

"那可不是?小孩儿腿快,我家二小子跑在我们头里哩!"

"捞渣是为了鲍五爷死的哩!"

"这孩子……"

打过孟良崮的鲍彦荣忽然颤颤地伸出大拇指:"孩子是好样儿的!"

"我的儿啊——"鲍彦山家里的这才哭出了声,在场的无不落泪。

捞渣恬静地合着眼,睡在山头上,山下是一片汪洋。鲍秉德蹲在地上,对着白茫茫的一片水,呜呜地哭着。

天渐渐暗了,大人小孩都默着,守着一堆饼干、煎饼、面包,是县里撑着船送来的,连小孩都没动手去抓一块。

天暗了,水却亮了。

二十九

这次大水闹得凶,是一百年来没遇到过的大水。可是全县最洼的小鲍庄只死了一个疯子,一个老人和一个孩子。这孩子本可以不死,是为了救那老人。

水下去了,要办丧事了。大伙儿商议着,不能像发送孩子那样发送捞渣。捞渣人虽小,行的是大仁义,好歹得用一副板子送他。万不能像一般死孩子那样,用条席子卷巴卷巴。

男人们去买板子了,女人们上街扯布。蓝涤卡,做一身学生制服,鱼白色的确良,缝个衬里褂子。还买了双白球鞋。捞渣打下地没穿过一件整褂子,都是拾他哥哥们穿破穿烂的。要好好地送他,才心安。

全庄的人都去送他了,连别的庄上,都有人跑来送他。都听说小鲍庄有个小孩为了个孤老头子,死了。都听说小鲍庄出了个仁义孩子。送葬的队伍,足有二百多人,二百多个大人,送一个孩子上路了。小鲍庄是个重仁重义的庄子,祖祖辈辈,不敬富,不畏势,就是敬重个仁义。鲍庄的大人,送一个孩子上路了。

小鲍庄只留下了孩子们,小孩是不许跟棺材走的,大人们都去送葬了。

女人们互相拉扯着,呜呜哭,风把哭声带了很远很远。男人们沉着脸,村长领着头,全是彦字辈的抬棺,抬一个仁字辈的娃娃。

刚退水的地,沉默着,默不作声地舔着送葬人的脚,送葬队伍歪下了一长串脚印。

送葬的队伍一直走到大沟边。坑,挖好了,棺材,落下了,村长捧了头一捧土。九十岁的老人都来捧土了:"好孩子哪!"他哭着:"为了个老绝户死了,死得不值啊!"他跺着脚哭。

风吹过大沟边的小树林子,树林子沙啦啦地响。一满沟的水,碧清碧清,把那送葬的队伍映在水上,微微地动。土,越捧越高,

越捧越高,堆成了一座新坟。坟映在清凌凌的水面上,微微地动。

他大在坟上拍了两下,哑着嗓子说:

"孩子,大委屈你了,没让你吃过一顿好茶饭!"

刚止住的哭声又起来了,大沟的水哭皱了,荡起了微波,把那坟影子摇得晃晃的。

天阴阴的,要下似的,却没有下。鲍山肃穆地立着,环起了一个哀恸的世界。

这一天,小鲍庄没有揭锅,家家的烟囱都没有冒烟。人们不忍听他娘的哭声,远远地躲到牛棚里,默默地坐了一墙根,吸着烟袋。唱古的颤巍巍地拉起了坠子:

> 十字上面搁一撇念作千字,
> 千里那哈又送京娘。
> 有九字往里拐念力字,
> 力大无穷有燕张。
> 有人字一出头念入字,
> 任堂惠结拜杨六郎……

鲍二爷轻轻问老革命:

"鲍秉德家里的找到没有?"

老革命目不转睛地看着唱古的,轻轻说:"没有。"

"这就怪了。"

"大沟都下去摸过了。"他盯着唱古的回答。

"这娘儿们……兴许……怪了……"鲍二爷摇头。

老革命一字不落地听着:

有五字添一个单人还念伍,
伍子胥打马又过长江。
有四字添一横念西字,
西凉年年反朝纲。
……

三十

鲍仁文把拾来和二婶的故事,写了一篇文学色彩很浓的广播稿,寄给了广播站,题目叫作《崇高的爱情》。他写拾来不嫌二婶年纪大,孩子多,二婶则不嫌拾来没根底,没地又没房。由于有了崇高的爱情,他们便结为伴侣。白日辛勤地劳动,夜里在灯下制定"致富计划"。等等等等。不出一星期,就广播了,引起了极大的轰动。有人从十几里外来小鲍庄,为了看一眼拾来和二婶。可是,这并没有改变拾来在小鲍庄的地位,人们还是叫他"倒插门的"。

和他家地连边的还有鲍仁远家。他光天化日之下,犁去二婶两犁地,拾来也不敢作声。因此二婶没有男人时没受过欺负,这会儿有了男人，倒任人欺负了。而没有男人的二婶不是个省油灯，到处敢和人争和人吵，和人理论理论，现如今有了男人倒不敢了，像有了什么短处似的。她总觉得自己这个男人不是明门正道的，自己心里先亏了三分理，便再也嚷不出去了。可不管怎么说，还是有个男人好啊，不论是明道还是暗道。有个男人，心里踏实多了，过日子有个帮手，到底不那么累人了。她从心底里是感激拾来的。可是她又隐隐地觉着，自己也是收容了拾来。所以，她使唤拾来起来，那话里总难免有一种不客气的味道：

"拾来，水缸见底了！"

拾来便去挑水。

"拾来，烧锅！"

拾来便烧锅。

"拾来，锅溢了。"

拾来便不烧。

"拾来，猪跑了。"

"我正吃饭哩！"拾来说。

"你不能吃着撵着吗？"

于是拾来便卷巴一张煎饼跑去了，嘴里"啰啰"地叫着。

拾来也习惯了，任她使唤。使唤不怕，就怕她嘟囔。有时候，拾来任务完成得不那么圆满，她就会嘟囔个没完。拾来虽说是个倒插门的，毕竟也是个男人，也有脾气，发作起来也是不得了的，于是就要闹。不过，他们闹起来和别人不一样。他们插着门闹，压着声儿闹,打死了也不叫唤。闹完了,打完了,开了门,又像没事人一样了。夜里,两口子还是恩恩爱爱,该干啥还干啥。

拾来隐隐有点不满足的是,这个家他做不了主。这个家是二婶的家,有什么事,人家从不找他,而是直接去找二婶。其实,就是来找他,他也会去问二婶的,可人们连这个过场都不记着要走一走。而二婶呢?也常常忘记和他打商量。比如,小三子上学的事。其实,她要来问他,他也会让三子上学的,她的孩子就是他的孩子,他能亏待得了吗?可是二婶问都不来问他,好像他不是这家的男人似的。他心里自然有点不自在。心里不自在吧,又不好说出来,憋又憋不住,就在别的事上露出了脸色:

"稀饭咋这么稀,是涮锅水吗?"

"我多放了半瓢水,你凑合喝吧,老爷!"二婶说。

"干一天活儿,喝这个管吗?雇的短工也得管饱饭!"拾来放下锅,搁重了一点,砰的一声响。

"你走街串巷卖货的时候,能喝上这个就不错了哩。"二婶撇撇嘴说。

打人不打脸,揭人不揭短,这话说到了拾来的短处,也是痛处,他干脆把碗摔了。

二婶也会摔碗,摔得比他响,乓乓的,当然,没忘了先关门。

打一次,闹一次,当时不觉得什么。可一次一次多了,总归要留下一点什么。一点一点地积了起来,自然是个事儿。虽然不大吧,可搁在心里也是个疙瘩,怪不畅快的。不过,过日子嘛,不畅快原来就比畅快多,没什么大不了的,也能过下去。不如人家的有,可人家不如的也有。就是这么回事。

广播稿在乡里广播了不久,又在县广播站广播了。拾来和二婶觉得怪臊的,可毕竟有点得意。成了名人了,便也觉得不该闹。想不闹就能不闹了吗?也不能。他们只能把门关得更严,声音压得更低。

鲍仁文听到县广播站广播了,便激动得了不得。要知道,被县广播站选中稿子,这在他的文学生涯中,是一个制高点。他自己都不晓得怎么来的一个印象,就是县广播站广播过的稿子都要在县文联办的一份名叫《文苑》的刊物上发表。他沉住气等着县文联给他寄到有他稿子的《文苑》。等了半个多月,也不见动静,又不好意思问上门去,只好作罢。他又想着再加工成一篇小说,给省里的刊物寄走了。接下来,就又是无穷无尽的等待。至于拾来和二婶在屋里打架,他就不负责了。

三十一

捞渣死后,文化子叫他娘数落得够呛。样样事情,他娘都要拿捞渣来对照他。而他自己也奇怪起来,怎么相对着自己每一处缺点,捞渣都有一处优点。而他的缺点又那么多,一动弹就露出了马脚。于是,便不时提醒起他娘对捞渣的怀念,数落之后便是哭,哭起来就没个完了。

"文化子,给娘捶捶背。"他娘叫道。

"我在喂猪哩。"他说。

他娘便哭了:"捞渣要在,不用我说,他就给我捶了。捞渣在,我一进门,他就递洗脸水过来了,不要我动弹了。捞渣,你咋走得那么早哩……"

哭得人心里酸酸的,烦烦的。文化子憋得慌。他心里也难受,难受的不仅仅是弟弟死了。当然,弟弟死了,他也难受得像心里剜去一块肉似的。这个弟弟好,虽然比他小许多,却处处让他。要不为让他,也能早一年读书,多挣俩"三好学生"的奖状来家了。可是,难过归难过,死的死了,活着的还得过日子哩。因此,活着的人就不免要多想想活着的人,活着的事。

他想小翠子。自打小翠子走了,他才渐渐明白过来,小翠子是喜欢自己的,而自己也是喜欢小翠子的。并且,小翠子对他的希望,也一日一日地明了起来了。文化子变闷了,比他哥还闷。小翠子走,他哥也难过,难过的是媳妇没了。他哥二十六了,想媳妇呢。而他文化子难过的不是媳妇,她不是他的媳妇。哥哥还没媳妇,他不敢想媳妇。所以,他又盼着他哥快娶媳妇,但是,最好不是小翠子,一定别是小翠子,可千万别是小翠子。哦,小翠子,可千万别回来。可是他又耐不住地想小翠子回来。下湖去,他想着,小翠子跑过来,推了他一个脸朝天;井沿上,他想着,小翠子蹦出来,按住他的扁担:"还我的十二月!"他想起他"还"她的那支歌儿,叫她一下子就唱会了,一丝音儿都不跑。"你该是上学念书的。"文化子叹了一口气。他发现小翠子对他的希望其实也是她自己的希望。她真该去上学的。而如今,连他自己都没得学上了,还谈什么小翠子呢!

他想学校,想看书了。他常常跑到鲍仁文那里去,借书看,和他拉呱。他自己也觉得出奇,如今和谁都不大能拉得来,却和鲍仁文能拉。

"文哥,你不能老一个人这样过下去吧!"他说。

"我不能像众人那样过下去。"鲍仁文回答。答得莫名其妙,可文化子全懂。

"你不觉得苦?"

"苦倒不怕,只要有盼头。"

"你有盼头吗?"

"想就有,不想就没有。"鲍仁文极其微妙地笑了一下,可文化子全领悟了。

"怎么过不是过一辈子呀,是不是?文哥。"

"只要自己觉得有滋味。"

"各人有各人的过法,是不是,文哥?"

"别看别人怎么过,只管自己,就行。"

"也别管别人怎么看咱们过,只管自己过的,就行。"

他俩像参禅似的,能拉一夜。每次从鲍仁文那破得不成样的屋子里出来,文化子便觉得心时敞亮了一点。

有一天夜里,他从鲍仁文家回来。走到家门口,忽然从黑影地里闪出一个人,站在了他的跟前,一双乌溜溜的眼睛看牢了他。

是小翠！他险些儿叫出了声，小翠一把将他的嘴捂住，拖住他，跑到了家后。小翠的手滚烫滚烫，他拽住再不松开了。

两人跑下台子，钻进秫秫地，这才站定。小翠回过头，看着文化，文化也看着小翠。小翠的脸盘子瘦了一圈，眼睛更大了，黑洞洞的，深不见底。月光将秫秫叶的影子投在她脸上，影子摇晃着，她的脸一明一暗，像在梦里似的。

"你跑哪儿去了？"文化子想去摸摸她的脸，却不敢，倒被这个念头弄得哆嗦起来了。

小翠子不回答，只是看定了他。

文化子不由害怕起来了，推推她："你咋又回来了？"

"为你回来的。"小翠子说，眼泪直流了下来，很大很大的泪珠儿，打在秫秫叶儿上，啪啪地响。

这下轮到文化子不说话了。

"你不要我回来？"小翠哀怨地问。

"我正想着找你去。"

小翠子一把抱住了文化子的脖子，文化子这才敢抱住她。月亮悄悄地看着他们，看了一会儿，挪了一点儿，再看一会儿，再挪一点儿。下露水了。秫秫在拔节，唰唰地轻响着。一只秋虫在嚁嚁地唱。秫秫叶子摇晃着，把影子晃到小翠身上，又晃到文化子身上。露水凉凉的，甜甜的。

"翠，别走了。要走，我们一起走。"

"我回来，就是来讨你这句话的。你这么说，我就不怕了。"

"我也不怕,翠。"文化子喃喃地说。

"我就要你这句话,文化。"小翠喃喃地说。

"我想你想得好苦。"文化子哭了。

"我想你想得好苦。"小翠哭得更伤心了。

"我都想你来骂我,打我。"

"贱骨头!"小翠破涕而笑了。笑了一声,又哭了。

两人轻轻地笑着,又轻轻地哭着。月亮悄悄地看着他们,秫秫叶儿悄悄地拍打着他们。

三十二

鲍秉德结婚了。娶的是十里铺的一个麻脸大姊妹,虽是麻脸,人长得粗笨,可还是大闺女的好啊!是鲍彦山家里的给做的媒,一说便成了。立马定好了日子,说娶就娶过来了。虽然那疯子才死了不过三个月,但大伙儿都谅解:这男女两头都不能等了。三亩四分地躺在那里了,天天要人侍弄,家里没个做饭的不成。再说,鲍秉德年已过四十,等着抱儿子哩。

庄上有头有脸的,鲍秉德全请,还请了鲍仁文。可是鲍仁文却推托有事,没去。他坐在他那小破屋里,听到鲍秉德家里传过来的划拳喊令声,心中十分怅惘,像是失落了什么。他觉着,有些寂寥。一盏孤灯伴着个孤魂,自己不明白自己究竟在活得个什么。

那边像是更喧哗了,许是在闹房。又静了下来,大约新娘子在唱小曲儿了。静了一阵,又闹起来,大约是唱毕了。鲍仁文屏着气听那边的动静,没提防门开了,进来了一个文化子,把他结结实实地吓了一跳。

"看新娘子了?"鲍仁文问他。

"瞅了一眼。"文化子说。

"咋样?"

"一脸的坑。"文化子坐在床沿上,翻着书。

鲍仁文脑袋枕着胳膊,躺在床上,望着黑洞洞的梁。

"俺娘又在哭,想捞渣了。捞渣去年这个时候,和俺娘坐一条板凳掰大秫秫棒哩。"

"捞渣是个好样儿的,连鲍彦荣这个功臣都敬着他几分。"鲍仁文说。

"文哥,你不能把捞渣的事写个文章吗?"

"写捞渣?"鲍仁文坐了起来。

"捞渣不是为自己死的,是为鲍五爷死的,有写头哩!"

"可不是,可以写个报告文学。"鲍仁文自言自语道。

"俺这弟弟够苦的,才过了九个年,还没做人呢!就没了。"

"他人虽然小,做的是大德行。"

"俺娘一哭就叨叨,没给他吃过一顿好茶饭。今年能收得多,能吃饱肚了。他又不在了。"

鲍仁文下了地,脚在床下边摸着鞋。他完全被激动了起来,浑身充满了一种幸福的战栗。"灵感来了。"他说,"是灵感来了。"

他肯定。赶紧地摸笔、摸纸,把文化子完全忘了,撇在一边。

他不理会文化子,文化子也不理会他,脱了鞋,上了床,枕着胳膊躺倒了,和鲍仁文换了地方。他望着黑洞洞的梁。

小翠子今天晚上不知会不会来了,庄上这么大的动静,人来人往走马灯似的,到三更也消停不了。小翠子在十里地以外的柳家子给人做短工,说一得闲就过来。让文化子每天晚上,月到中天了,就到家后台子上去望望。他们约好,咬着牙等,等建设子娶上了媳妇,小翠回来,和文化子成亲。她虽然和建设子一没结婚,二没登记,可全庄的人,所有的人都认定她是建设子的媳妇了。而文化子,则是她的小叔子。所以,她必须等建设子成了家才能露面。

鲍彦山家里的,为建设子的事愁得不能行。她明白,建设子说不上媳妇的重要原因,是家里没房子。那三间破泥屋,经这一场百年不遇的水一泡,又趴下去了一截,屋顶天天往下掉土坷垃,就不定什么时候就全趴下了,把一家几口人全埋在了里面。她和男人筹划着,收了秋,把粮食除了留种,全卖了,盖房子。可是没粮食吃什么呢?这又是要发愁的事。两口子,每天夜里在枕头上烙饼,翻来翻去,翻到鸡叫天亮。

文化子望着屋梁,那屋梁上头像是有个黑不见底的大洞,望着望着,文化子觉着自己好像陷进了那大洞。

那边静下来了,有人打门前走过,说话的声音碰地响:

"麻脸倒不怕,能生养就行。"

"看她那粗腰大腚,能生一窝哩!"

"奶奶的,清泠。"

脚步沓沓地敲着泥地,远去了。

月到中天了。

三十三

二婶家大小子有十六了,长成个大个儿,黑黑的脸膛子,不笑。去年,还叫拾来"叔",今年不叫了。拾来叫他,他也爱理不理的。二婶什么事都跟他商量,就更不和拾来商量了。拾来常常窝气,实在气不过了,他便把那散了架的货郎挑找出来拾掇拾掇,看见了货郎鼓。他拿在手里轻轻一摇:

"叮咚,叮咚。"

货郎鼓的声音生脆生脆。拾来愣愣着,像是想起了什么,最后又什么也没想起。他把货郎鼓往腰里一插,挑起货挑子走了,也没跟二婶打个招呼。二婶烧好了锅,等拾来吃饭,等等不来,等等不来。庄前庄后找了一遍,人说,没见拾来,倒见有个货郎,打大路上走过去,那模样确是有点像拾来。她赶紧跑回家找那散了架的挑子,一找没找到,她便明白了。

"我怕你不回来?贱样!"她撇撇嘴,自己盛碗稀饭,抓张煎饼吃了,把锅刷了睡了。一夜没睡踏实,一有个风吹草动,她就要竖起耳朵听听,是不是有人敲门。没人敲门。

第二天早起,她该干啥还干啥。第三天也这么过了。到了第四天，她有些沉不住气，夜没合眼，围着被坐在床上，吸着烟愣一宿。天亮了，她换了件海昌蓝的半新褂子，决定去找拾来了。

"我娘，你去找啥？找个熊！"大小子粗鲁地对她说。

"我去找你大！你个没良心的杂种！"她乱骂着，大小子不敢作声了。她还骂："要没他，你早死了，不饿死也得累死。他是你大。别看他大不了你多少岁，也是你大。你敢不叫他大，你看着……"二婶骂着，不由有点心酸。她想起拾来刨地的模样，光着脊梁骨，背上的汗珠子亮晶晶的，把裤腰都溻湿了。

拾来挑着货郎挑走在大路上，大路白生生的，翻过了前边的坝子，不见了。他忽然想起了一个月亮夜，这路白花花的，坝子上翻过来一只甲虫，慢慢地近了，近了，是一架平车，一个穿着蓝白花夹袄的女人拉着平车，车上有个凉床架子，一个篮子，篮子里有布，有棉絮，有果子，还有一盒烟卷。他心乱跳着，眼窝里热乎乎的，像有什么东西流了出来，他抬起手摸了一把。庄子里静悄悄的，只有老人和孩子。他走到他家的草屋跟前，那草屋几乎全陷到地底下去了，地面上只剩个烂屋顶了。前前后后的倒有了好些青砖到顶的房子。

门上没锁，虚掩着，推门推不动，再使劲，门倒了。屋子里空空的，一地的碎麦穰穰子。阳光从窗洞里透进来，卷着几缕灰。屋里只有一眼灶，两个床，一个板床，一个凉床。他站着，头快碰上屋梁了。门口拥着几个小孩儿，愣着眼看他。

"这屋的人呢？"他问小孩儿。

"走了。"小孩儿回答。

"走哪儿了？"

小孩儿面面相觑，一个大点儿的说："上北边了。"

拾来站了一会儿，走了出来，把门装好，掩上，回过身来。

阳光扎着他眼疼，睁不开。太阳晃眼。

拾来挑着货郎挑走在大路上，走过一片一片的地，这是两个，那是三个，在做活儿。他想着二婶的那地。他想着那地被太阳晒得烫脚，烫到心里去的滋味儿；想着那地腥苦腥苦的气味儿；想着那地种什么收什么，一点儿骗不得，也一点儿不骗人的诚实劲儿；想着二婶刨地时，那破褂子飘飘忽忽的，时隐时现着一双柔软结实的妈妈。他懒懒地走在大路上，货郎鼓无精打采地响：

"叮——咚，叮——咚。"

进了庄子，有个媳妇儿来挑花线，有个姊妹来拣纽子……各色各样的手在匣子里翻腾着。他瞅着那些个手，心里闷闷的。好歹等她们挑够了，买了，或是不买了。他整理了一下挑子，上了肩。直起腰，刚迈步，又站住了，离他十来步的地方，站着个娘儿们，脸上又是土，又是汗，成花的了，手掐着腰，恨恨地瞅着他。

"二，二，"他又改口道，"孩，孩他娘。"

"孩他娘死了！被她男人甩了，上吊了，投河了，一头撞在鲍山上撞死了！"

"哪，哪能。"拾来赔着笑脸，心里却像喝了一碗滚烫的茶，舒坦极了。

"她男人找着黄花大姊妹了!找着穿高跟鞋儿、烫狮子头的洋妞了!找着住楼的小姐了!"

"哪,哪能!"拾来走近去,抬起手,碰了碰二婶的肩膀,被二婶一巴掌打掉了。

"她男人死了,她守寡了,她改嫁了,嫁山那边去了!"

"哪,哪能。"拾来把打回来的那只手放到脑袋上,挠着脑袋。

"生了一大嘟噜孩子,有男的,有女的,有长的,有短的,有方的,有圆的……"二婶自己也笑了,赶紧又掩住。

拾来朝前走了两步。

"你走哪去!"二婶嚷道。

"回家呀!"他回答。

"哪是你的家?你还记得家?"

拾来不敢动了,站在那里。

"你是死了吗?还不动弹,你想死在野地喂狗了?"

拾来这才敢走动,跟在她后边。他心里就像放下了一块石头,他问自己:究竟有啥事呢?什么事也没有,啥事也没有。他回答自己。他越走越轻快,不由走到了二婶头里。

太阳照着土地,风吹着大柳树,柳枝子飘拂来飘拂去,一只雀子唱着。货郎鼓叮咚叮咚地响。他走着走着一回头,见二婶在抹眼泪,他又傻了:

"你,这是干啥呢?"

"你这个没良心的！"二婶哽咽着骂。

"我去去就来家了。"

"我不找你，你来家？"

"不找也来家。"

"说瞎话。"

"要是瞎话天打五雷轰！"拾来赌咒发誓。他望着二婶泪糊糊的毛乎眼，鼻子也酸了。

两口子相跟着回了庄，天已到晌午了。二婶开了锁进了屋，一边吆喝拾来："烧锅！"

拾来还没坐到锅跟前，她又嚷：

"水缸见底了，还不挑水去，这么没眼色的。"

于是，拾来又站起来去挑水。

三十四

鲍秉德不明白自己咋会有这么多话的。天黑，他脑袋一挨上枕头，就开始对着新媳妇叨叨，叨叨个没完。他告诉她小鲍庄的来历：鲍家祖上做过官，莫看如今贫寒，却是有根底的。他告诉她自己家那些啰啰唆唆的事：自己过去的那女人，那女人怎么变疯了，又怎么想上吊没死成，后来发大水时，又怎么摔下去，淹死了，至今连根头毛都没找着。

媳妇总是静静地听着，黑里见不着她脸上的麻子，什么也看不见，只觉着她的脸贴着他的脸，眼睛眨巴着，半天眨巴一下，半天眨巴一下。他知道,她醒着,在听他说呢!

鲍秉德原以为自己是不好说话的哩。他常常一连几天不说一个字,猛一开口,把自己都吓了一跳。如今这么说个没完,连自己都觉着烦人了。可不会是这几年的话全憋在肚里了。说也奇怪,人一说话就像是活过来似的。他像是活过来了。回想那几年,都不知道自己在活个什么劲。他就是觉得自己说得太多了,怕人烦。

她的脸贴着他的脸,半天一眨巴眼,半天一眨巴眼。她醒着,在听他说哩。

她肚里已经有了,不知为啥,他不用趴到她肚子上去听,也晓得一定是个活跳跳的孩子。他这么断定。他觉得这个娘儿们就是专给他生孩子过日子的,就是个不折不扣的娘儿们,家里的。搂着这样的娘儿们睡,睡得踏实,睡得实在。

可是,有时候,他坐在板凳上,脚泡在脚盆里,吸着烟袋,看着她忙活。看着看着,不由得会看到一个苗苗条条的背影,一条大辫子在背上跳着,长虫似的。他的心,就会像刀剜似的一疼。他觉得那疯子是有意跳下水,给这个媳妇儿让路的,也是给他让路的。唉,要是找着她的尸体,埋在地头,也好时常看看,捧捧土,拔拔草,心里的难受也好有个地方发落。可她不知躲哪儿去了,连根头毛也找不见了,连把土也不让他捧,草也不让他拔,连个地头也不占他的,连个难受也不给他。是放他过去,也是叫他放她过去。

鲍秉德心里酸酸地难受。可是天一黑,一搂着那娘儿们,话又来了。耳根子隐隐地好像家后秫秫地里有人唱小曲,声音细细的,风吹似的。再凝神一听,又没了。

三十五

鲍仁文熬了几宿,写成了捞渣的报告文学。这回,他发了狠,一连抄了四五六七份,发通知似的发给了好几处:省里的,地区的,县文化馆的;刊物,报纸;青年报,少年报……

收过了秋,粮食进了屋,囤了起来。过年了,鲍秉德家里的肚子挺得老高,快生了。

庄前庄后连连响着鞭炮,起屋上梁哩!

这一天,大路上来了一辆吉普车。进庄就问鲍仁文家住在哪里,然后就一径找了过来。

鲍仁文正在地里做活儿,见一辆吉普车老远地来了。车停了,下来两个人,朝他走过来了,是朝他走过来的,踩着刚出头的麦苗。他站直了腰,用手搭起凉棚望着,心里怦怦地跳起来了。他看得出这两个人不是乡里人,其中一个甚至不是此地人。他们是来做什么的?太阳照着眼,眼睁不开。那两个人从太阳照眼的地方走来了。

那两个人一步一步走来了。

两个人一步一步走来了。

两人一步一步走到了跟前,问道:

"你是鲍仁文同志吗?"

"是的。"他说,声音有些打颤。

"这是地区《晓星报》的记者老胡同志。"那个像此地人的人指着那个不像此地人的人说,"我是县文化馆的,我姓王。"

老胡同志早已伸出手,握住了他的手。老胡同志戴了副眼镜,嫩相得很,不敢判断他的年龄。城里人的年龄不好说。他热情地摇摇鲍仁文的手,拉他在地头上坐下,好像是他家的地头似的。

他果真是为捞渣的报告文学而来的。他们收到稿子,先是看了一遍,压起来了。后来,过了年,临近三月份了。三月份是礼貌月。领导上要他们好好地抓一个典型,以配合五讲四美的宣传。于是他们又想起了这篇报告文学,重新找出来看了一下,传阅了一下,都觉得事迹是可以的。就是,怎么说呢?文章还要润色,并且要更加充实加强捞渣几年如一日照顾五保户这一情节。要知道,如今老人问题,简直是个世界性的社会问题。所以就派老胡同志来和鲍仁文同志合作,一起完成这篇报告文学。事情很紧急,今天,鲍仁文就要跟他们进城去。要力争在三月以前完成,让老胡同志带着稿子回报社发排,三月一日见报。

鲍仁文听他说着这一切,就好像坠入了五重云雾中。"我不是在做梦吧?"他问自己。"我可不是在做梦吧?"他又问自己。他觉着头晕,觉着身子软软的。无力,连微笑也微笑不动了。他看着老胡同志那张嫩生生的脸,听不见他在说什么,就好像放电影出了故障,只有人影没有声音似的。老王同志递过烟卷,他糊里糊涂地接过来,居然让老胡同志点的火,连声谢谢也没说。

最后，老胡同志站起来，拍拍屁股上的土，说："就这样。"

鲍仁文也站起来，拍拍屁股上的土，说："好，就这样了。"

"我们现在就走吧！"

"好，走吧。"鲍仁文跟着说。恍恍惚惚的，不知要走到哪里去。走出麦地，上了吉普车，一股子臭汽油的味，叫他清泠起来：老胡同志是要上捞渣家去瞅瞅，和他父母拉拉。

鲍彦山家里的在烧锅，见来了两个陌生人，有些着慌，忙不迭地站起来。老王同志说：

"这是地区《晓星报》的记者，专来采访你家鲍仁平的事迹，要写文章报道哩！"

他娘还是惶惑。

"这是县上、地区上的干部，来问问你家捞渣的事，要写文章表扬哩！"鲍仁文解释说。

她便懂了，释然了："屋里坐，屋里坐！"

屋里漆漆黑，一个粮食囤子占了三分之一的地方。老胡似有些吃惊地左右看看，没有说话。有人到湖里把鲍彦山喊来了。

"这是鲍仁平的父亲。"鲍仁文介绍。

两人一齐上前，一人握住了一只手，使劲摇着。鲍彦山惶惑地看着他们，好容易把手解脱出来：

"坐，坐吧！"

各就各位坐下以后，老胡同志扶了扶眼镜，低沉地问道：

"鲍仁平是从几岁开始照料五保户鲍五爷的？"

"打小就跟鲍五爷亲呢。会说话就会邀鲍五爷吃饭;会走路,就会去给鲍五爷送煎饼。"

"他为什么会对鲍五爷这么好呢?"

"他俩有缘分。鲍五爷不理人,倔,就理捞渣,和捞渣亲。"

"鲍仁平生前记不记日记?"

"日记?"

"捞渣活着时每天写不写文章?"鲍仁文解释道,无形中他成了翻译。

"自打他上学,每天放过学,割过猪菜,吃过饭,就趴在桌上写作业。写个不停,冬天手冻麻了,还写;夏天,蚊子咬疯了,还写。叫他,捞渣,明天再写吧!他说:明天还有明天的作业哩!"

"他写的东西还在吗?"

"和他的书包一起烧了。"

"烧了?"老胡同志很吃惊。

"此地的风俗:少年鬼,他的东西不兴留家里,统统都烧,烧不了的就埋了,扔了。"鲍仁文解释。

"哦。"老胡同志轻轻地吸了一口气。

"这孩子命苦,没吃过一顿好茶饭。"他大唏嘘起来,眼泪啪啪地落在了地上。他咳了一声,吐了两口痰,用脚搓搓,搓去了。

老胡同志不再说话,过了半响,轻轻地说:"走吧。"

鲍仁文带他们到大柳树下去看看。老胡同志仰起头望望那树梢,想象着当时那鲍五爷是怎么趴在那树上的;又低头看看树干,想象着捞渣又是怎么抱住这树干死的。老胡摸摸那粗糙的树身,不说话。

鲍仁文又带他们到大沟边捞渣的坟上去看了看。坟上长了一些青青的草,在和风里微微摇摆着。一只雪白的小羊羔在啃那嫩草,一个小孩在大沟里洗脚,瞪大眼睛严肃地瞅着他们。

"小孩,过来,有话问你。"老王喊他。

他跑上来,牵起小羊羔,转头就跑了,一边跑一边回头看。

"乡里小孩没见过世面。"鲍仁文代他抱歉道。

老王摇摇头,笑了:"我想问问他,鲍仁平的事。"

老胡一直没说话,站在捞渣的坟前。

坟上的草青青嫩嫩的,随着和风微微摇摆。

三十六

鲍秉德家里的生了,生得毫不费难。人到湖里喊鲍秉德,他忙不迭地往家跑。刚到门口,还没搁下锄子,里面就嗷的一声,下地了。是个大胖闺女。

不是小子,鲍秉德也不泄气。闺女小子,他都要,一样的金贵。梦里都做过几回了,有人喊他大。

不过两个月,他家里的又怀上了。乡里来动员计划生育,要他女人去流产,去结扎。他嘴里答应着,第二天就把他家里的送回了娘家。留得青山在,不怕没柴烧。

他一个人从她娘家十里堡走回来,想想要乐,想想要乐。

没想到一个人都活到这份上了,眼瞅着没什么指望了,不料,山回路转,又行了。他走到了大沟边上,走过了捞渣的坟。风吹过坟头,青草沙沙地响。他腿一软,蹲下了,他想起了那疯女人。他望着小小的坟,坟下黑黝黝的大沟水,不由生出一个奇怪的念头:

"没准是捞渣把她给拽走了哩,他见我日子过不下去了,拉我一把哩。"

他又望望坟,坟上的草在月光下发亮。

"都说这孩子懂事。这么小,就这么仁义。"

他看看大沟,水,在月光下闪闪发亮。

"这孩子也真奇,仁义得出奇。和鲍五爷的缘分也出奇,这是个小怪孩。"

他抓起一把土,拍在坟头上:

"好孩子,你保佑你七爷生个你这样的好儿子吧!"

他把土拍结实了,又停了一会儿,走了。

庄里噼里啪啦的鞭炮响,起屋上梁哩。

大沟对面,树影地里,有两个人,在说话:

"你家收这么多粮食,还不盖屋?"

"我大说先还账哩!这么些年咱家欠队上的账不少,大说,做人要讲个信义,借了账不能不还。"

"那房子,什么时候盖呢?"

"收了麦,卖了粮食,就盖屋。"

"你家咋不去做生意?光死种粮食。也种点别的,上街卖去。"

"我大说了,最要紧的是粮食。有了粮食,什么也不怕了。再说——"

"再说什么?"

"我大说,咱是本分人,不是生意人。"

"做生意怎么啦?"

"那得会坑人,心要狠才管。"

"一街都是做生意的,一街都是狼了。"

"我不是这个意思。"

一颗石子扔进了大沟,荡起一个水花,水花一圈一圈地荡开了。

"生气了?"

"生什么气?我是怕为了盖房子,把你饿毁了。我知道你是个大肚汉。"

"满地里青的黄的,什么不能吃?灰灰菜,妈妈菜。"

"吃得你生浮肿病。我大是生浮肿病死的。"

"不能。我娘说是把粮食都卖了,总还要留一点儿。"

"这才对了。"

风吹过树林子,一大沟的水微微荡起波纹,闪闪地亮。

"你在想什么,翠?"

"我想,以后来,我带馍馍给你吃。"

三十七

鲍仁文跟着老胡,在县一招住了三天。说是合作,其实就是鲍仁文提供材料,老胡执笔。写完之后,再让鲍仁文看一遍,看有哪些地方失真,不符合事实的。鲍仁文指出后,老胡就改去。弄了两天,鲍仁文只动了嘴,却没有动笔,心里是很不过瘾的。

而这三天与老胡的接触,却使他打破了一些对记者的神秘感。他没料到记者也是和他一样的人,要吃饭,要睡觉,睡觉还打呼,打得如雷贯耳,害得他两宿没睡踏实。而且他晓得了老胡比他要小三四岁,插过队,然后自学成才,进了报社。他有时请鲍仁文喝酒,喝多了就发牢骚。抱怨自己没有文凭,如何地吃不开。房子挤,工资低,奖金制尚在争取之中,等等。鲍仁文只是不明白,从事这么崇高的事业的人,怎么会有这么多俗事的困扰。而有了这许多繁杂俗事的打扰,还怎么能够对人类的灵魂开展工作!

当他从县城往家走的时候,心里充满了一种失落的感觉。不过,等他进了小鲍庄,面对着人们完全改变了的尊敬的目光时,那失落感又消失了,内心渐渐地充实起来。一周以后,《晓星报》上头条登出了文章:《鲍山下的小英雄》。他的名字赫然地用铅字印在了题目下边,老胡后边。他对着那报纸,心跳得厉害,像要从嗓子眼里蹦出来了。镇定了一会儿,他开始看文章,心跳渐渐缓了下来,正常了。文章里没有一句是他写的。他慢慢地平静下来,又从头看了一遍。这一遍,他发现有几句话一定是出自他最早的原稿。比如："死亡面前,他把生留给他人,把死留给了自己。"这句话在原稿上,他记得就有的。当他看到第五六遍的时候,他从字里行间看到了自己的劳动。他确确实实地认可了,这是老胡的文章,也是他鲍仁文的文章。他的文章终于用铅字印出来了,他的名字终于用铅字印出来了。这铅字,便是一种认可,一种肯定。他的名字不再是无足轻重的。他的存在像是更加确定,更加切实了。如果说他原本对自己是否存在还有一些怀疑,一些犹豫,一些不敢肯定,那么这会儿,是完完全全放心了。

文化子把这文章念给他大他娘听,不料他大他娘脸上却淡淡的,好像在听一个别人家的故事似的。那些激动人心的话,对他大他娘作用不大似的。文章里的捞渣,离他们像是远了,生分了。只是当文章提到鲍彦山的名字时,鲍彦山抬起头问了一声:

"提我了?"

"提你了,你是捞渣的大嘛!"

"提我干啥,怪没趣儿的。"

"你是捞渣的大嘛!"

他便不再吱声。

文章里还提了许多人,比如组织救人的村长,捞起捞渣的拾来,他们都让文化子或别的读过书的孩子念了好几遍。

这文章激动了许多人的心,有人给鲍庄小学写信。有人给捞渣他大他娘写信,也有人给小鲍庄全体乡亲写信。清明那天鲍庄小学全体师生,来给捞渣扫墓。照此地规矩,在坟头上压了块土坷垃。然后献上一只花圈,用野花野草扎的。五颜六色的,在阳光下,灿烂得很。

过了两个月,收毕麦子。小鲍庄又来了一辆吉普车,下了三个人。一个是县文化馆的老王,一个是个小妞,穿着连衣裙,另一个是个男的,有四十来岁。他们一起步入了鲍彦山的家。这是从省里来的省报记者。省里决定,要大力宣传捞渣。

鲍彦山比上回镇定多了,握过手,请客人坐下。然后把捞渣牺牲的前后经过讲了一遍。不免要伤心,掉眼泪。

"鲍仁平生前最尊敬的是哪一位英雄人物?"那女的问道。

鲍彦山有点不大明白,可究竟不好意思叫人再三地解释,便点点头,想了一会儿说:"捞渣对大人孩子都很尊敬的,见了老人总问好:'吃过了吗?'和小孩儿呢,从不打架磨牙。"

那女的便在笔记本上唰唰地记了一阵,又问:"他这样做,是受了谁的影响呢?"

鲍彦山又想了一会儿:"我和他娘打小就对他说:见了人要说话,要招呼,比你年长的人,万不可不理会;比你小的呢,要让着,这才是好孩子。咱这庄上哩,自古是讲究仁义,一家有事大家帮,方圆几十里都知道。这孩子,就是受了这个影响。"

那女的又在笔记本上唰唰地记了一阵,又抬头问道:"他照顾鲍五爷,是不是学校安排的任务?"

"不是。他就是对鲍五爷好。他俩有缘分呢!说实在的,鲍五爷也对他好,两好才能合一好呢!"鲍彦山说。

那男的开口了:"鲍仁平生前用过的书包,能让我们看看吗?"

"全烧了。"鲍彦山说,"此地的规矩,少年鬼的东西不留家,统统烧的烧,埋的埋。"

"他有没有照片呢?"他又问道。

"没有,他没照过照片。"

"哦。"那男的好像吸了一口气。

"这孩子命苦,没吃过一餐好茶饭。"鲍彦山眼圈又红了,指指屋里的粮食囤,"能吃饱了,他又不在了。"他哽咽起来,再也说不下去。

"我们再去找拾来同志谈谈。"他们站起身来,告辞了。

鲍彦山站在门口,目送他们走去,心里凄然地想:捞渣这孩子,活着虽不咋的,可死了,有这些人来问他,也算是有了福分。心下不觉安慰了一些。

他倚着门站着,好像听见一阵货郎鼓的响:"叮咚,叮咚,叮咚,叮咚!"展目望望,前边村道上,走着一个挑货郎挑的老头。

三十八

拾来正烧锅。见有省里的干部来找,二婶便推起拾来,自己烧了。拾来就吸着烟,和省里的干部说话。

"那天,是你下水去捞上了鲍仁平,是吗?"那男的问。

"大家都下水了,有的捞上来烂鞋壳子,有的捞上来烂棉花套子。最后,我才把捞渣捞上来。"拾来诚实地说。

"你是怎么摸到他的呢?"那男的问。

"我闭着眼一个猛子扎下去,"他正说着,二婶端来了几碗茶,一人一碗,也给拾来端了一碗,拾来赶紧去接。

二婶让开了,放在案板上:"别烫着了。"

拾来感激地看了她一眼,接着说:"我一个猛子扎下去,手碰到了大柳树,我扶着树干沿着树身摸下去,碰到了一只小手。我的气已经吐完了,浮上来吸了一口,再扎下去,就把他拖上来了。拖不动,他手抱着树,抱得死紧。"

"哦。"那男的吐了一口气,那女的不停地往本子上记。

"他是为鲍五爷死的。"拾来说。

那两人很感动地看看拾来,尤其是那小妞,眼睛里水汪汪,亮晶晶,像是要哭了。拾来被她看得脸上有点发热,低下了头。

"我们再到村长那儿去。是他组织救人的,是吗?"那男的问拾来。

"是他,一听说少了人,立马带我们下山了。"

"他家住在哪里?"

"他家就住在村东,高台子上,有一排……"

"孩他大,你陪二位同志跑一趟不完了。"二婶发话了。

拾来看看二婶,二婶也正看他。他便站起身陪他们去。

不久,省报上登了一大块文章,题目是:《幼苗新风,记舍己为人小英雄鲍仁平》。文章写得很长,很详细,还配了一幅画。大家传着看下来,都说很像捞渣的。文章里提到了拾来,并且进行了一番描写，说他是：纯朴憨厚，身体强壮，几次下水，终于救上了鲍仁平，可是鲍仁平已经在他怀里永远地闭上了眼睛。还把拾来和二婶的事提了一下，说他不嫌二婶穷，把二婶的孩子当自己孩子待。这是作为英雄成长的背景来写的。甚至也提到老革命鲍彦荣，介绍了一番他的光荣历史。说，小英雄从小生长在这么一个地方，前辈们为人民不怕牺牲的精神，无疑对他起了潜移默化的影响作用。

这一段，鲍彦荣找人念了一遍，琢磨了好久，不由唤起了他早已沉睡的荣誉感。有那么一二天，他寻着鲍仁文，想和他拉拉。可是鲍仁文已经不得闲了，他正在抓紧写一个更长、更富有文学性的作品，他决定写一本小英雄的传记。

文章发表后不久，便有邻庄、邻乡，甚至邻县的小学生，排着队，抬着花圈，来到捞渣的墓上，过队日，凭吊小英雄，向小英雄宣誓。各色各样的花圈盖住了坟上的青青草，渐渐地，堆得高了，把小小的坟也盖住了。远远望过去，只看见一个花包子。像绿海上的一个花岛似的，被太阳照出了五光十色。

这时，省里出版社来了一个作家和一个编辑，为了编辑出版一本《小英雄的故事》。

鲍仁文终于这么贴近地看见了一位作家。

作家是个小矮个子，瘦瘦的，四十岁上下的年纪，抽烟抽得厉害，好像有着极严重的气管炎，坐在那里不说话，也听到他喉咙里咕噜咕噜地响。他看了鲍仁文写的草稿，决定和鲍仁文一起来搞这本《小英雄的故事》。在这"传记"的基础上搞,这"传记"确实收集了小英雄的大量生平材料。他们一起对小英雄的亲人进行了反复采访,然后,又去找拾来。

拾来不在,二婶在。鲍仁文就向作家介绍:"这是拾来家里的。"

"拾来家里的,你上湖里去喊一下拾来吧!"鲍仁文对她说。

拾来家里的便去了。

鲍仁文对作家说:"此地叫妻子都叫:家里的。我这么叫给你听,是好让你知道此地的风俗习惯。"作家笑笑。

拾来回到家,先和作家们招呼,然后对家里的吆喝一声:

"烧茶!"

于是,家里的便去灶前蹲下,引火烧锅。

拾来便向作家们叙述他捞小英雄的过程:"我一个猛子扎下去,没有。再一个猛子扎下去,也没有。后来,我想,鲍五爷趴在大柳树上,捞渣准保不能离大柳树远。就挨着树又扎下去,手摸着了树。这是庄东头的树,咱们小鲍庄最高的树。那回,水淹得只剩树梢了。你想,还能有别的了吗?"

作家点头,往本子上记。

"我扶着树干,沿着树干摸下去,碰到了一只小手,冰凉……"他讲述着,渐渐被自己的叙述感动,声音也昂扬起来。这时,二婶端上茶来了。

如今,二婶要敬着拾来三分了,庄上人都要敬着拾来三分了。

拾来自己都觉得不同于往日了,走路腰也直溜了一些,步子迈得很大,开始和大伙儿打拢了。

"拾来,今晌午,作家在你家吃晌饭了?"有人找拾来拉呱。

"没有。他们上乡里去吃了。"

"你咋不留作家吃呢?"

"留啦。他们才客气。城里人才客气。"拾来说。

"拾来,你咋不回老家瞅瞅?"

"太远了,不回了。"

"老家还有人吗?"

"就我一人哩。"拾来声音放低了,有些伤感。

过几天,有人给拾来捎了个话:庄口走过一个老货郎,见鲍庄的人就打听拾来,问他成亲过后好不好?有没有娃娃?鲍庄人给他还说得过去吗?那人一一回答了他。临了,那老货郎让他捎信给拾来,他大姑在北边过得不错,有吃有穿的。问他:"不去看看拾来吗?"老头犹犹豫豫地说:"不了。"

这天夜里,拾来做了一个梦,梦里有一只货郎鼓,老在耳边响:"叮咚,叮咚,叮咚!"

三十九

这天,县上来了一部吉普车,车子停在鲍彦山家门口。车上走下县委书记,一把握住鲍彦山的手,告诉他:"鲍仁平被省团委评为少年英雄了,光荣啊!"

鲍彦山愣愣着,枯树根似的手被县委书记温暖柔软的手包裹着。他不明白,少年英雄究竟意味着什么,只明白被县委书记这般器重是不可多得的。心中激动,一时上什么也说不出来。

县委书记搀着英雄父亲,走进英雄的家,沉默了,半天才说出一句话:"苦了你们。"

"现在不苦了,粮食有了。"鲍彦山指指粮食囤子,"就是捞渣他,不在了。"

"粮食够吃吗?"县委书记摸摸粮食囤。

鲍彦山家里的忽然插了进来:"咱们商议着把粮食卖了,盖房子哩。"

县委书记抬起头,环顾着黑洞洞的房屋,说:"这房子不能住了。"

"没有房子,大孩子二十七了,还说不上媳妇儿。"她抹了一把眼泪。

县委书记望着黑洞洞的房子,说了一句:"粮食万万不能卖。"然后紧紧地握了一下鲍彦山的手,走了。

第二天,村长来告诉鲍彦山,县里批给了他家木材,水泥,砖瓦,给他家盖房子呢。

又过了几天,村长告诉鲍彦山,乡里农机厂派给建设子一个名额,让他转吃商品粮了。

正是捞渣死了一周年,县里决定:迁坟。

县里的小学抬着花圈来了,乡里的小学抬着花圈来了,鲍庄的小学抬着花圈来了。

捞渣的棺材从大沟边起出来,迁到了小鲍庄的正中——场上。填了十几步台阶,砌了一个又高又大的墓,垒上砖,水泥抹上缝,竖起一块高高的石碑,碑上写着:

永垂不朽。

现在,鲍庄最高的不再是庄东的大柳树,而是这块碑了。碑,矗立着,后面是青幽幽的鲍山。

队鼓敲起来了,队号吹得嘹亮,县委书记讲了话,献上了第一只花圈……

鲍彦山和他家里的痴愣愣地坐着,想哭又不敢哭。事先,不少人交代过他们:"这场合,再哭就不大好了。"

捞渣的墓迁到小鲍庄正中来了,又大又高,像一座房子。砖砌的,水泥抹了缝,再不会长出杂草来了,也不会有羊羔子来啃草吃了。

四十

鲍彦山家的新屋上梁了,封顶了。开了大大的窗,粉白墙,洋灰地,敞敞亮亮的四大间屋。

建设子在农机厂上班了。上门提亲的不断,现在轮到他挑人家了。

建设子结婚的那天,小翠子回来了。她进门就在她大她娘脚边跪下,磕了一个响头。不等她大她娘反过神来,爬起来拿了扁担水桶就去挑水,一趟一趟,把两口大缸都挑满了,满得溢到缸沿上了,还挑。文化子叫她别挑了,她还往井沿上跑,文化子去撵她,撵到井沿上。她正把桶放了下去,文化子夺桶,桶落到了井里,两人便趴在井沿上钩桶。

"笨死了!"小翠说他。

"怎么怪我?"文化子很委屈。

"就怪你,就怪你!"小翠对他撒野。

"怪我什么呢?"文化子越发地委屈。

"怪你不是老大是老二。"

"是老大咋了?是老二又咋了?"

"要是老大,我生成是……用得着费这么大周折?"小翠眼圈红了。

文化子眼圈也红了。

两人眼泪都落了下来,啪啪地落在井里,井里横漂着一只桶。

村里开路,把原先的村路拓宽,压平,铺石子。来的人和车一日比一日多,没条路不方便。开路,要开掉拾来家一垄菜地,拾来和他家里的,爽爽快快地答应了,连赔偿也不愿收。拾来说:"我要收了这钱,我的人,就没了。"

县里要在捞渣墓后盖纪念馆,收集遗物时犯了难。小英雄生前用过的穿过的,所有的东西都烧了。后来二小子发现,他家茅房泥墙上,有着捞渣写的字,写的是自己的名字——鲍仁平。

问他,确实是小英雄写的吧?他说:

"没错。那天,我和捞渣一起拉屎,各人写各人的名字玩哩!"

当然,边上还有二小子写的字:鲍兆和。

可那泥墙一碰就烂,起不了。只能放那儿了。

尾声

捞渣的墓,高高地坐落在小鲍庄的中央,台阶儿干干净净的。不用村长安排,自然有人去扫。他大,他娘,他哥,他嫂自然不必说了。还有鲍仁文,鲍秉德,拾来,也隔三岔五地去扫。只是要求村长买一把公用的扫帚,用自家扫地的扫帚扫坟头,总不大吉利。

太阳照在那碑上,白生生的,耀眼得很。

碑后面是一片新起的瓦房,青砖到顶,瓦房后面是鲍山,青幽幽的,蒙在雾里似的,像是很远,又像是很近。

还是尾声

鲍秉义拉着坠子,曲儿唱到了终了:

有二字添一竖念千字。
秦甘罗十二岁做了宰相。
有一字添一竖带一勾念丁字,
丁郎又刻苦孝敬他的娘。
一二三四五六七八九十,

十九八七六五四三二一,
珍珠倒卷帘那么一小段。

鲍彦荣听着,像是走了神,像是想起了什么。他想着自个儿的那些好样儿的年月:班长死了,他吼了一声:"跟我来!"打得只剩两个半人了。那个只剩半拉胳膊半拉腿的战友,现如今也不知在哪里了。

床板上还抱着腿坐了一个人,一个老头,罗锅腰,一脸皱皮,是打很远的北边来的一个老货郎,在这里借宿。他坐在墙角里,听着古,两只眼却盯着坐在门槛上的拾来。

拾来觉出有人看他,朝墙角里瞅瞅,看见了一双老眼。他瞅了一眼,又瞅了一眼,心下奇怪,觉着有点熟。再瞅了一眼,就挪不开了。两双眼睛远远地对视着。

一把坠子吱吱嘎嘎地拉着。

美丽的日子

/// 滕肖澜

一

吃饭时,卫老太发现,姚虹的手搭在卫兴国的大腿上。

桌子是正方形的,桌布四个角垂下来,刚刚好,垂到人的大腿那块,有些屏障的作用。可桌布到底不是屏风,又是纱质的,透光,卫老太一眼便看穿了那头的景象。卫兴国没事人似的,吃饭喝汤,只是一个劲地抿嘴,很不自然。姚虹真正是个小狐狸,面上还给卫老太舀汤呢:"姆妈,吃汤——"只一眨眼的工夫,手便到下面去了,像抹了油,动作都不带格愣的。

卫老太的眼睛是把尺,一瞟,一测,便晓得那只手在儿子的膝关节上两公分处——倒也不算顶顶要紧的位置,离警戒线还有些距离。卫老太心里盘算,姚虹进门不到一个月,手就摆到这个位置了。前阵子卫兴国看见她，说话还舌头打结呢，她呢，也是端着举着，卫老太让她和他握个手，"就算是认识了"，她死活不肯把手拿出来，老实得跟黄花闺女似的。现在倒好，一步到位，手直接上大腿了。

卫老太咳嗽一声，那只手顿时松开了，又摆到桌面上来，给她舀汤："姆妈，再吃一碗汤——"卫老太心里哼了一声。她自然不会说穿，但适当的警示还是要的。跟大人一桌吃饭，多少该收敛些。卫老太朝姚虹看，来上海没多久，已经晓得化妆了，可惜眉毛画成一边高一边低，搞得神情也跟着有些怪异，像有事想不通似的。卫老太想笑，又有些鄙夷。想乡下人到底是乡下人，干脆清汤寡水倒也罢了，一打扮，就露了怯了。

姚虹是弄堂里张阿姨介绍来上海的。张阿姨是热心人，卫老太把意思跟她一说，她便张罗开了。卫老太不太喜欢北方人，说最好是江浙一带的。可江浙一带有点难度，模样周正的，瞧不上卫兴国；模样差的，卫老太也不要。张阿姨劝卫老太，不妨把范围扩大些。说到底人家还是图个上海户口，越是偏远的，越是把这个看得重，别的条件就上去了。好比做乘法，X 乘上 Y 等于 Z，Z 是常量，不变的。X 越是小，Y 就越是大。这是个道理，卫老太想想也没错。

张阿姨动作也实在是快，没几天便把照片带来了，是江西上饶人。卫老太一看，模样还过得去，便问几岁。张阿姨说三十四。卫老太问，结过婚没？张阿姨说，结过。卫老太问，有小孩没？张阿姨说，没。卫老太又问，前面那个男的，是离了，还是没了？张阿姨回答，两年前病死的。

　　火车票的钱是卫老太出的，两下里一敲定，人就来了。卫老太关照张阿姨，别把话说死了，好不好还不知道呢。张阿姨晓得卫老太的顾忌，隔着几百里，火车都要开一整天呢，又不是知根知底的，好自然不用说，倘若不好，连个退路也没有。张阿姨想来想去，教了卫老太一招——先把她安置下，付她工资，让她做些家务，相中了当然最好，要是相不中，再让她走，只当是找个保姆，大家都不吃亏。卫老太觉得这法子蛮好，就怕人家不愿意，伤自尊。张阿姨说，外头找工作还有试用期呢，她不愿意，有的是人排队。再说了，你们家兴国要是腿不瘸，上海女人哪里寻不着了？提着灯笼都难找的好事，她这是上辈子烧高香了！

　　姚虹来的第二天，卫老太便带她去医院体检。这么做有些直白了，但别的可以马虎，唯独身体是头一桩，半点玩笑开不得。依着卫老太的想法，没有孩子自然是好，省得累赘，但又怕她生育有问题。卫老太是快七十的人了，做梦都想抱孙子，卫兴国也四十好几了，拖不得。这女人要是生不出孩子，就算是天仙也要请她走人。

　　体检报告一切正常。卫老太放下心来，对着她只说是上海有这风气，定期要体检。

　　回去后，把朝北的小间腾出来给姚虹。说是小间，其实只是拿板隔出的一块豆腐干大的地方，再拉道帘子。放个三尺的小床，连走路都累。卫兴国改睡阁楼。姚虹拿余光偷偷打量——改造过的老房子，小归小，厨卫倒是独立的。

姚虹整理东西时，卫老太一旁看着。一个旧的尼龙包，里面几件换洗的衣服，都是旧得不能再旧的。胸罩是的确良的，那种没有钢托，最最原始的式样，洗得都出毛边了，连卫老太这个年纪都不戴的。毛巾和洗漱用品也没带全。卫老太找了两块新毛巾给她，让卫兴国去楼下小超市买了牙刷。又从抽屉里翻出一套真丝的睡衣睡裤给她。早些年买的，一直没穿，倒放旧了，也算是见面礼。

姚虹千恩万谢地接过，说，阿姨你真是好人。卫老太让她改叫"姆妈"——这里头有层意思，毕竟不是真的保姆，人家千里迢迢是来找婆家的，道理上不能太亏待。反正上海人"姆妈"也是混叫的，以前卫兴国的同学到家来，都叫她"姆妈"，并不见得真有什么。让人家叫一声"姆妈"，看着不拿她当外人，好歹也是份心意。

当然了，也因为不是真的保姆，卫老太有心理准备，不指望她能把家务干成一朵花来。姚虹是江西人，吃口重，卫老太特意关照她，不要放辣，不要放太多油和盐。也是应了"矫枉过正"这个词，姚虹做的头一顿饭像是直接从水里捞起来的，端上来时还说，姆妈，上海人吃得这么淡，怪不得皮肤好，水灵灵的。卫老太告诉她，上海人吃得淡是淡，但也不用这么淡，家里又没人得腰子病。于是第二顿，正宗的江西菜就上桌了，辣得母子俩一把鼻涕一把眼泪的。卫老太倒也不生气,晓得她还是太紧张,分寸把握不好,便亲自下厨示范。从菜场买菜,到择菜切菜配菜,再到烧菜,手把手地指导。一道水芹肉丝,水芹菜是最麻烦的,要一爿爿剥开,小心挑去里面的污泥,半斤水芹菜总得择个一阵子,洗个三五遍才行。而肉丝则必须配合水芹菜的宽度,切得极细,头发丝似的,否则装盘不好看。开油锅一炒,水芹菜里的水便出来了,滗去水,盛到盘里才半盘,却是极费工夫的。还有香煎小黄鱼,便宜东西,也是折腾人的,一条条鱼要开膛剖肚,把内脏拿掉,水龙头下冲洗干净,拿盐腌了,晾个大半日,再放到滚油里煎,一条条进去,香味顿时便出来了。煎的时候不能急,一急受热不均,肉质就不是外脆里嫩了。火也不能太大,否则皮焦了,卖相便差了。卫老太故意烧这两道菜,像新学期给学生上的第一堂思想教育课,把主旨提到一个高度。上海人过日子的意思,精致的简朴,絮叨的讲究——全在里面了。

关于家务活,卫老太对姚虹说,以前在老家怎么干,现在就怎么干,不用有压力。姚虹记下了——但毕竟是不同的。单说拖地吧,姚虹倒是勤快,趴在地上擦,抹布太湿,像写毛笔字,一笔一画都在那儿呢。卫老太说,不用这样,拖把不就在旁边?干拖把上稍微蘸几滴水,拖起来又干净又省力。窗户每个月擦一遍,用报纸。冰箱每两个月除一次霜。阳台要每天打扫。还有洗衣服,内衣分开洗是不消说的了,还要分颜色深浅,不能一股脑全扔进洗衣机,串色。床单被套每两个礼拜洗一次,晒干后最好是熨一下,服帖。卫老太自己的衣服是不用熨的,反正老太婆一个,也不用见人。卫兴国的衬衫外套是必须熨的,虽说在工厂传达室上班,算不上什么好工作,但男人的衣服领子要是软塌塌的,精神也会跟着软塌塌,就不上台面了。

姚虹拿纸笔一字一句地记下来。这个动作让卫老太挺满意,好坏姑且不论,态度首先要端正。态度对了,接下去的事情才好办。卫老太把第一个月的工资放到她面前。她微微一怔,迟疑了几秒钟,随即收下了,脸也跟着红了红。这个表情让卫老太有一丝内疚,多少是有些看轻人家了。倘若是上海女人,怕是早扭头走了。卫老太想到这里,话便软下来了:

"也别有啥负担,就当是自己家里一样——"

姚虹叫卫兴国"阿哥",卫兴国头次见到她,眼睛里什么东西一闪,倏忽便飘了过去,像道光。姚虹对着卫老太说话没啥,可对着卫兴国,鼻音就出来了,像重感冒。好多音在鼻子里转,每次都要转好几个圈才出来,不肯爽爽气气的。卫兴国被她一通鼻音搞得一愣一愣的,也传染上了,话在嘴里打转,半天才出一个字。卫老太看在眼里,有些不爽,但再一想也好,儿子喜欢是第一条,否则她老太婆再张罗也没用,到底不是包办婚姻。

弄堂是通风的,还是穿堂风,藏不住事的。几天工夫,谁见了卫老太,都要关切地问一句:"人来了是吧?"

卫老太点着头,嘴里解释:"先看看,先看看——"那些人还要细问,卫老太已快步走了过去。八字还没一撇,她不想多谈。

那些人的嘴,说多了,假的也成真的了。卫老太最怕这样。

姚虹倒是比想象中大方得多,见了人,总是客客气气地打招呼,既不多话,也不装聋作哑。碰到楼上楼下,搭把手帮个忙,买个小菜晾个衣裳,也是没二话的。时间一长,卫老太慢慢看出这小女人的好来——没有小地方人的扭捏,待人接物还是蛮得体的。原先担心那层不上不下的关系,怕彼此尴尬,倒也没有。姚虹嘴上叫她"姆妈",却也拎得清,并不真把自己当儿媳,还是试用期呢,是学徒。媳妇也要学的呀,学会了,才能真的上岗。人家管吃管住,还给钱,比老家的师傅不晓得好多少倍呢。姚虹这么想着,心里便舒坦些。

临来之前,姚虹把卫家的情况问了又问,大大小小的事,查户口似的。她晓得介绍人是有些烦了,可嫌烦也没办法,这是大事。她问,卫兴国是生出来就瘸,还是咋的?介绍人说,生出来不瘸,得小儿麻痹症瘸的。姚虹问,传达室一个月能挣多少钱?介绍人说,千把块吧,也就上海最低工资线。姚虹又问,他家那套房子是自己的吗?有多大?介绍人说,弄堂晓得吧,就是电视里那种上海老弄堂,东家一个阁楼,西家一个亭子间,你自己想吧。这介绍人是张阿姨的一个远亲,撮合这事时并不十分热情,而是有些居高临下的,手底握着十来个女人,扑克牌似的,让谁去不让谁去,这可是天大的恩典。"他要是四肢健全,长得像许文强,家里住别墅,一个月赚几万块——他吃饱了撑的,找你?"介绍人最后这么说。姚虹并不生气,停了停,从桌底下递了个红包过去:"您多关照——"

到上海那天,卫老太母子去火车站接她。人群中,卫兴国举了块牌子——"江西上饶,姚虹",很醒目。姚虹看到卫老太,第一印象便是,这老太把自己拾掇得挺干净。稍稍放了些心,怕就怕碰到那种生活不能自理的老人。再看卫兴国,原地站着看不出腿瘸,鼻子很大,眼睛有些眯缝,不是那种很有男人味的长相,但也不太丑——姚虹又放了些心。火车站离家不太远,回去时叫了辆出租。卫兴国坐前排,她和卫老太坐后排。她是第一次坐出租,有些局促,一路上都紧贴车门,生怕碰着卫老太。卫老太身上有一股淡淡的雪花膏的香气,端坐着不看她,也不说话。她听介绍人说过,卫老太退休前是会计,也算是有文化的人。她只得朝前看。卫兴国后脑勺有些秃,顶上白花花的一小块,泛着光。姚虹想,这男人原来还是个癞痢头。

母子俩专程来接她,这个细节让她觉得挺窝心。后来向卫老太讲起这事时,姚虹用了非常夸张的语气:"感动啊,姆妈这么大年纪,阿哥腿也不方便——真是很感动的。"卫老太还要客气:"你大老远地跑来上海,总归要接的。这是道理。"姚虹说:"所以呀,所以真的是很感动,感动极了。"她一连用了四个"感动",说到后面,眼圈还红了红——三分好说成十分好,人家听了开心,自己也不吃亏,皆大欢喜——这也是道理。姚虹给家里人写信时,说她叫卫兴国"阿哥",那边人听了都笑,说,怎么叫阿哥呢?是男人呀,不是阿哥。

她便解释，"阿哥"其实就是男人，是情哥哥的意思。叫"阿哥"也好，不生分也不尴尬，朴朴素素的，是个好称呼。

姚虹到的第二个礼拜，卫兴国就邀她去看电影了。是上午场，半价。走进去，整个场子就他们两个人。电影刚开场，灯一关，卫兴国的手就活动开了。起初像搔痒，不经意似的，蜻蜓点水，是在试探。姚虹朝旁边让，可再让也只有那么点地方，总不能离开座位。让到不能让的时候，姚虹就不再让了。于是卫兴国动作幅度更大了。姚虹朝他看，见他眼睛盯着电影屏幕，煞有介事地，手却很不老实。姚虹忽然想笑了。但这个时候不能笑，一笑就臊了，没意思了。

关键还是家里房子小，倘若只有两个人倒也罢了，可多了个卫老太，就相当不方便了。这一带的旧房子，老早就说要拆了，可雷声大雨点小，拖到现在都没动静。看早场电影这个法子，卫兴国还是跟厂里几个小青工学的，花几十块钱，坐上两小时。外面点杯咖啡都不止这个数。附近那家电影院搞噱头，每天早上十点场只要十元钱，很划算。

再划算，总归也是笔开销，卫兴国向母亲要钱。他的工资，还有残疾人补贴，都是卫老太替他收着。他不抽烟不喝酒，平常没啥花销，最多是剃个头，买张DVD片子什么的。卫老太掏了一百块给他。卫兴国说："妈，再多给点。"卫老太又加了一百，卫兴国还是嫌少。

卫老太朝他看，问："要这么多钱干吗？"卫兴国说："用呀。"卫老太问:"干什么用?"卫兴国红着脸,说:"看电影。"卫老太其实是明知故问,当着姚虹的面,给他们个钉子碰。隔三岔五便往电影院跑,卫老太看不惯。可儿子这么老老实实地说出来,卫老太又有些不忍了。到底是四十多岁的男人,也作孽。卫老太又多添了一百,如果再嫌少,那是无论如何也不行了。

卫老太说儿子:"公园里坐坐不也一样?电影院里坐还要花钱,公园里坐上一天,也没人问你收钱——"卫兴国嘴巴咕哝一下,没说话。姚虹插嘴说:"姆妈讲得有道理,我本来也是这个意思——"卫老太斜她一眼,心想,你倒会充好人。

有了第一次,就有第二次、第三次。数目越要越多,周期越来越短。卫老太的脸色也越来越难看。到后来,卫兴国索性提出——由自己保管工资。厂里工资一千三百块,加上残疾人补贴两百多,总共一千五出头。"我又不是小孩,老是伸手要钱,傻兮兮的。"

卫老太一口回绝。理由很简单:"没结婚就是小孩,钱放在我这里,要用的时候问我拿——你有什么不放心的?"卫兴国说:"不是不放心,是没必要多此一举——姆妈年纪大了,管钱也老辛苦的。"卫老太嘿的一声:"管钱有啥辛苦?多动脑筋,不会得老年痴呆症,多点钞票,手也不容易生冻疮。"卫兴国吃瘪,下意识地朝厨房看。姚虹在厨房烧饭,关着门。房里只有母子俩。卫老太晓得姚虹是避嫌疑,可越是这样,越是露了痕迹。

一会儿,姚虹端着饭菜出来,招呼两人吃饭。她厨艺最近有所长进，一道葱烤鲫鱼有模有样，只是味精还是放得多，吃的时候还行，吃完便不停喝水。卫老太前年腰椎间盘突出那阵，请过一个保姆，也喜欢放味精——其实这是保姆的通病，毕竟不是大厨，怕东家嫌自己手艺差，只好使劲放味精，吊鲜。卫老太跟姚虹说过几次，她答应了，可临到装盘又是一把味精撒下去，习惯性动作。

卫老太说："味精不好多吃的，要得肾结石的。"卫兴国说："姆妈帮帮忙，哪有这么吓人，味精呀，又不是毒药。"卫老太白儿子一眼，说："凡事都要有个度，过了这个度，就算是仙丹也要吃死人。"姚虹不吭声，心里晓得这话是说给自己听的——卫兴国三天两头要钱，现在又提出自己管账，在老人家眼里，是过了这个"度"了。

收拾完碗筷，姚虹把阳台上的衣服收进来。卫老太拆一件旧毛衣，让她帮着撑线。姚虹问："姆妈，织毛线啊？"卫老太说："给兴国织条围巾。"姚虹说："姆妈眼睛不好，还是我来弄吧。"卫老太嗯了一声，将绕好的线头给她。姚虹把毛线缠在膝盖上，一边绕，一边看电视。是韩剧《洗澡堂老板家的男人们》。看着看着，卫老太冒出一句："还是韩国好啊，有规矩，老人说一句话，小辈连个屁都不敢放，哪里像中国，都反过来了。"姚虹忙说："中国也是一样的。"

卫老太叹了口气，道："上海有句俗话，叫'若要好，老做小'，我现在就是老做小。小的都爬到老的头上去了。"

卫兴国在一旁看报纸,像是没听见。卫老太讲得激动,呛了一口,顿时咳嗽起来。姚虹放下毛线,到厨房倒了杯茶过来:"姆妈,喝茶。"卫老太接过,瞥见她诚惶诚恐的神情,想,搞得跟童养媳似的,扮猪吃老虎。卫老太又朝儿子看,痴痴憨憨的模样,跟那小女人相比,真是有些马大哈的。卫老太想到这儿,更觉得不能把钞票交给儿子,交给儿子便是交给那小女人。好还罢了,倘若不好,那是要出事情的。

卫兴国放下报纸,用塑料袋包了一堆竹片上阁楼了——卫老太晓得他又要搞那些花样了,到外面捡些破竹片,编些小篮头、小车、小人什么的。房里堆得到处都是。卫老太不懂儿子怎么会喜欢这些名堂,劝过几次都没用,只得由他去了。说也奇怪,卫兴国对别的事不上心,唯独对这个例外,中了魔似的,一弄就是大半天。卫老太原先还以为有了姚虹,他会收敛些,谁晓得还是老样子。一次卫老太向儿子提起这事,说男人整天搞这些没用的,女人要看不起的。卫兴国笑起来,说:"怎么会呢,她很支持的。"卫老太倒有些意外了。

"姚虹说了,"卫兴国有些兴奋地告诉母亲,"这是艺术,她老崇拜我的。"

卫老太把"崇拜"这两个字琢磨了半天,觉得这小女人门槛太精,专挑儿子喜欢的话讲,是个厉害角色。卫老太把这层顾虑说给张阿姨听,张阿姨倒是不以为然:"小两口自己开心就好,你想这么多做啥?再说了,她捧着你儿子不好吗?难道你希望他们整天吵架？"

卫老太说自己不是这个意思："现在是还没到手呢，所以捧着顺着，等将来到了手，谁晓得会怎样？"张阿姨听了直笑："你儿子是人又不是东西，什么叫到手？你啊，想得太多，自己累，人家也跟着累。她要真有这种手段，又何必——"

张阿姨说到这里笑笑，停住了。卫老太晓得她后半句是什么。想想也是，现在这个世道，上海户口也不像过去那么吃香了，全国上下遍地是黄金，哪里挣不到钱了，何况小女人长得也不难看。卫老太想到这里，稍稍放了些心，可又有些不甘。想儿子又哪里差了，要不是幼时那场病落了残疾，现在怕是小孩都读中学了，唉。

一次闲聊时，卫老太问姚虹，上饶是什么样子？她道："就是个小地方，没上海这么多高楼大厦，马路要窄一点，车子也没上海多。"卫老太有些惊讶了，说："那里还有车子？"姚虹也惊讶了，随即笑道："姆妈，上海人是不是都这样，以为除了上海之外，其他地方都是农村？"卫老太给她说得挺不好意思，忙道："不是的，不是的。"姚虹说："上饶是个地级市，还没有上海一半大，不过绿化挺好的，空气也好，这两年房价涨得很快，市区那块也要一万一平米了。"卫老太啧啧道："那不是比上海好？绿化好空气好，房价也便宜。"姚虹笑了笑，说："不一样的，总归还是上海好，有外滩、东方明珠，还有金茂大厦，多漂亮啊——哪里也比不上上海。"

她说到这里停下来，叹了口气："姆妈，'上饶'和'上海'

只差一个字,怎么就差那么多呢?"

卫老太朝她看,半晌,也叹了口气,道:"其实都一样。上海睡大马路的人也多得是呢。外滩和东方明珠又不能当饭吃。小老百姓过日子,其实都差不多的。"

姚虹动作很快,一天工夫便把围巾织好了,交到卫老太手里。卫老太戴上老花镜,看了一遍,让她去给卫兴国。姚虹说:"这是姆妈的心意,姆妈自己给他吧。"卫老太说:"你给我给不是一样?我给又不会多块肉出来。"姚虹便拿去给卫兴国。一会儿,卫兴国戴着围巾出来,兴冲冲地向卫老太打招呼:"姆妈,围巾老漂亮的,谢谢哦。"

卫老太晓得儿子平常大大咧咧,才不会这么讨喜,必定是姚虹关照的,心里不自禁地暖了一下,嘴上却道:"谢什么,把你养这么大都没说过一声谢谢,一条围巾有啥好谢的!"

卫老太带姚虹去剪头发。姚虹一头长发毛毛糙糙,扎起辫子来像把扫帚,还是那种老式的笤帚,硬邦邦的。卫老太建议她剪成短发,清爽些。理发店的人说姚虹这种脸型,剪个BOBO头倒蛮合适——就是那种厚厚的一刀平。等剪完了,卫老太一看,说:"这不就是蘑菇头嘛。"理发店的人笑起来,说:"阿婆,你老懂经的,BOBO头就是蘑菇头,是改良过的蘑菇头。"姚虹照镜子,自己觉得蛮好。理发店的人又说:"阿婆,你们家阿姨这么一剪,最起码年轻五岁。"

上海人统称保姆为"阿姨"。卫老太听了,忍不住朝姚虹看去,见她抚着刘海在研究，应该是没听见，便问多少钱。回答是四十块。卫老太一边掏钱，一边啧啧道："剪个头可以买三斤大排骨了。"那人笑道："我们这里还算便宜的，外面找个什么沙宣专门店，手艺还不见得比我们好呢，几刀下去，十斤大排骨就没了。"

回去时经过菜场，卫老太说顺便买点小菜，问姚虹想吃什么。姚虹说："随便。"卫老太便开玩笑，说："那就买点大排骨。"姚虹也笑，说："好啊。"卫老太说："兴国喜欢吃油煎大排，味道好是好，就是胆固醇太高。"姚虹说："偶尔吃一顿，没事的。"

小贩拿了几块大排，放在秤上："一斤半多一点，二十块。"卫老太正要拿皮夹，姚虹已抢着付了："姆妈，我来。"给了小贩二十，又给卫老太二十："剪头发的钱。"

卫老太一愣："这是做啥？"

"我自己剪头发，不能让姆妈出钱。"姚虹说着，拿了排骨便走。卫老太在原地怔了一会儿，跟上去："计较这个干啥，你出钱我出钱不是一样——"姚虹回头笑道："所以呀，我出钱不也一样？"卫老太要把钱还给她，她让开了："姆妈你先走吧，我找老乡聊聊天，一会儿就回来。"

姚虹的老乡叫杜琴，三十来岁，在隔壁弄堂做保姆。姚虹空闲的时候，会去找她，两个女人一起说家乡话，聊聊心事。杜琴的东家是个孤老，无儿无女的，脾气很古怪，不好伺候。杜琴常向姚虹倒苦水，说死老头子又怎么了怎么了。姚虹劝她，干得不开心就换个人家,哪里不是赚钱。杜琴很羡慕姚虹,说天上掉馅饼,恰恰就砸中了她。姚虹撇嘴道:"什么馅饼,你看卫兴国那满脸麻子,倒像个麻饼。"说着忍不住笑。

杜琴说姚虹新剪的发型很不错:"这下真的像上海人了,卫老太要定你了。"

又问:"老太婆啥时候给你们办事情?"姚虹说:"谁晓得,八字还没一撇呢。"杜琴道:"都好几个月了,还没一撇?"姚虹叹道:"不是'八'字没一撇,弄不好连我这个'姚'字都没一撇。"杜琴忍不住道:"老太婆也太把自己当回事了,房子比鸽子笼还小,儿子还是个瘸子,她就这么吊起来卖?"姚虹嘿的一声。

回家时,在弄堂口见到卫兴国,在跟面粉摊头的小英聊天,眉飞色舞的。小英两只手上都是面粉,聊到兴头上,就往卫兴国脸上一刮,两道白花花的印子。卫兴国笑得牙龈肉都出来了。姚虹待在角落里,等他走了,才跟着上楼。卫老太看到儿子脸上的印子,问怎么回事。卫兴国说是不小心沾了石灰。姚虹拿毛巾给他擦拭。他说:"谢谢哦。"姚虹在他脸上抹了一把,幽幽地说:"又不在工地上班,怎么沾的石灰?"卫兴国道:"就是说啊,奇怪了。"

第二天,卫兴国又说要去看早场电影。姚虹没答应,说要洗被单。卫兴国道:"被单什么时候不能洗?明天再洗吧。"姚虹道:"天气预报说了,明天是阴天。"她故意说得很大声,卫老太听见了,过来说:"去吧去吧,今天天气不错。"姚虹说:"就是因为天气不错,才要洗被单啊。"转向卫兴国说:"等哪天下雨再去看吧。"卫兴国哑然失笑,说:"哪有专挑下雨天去看电影的?"姚虹不理,拆了被单去阳台了。卫老太本来还想做好人,没想到竟吃了个软钉子,有些胸闷,想这小女人怪得很,问儿子:"你们吵架了?"卫兴国说:"谁吵架了,莫名其妙的。"

姚虹洗被单时,想着刚才的情景——是杜琴教她的,说也别太低眉顺眼了,有时候也得稍稍摆些谱,耍些小脾气,这才是过日子的样子。"你自己要摆正位置,你是他们家的媳妇,不是保姆。保姆要事事顺着东家,媳妇不用这样。时不时要对男人发发飙,给婆婆点脸色看,这才像是媳妇了——"姚虹听到最后一句,忍不住笑,说:"你懂得倒多。"

姚虹把卫兴国叫到阳台上,让他帮着绞被单:"我没力气,你帮个忙。"卫兴国一边绞被单,一边问她:"好处费呢?"姚虹朝他白眼:"是你家的被单哎,还要好处费?"

卫兴国说:"这条是我姆妈的被单,不是我的。"姚虹说:"那你问你妈要好处费去。"卫兴国嘿的一声,见旁边没人,凑上去在她脸上亲了一口,"啵!"姚虹忙不迭地躲开,卫兴国一手搂住她的腰,一手在她胸上抓了一把。"下流!"姚虹骂道。

卫兴国笑得贼忒兮兮。姚虹从盆里湿淋淋地捞起一条枕巾,用力一抖,水花溅了他满头满身。趁他睁不开眼时,姚虹抓住他顶上一撮头发,用力一拉。他痛得大叫。与此同时,她凑到他耳边,轻声说了句:"天气预报说了,明天会下雨。"

二

居委会组织市内观光一日游。卫老太早早地便去报了名,一人八十块,包午餐和东方明珠的门票。她问姚虹想不想去——其实也是随口一问,钱都交了,哪有不去的理?姚虹来上海这些日子,除了去南京路逛过一圈,还没怎么出过门,卫老太觉得不妥当。姚虹时常写信回家,猜想亲家那边必然会问——城隍庙去了吗?东方明珠去了吗?金茂大厦去了吗?——来了大半年了,统统没去,总归讲不通。现在好了,一次性搞定,虽说是走马观花,但胜在效率高,短短一天工夫,上海滩该去的地方都去了。

八点钟准时集合,在小区门口的空地。卫兴国原先也想去,被卫老太拒绝了:"都是女人家,你一个男人挤在里面算怎么回事。"姚虹说卫兴国:"你要是真想去,我把名额让给你好了。"卫老太道:"他要想去才怪——这些地方啊,只有你们外地人才感兴趣——"卫老太说溜了嘴,瞥见姚虹一副干巴巴的神情,忙掩饰道:"这个,其实好多地方,上海人自己都没去过,现在外地人一个个混得都比上海人好,有钱的都是外地人——"自己讲着都觉得不伦不类。

姚虹晕车,车子开出不久便说想吐。卫老太问司机要了个塑料袋,一会儿,姚虹便把早上吃的东西全吐了出来。又说胃疼。

前排两个女人扇着鼻翼,做厌恶状。卫老太本来也嫌姚虹麻烦,可看她们这样,又不免帮着自己人:"晕车呀,有啥大不了的,人是吃五谷杂粮长大的,又不是神仙。"那两个女人嘴里还"啧啧"作声。卫老太促狭,趁着一个急刹车,把那袋秽物往她们面前一晃,两个女人咿里呀啦地尖叫起来:"做啥啦做啥啦——"卫老太忍着笑:"不好意思哦,刹车实在是太猛——"

午饭是在城隍庙吃小笼。姚虹说吃不下,卫老太硬塞到她碗里:"你吃吃看,这边小笼很正宗的,来一趟城隍庙不吃小笼说不过去——"又倒了些醋在她碟里:"多吃点醋,胃会舒服些。"姚虹勉强吃了两个。卫老太去找领队,说:"我们小姚不舒服,吃完饭就不玩了,直接回去了。"领队提醒她,不玩门票钱也不退的。卫老太说:"我晓得,身体不舒服有什么办法。"

两人坐地铁回去。路上,姚虹抱歉道:"姆妈,对不起哦,害你也不能玩。"卫老太嘿的一声,说:"不能玩就不能玩,有啥要紧的。"姚虹还是第一次坐地铁,启动时没拉好扶手,被巨大的惯性冲得后退几步,亏得卫老太一把抓住她:"小心点。"姚虹拍拍胸口,不好意思地笑笑。

出站时,姚虹的票找不到了,上下口袋掏了个遍,像长翅膀飞了似的,没影了。卫老太摸出三块钱,又给她补了张票。姚虹跟着卫老太出站,窘得脸都红了。卫老太看在眼里,本来还要嘀咕两句,想想算了。只是告诉她,地铁不像公共汽车,票子一定得好好留着,出站还要查票呢。姚虹说:"就跟坐火车差不多。"

卫老太说:"可不是,地铁说到底也是火车,在地下开的火车。"

回到家,卫老太让姚虹在床上躺着,烧了水,给她冲了个热水袋。又下了碗面条,热气腾腾地端过去:"怕你胃吃不消,也不敢放浇头——多少吃一点。"姚虹心里一暖,说声"谢谢姆妈",接过。卫老太在床边坐下来,问她:"胃是偶尔疼呢,还是一直不好?"姚虹回答:"冷天容易疼,或者吃了辣的也会疼。"卫老太又问:"到医院查过没有?"她说:"没有。"卫老太说:"那不行,要查一查。胃病这东西,可大可小的。"

卫老太也是雷厉风行,第二天便拉着姚虹去医院做了个胃镜。结果是胃里幽门螺杆菌超标,还有轻微的十二指肠炎。医生说,幽门螺杆菌会传染,中国人不实行分餐制,很容易得这个病,没啥大事,不过还是要吃药。配了三种药,连吃半个月。

晚饭时,卫老太在每个菜盘里都放了把勺子:"我们也来学外国人,先用公勺把菜舀到自己碗里,再吃。"卫兴国嫌麻烦,照样拿筷子夹菜。半空中被卫老太的筷子拦下了,两支筷子短兵相接。"说了用公勺,"卫老太强调道,"现在不像过去,要讲究些。对大家都好。"

姚虹在一旁不吭声,拿公勺舀了些青菜,就着把整碗饭都吃了。心想,卫老太是怕她传染给她母子俩呢。姚虹读书不多,听医生说幽门螺杆菌超标,一颗心便沉了下去,想胃里有细菌,那还了得。不免有些心灰意冷。洗完碗出来,见卫老太在小声跟卫兴国讲话。卫兴国抬头朝她看了一眼。姚虹猜想必定是说自己。

果然，一会儿，卫老太先洗脚睡觉了，只剩下她和卫兴国两人。卫兴国照例又往她身边蹭，上下其手——只是却不与她亲嘴。姚虹心里哼了一声，把他推开，说："我累了，要睡觉。"卫兴国说："才几点啊，你又不是老太婆。"姚虹没好气地说："我不是老太婆，难道还是青春少女？"卫兴国嘿的一声，拿白天编的小玩意儿给她看——是辆小轿车，用极细的竹片编成，染上颜色，车尾上居然还有个"奔驰"的标志，十分逼真。姚虹原不想睬他的，见了也忍不住拿过来看："啧啧，手倒是巧——"

卫兴国得意地说："那当然，你老公嘛。"

姚虹鼻里出气，哼道："老公？算了吧，我可高攀不上。"卫兴国道："不是你老公，难道是别人老公？"姚虹道："早早晚晚的事。"卫兴国讪笑着，又去搭她的肩膀。她皱眉，往旁边躲。他又去搭。来来回回好几趟，卫兴国说她："怎么跟泥鳅似的，滑不溜秋——"

卫老太其实没有睡着，躺在床上，外面两人的说话声都落在她耳里。她一听姚虹的口气，便晓得这人多心了。又不是什么大病，她再老糊涂，也不会计较这个。卫老太打个哈欠，忽听卫兴国"啊"的一声，似是吃痛，嘴里咝着气，直嚷"手断了断了——"又听姚虹压低了声音说"看你还敢不敢——"。跟着，脚步声也有些纷乱了，应该是一个追一个逃，扶梯吱嘎吱嘎直响。一会儿，又嘻嘻哈哈地笑。卫老太晓得两人在耍花枪呢，想，男人天生都是贱骨头，给小女人这么打打骂骂，服帖得不得了。

又想到自己年轻时，和死鬼老头也有过甜蜜的光景，几十年过去了，还会像放电影那样在眼前绕来绕去。卫兴国长得像他爸，尤其是鼻子，简直一个模子里刻出来的。都说儿子像妈才有福气，他要是长得像自己，大概也不会吃那么多苦，得了那该死的病，五岁不到便瘸了腿。又碰上男人工伤丧了命，三十来岁年纪，便只剩下她一人，孤零零地带一个瘸儿子。那时卫老太真是连死的心都有了，硬生生挺了过去，脑子里只存一个念头——"别人怎么活，我便也怎么活"。孤儿寡母，好不容易撑到了今天。伤口早止了血，结了疤，厚厚硬硬的一块，倒比旁人还结实些。卫老太其实也没啥苛求——儿子找个好女人，结婚生子，安安生生地过下辈子，那便足够了。

张阿姨几次来问消息，卫老太都说"不急，再看看"。张阿姨道："怎么不急，你们兴国都四十好几了。"卫老太说："那也急不得啊，又不是挑大白菜——是挑媳妇，是大事，要谨慎些。"张阿姨说："我晓得是大事，可再大的事情，早晚也得拿个主意不是？我倒觉得小姚这人不错。"卫老太笑笑。姚虹隔三岔五便去张阿姨家，跑娘家似的，洗衣拖地做饭，还用自己的工钱给她买脆麻花和生煎馒头——这些她都是知道的。卫老太并不觉得有多么不妥，将心比心，换了谁都会这样，可以理解。再想想，找个有点心计的媳妇也好，儿子那样的傻瓜，是该有个能干些的女人撑着才行。卫老太是想自己说服自己。如今这世道，寻个好媳妇实在不是件易事。卫老太真想两手一摊，答应下来算了。大家省心，自己也省心。

外面一点点静下来，应该是睡去了。卫老太起来披上衣服，走到外面。小间的布帘没有拉严，留道缝，透出些光来。她停下来，朝里瞥了一眼——见姚虹坐在床上写信。被子有些软，她拿本台历垫在下面，微蹙着眉，写得很慢，一笔一画的，纸上密密麻麻已写满了大半。她握笔的姿势有些奇怪，中指抵着笔杆，倒像在写毛笔字，很用力，额头上隐隐都有汗珠了。卫老太还是第一次亲眼见她写信，她白天做家务时是那样，原来写信时是这个模样。有些好奇了。灯光在她头上镀了一层黄澄澄的暖色，长发垂下来，遮住了半边脸。

卫老太看了会儿，正要走开，手肘不留神在墙上碰了一记。"砰！"姚虹顿时察觉了，霍地抬起头，看见她。

两个女人一里一外，对望着。

"姆妈，我、我已经好了，马上关灯——"姚虹很快反应过来，慌乱地把信放在一边，躺下来，伸手去关台灯。

卫老太晓得她误会了，连忙摇手："不要紧，你写你的，我上厕所。"

从厕所出来，见那道布帘已完全敞开了，灯关了，漆黑一片，里面静得没有一点声响，似已睡着了——卫老太一怔，在门口站了片刻，不知怎地，竟有些心酸。慢慢地走回房间，心想，要是哪天真的讨了她作媳妇，一定要让儿子好好待她。

元旦时，卫兴国给母亲买了件羊绒衫，原价两千，打六折。

姚虹帮着她换上新衣，在镜子前晃了一圈。卫老太觉得挺满意，嘴上还唠唠叨叨："啧啧，老太婆一个，花这个钱干啥——"卫兴国说："老太婆就不用打扮了？你儿子又不是没钱。"卫老太听了这话，心里咯噔一下，忽想起这阵子他竟不问自己要钱了，早场电影还是照看，逛过两次淮海路，上周还去了锦江乐园。工资和奖金好端端在抽屉里藏着——他哪来的钱？

卫老太反复想了两遍，竟有些担心了。怕他学弄堂口那些痞子——斗地主、二十一点、拨眼子、梭哈，没日没夜地赌。那可是要命的，弄得不好一家一当都要送进去的。卫兴国骨子里不是个让人省心的东西，读初中时跟一群坏孩子偷工厂的废铜烂铁去卖，那些人腿脚利索倒也罢了，可怜他瘸着腿，被人轻轻松松逮个正着。卫老太气坏了，也吓坏了，把他吊在房梁上，拿皮带往死里抽，一边抽一边抹眼泪，心想，要是真的走歪路，干脆打死干净，也省得操心了——总算是悬崖勒马，生生给扭了回来。

卫老太想到这些，汗毛都竖起来了。当着姚虹的面，不好开口，待她去阳台收衣服，才做贼似的问了。人家来上海是想找个本分男人，要是卫兴国真做了什么见不得光的，别说上饶女人，就是非洲女人，也不见得肯跟他。卫老太问的时候，声音都有些发抖了。谁知卫兴国听了大笑："姆妈，你想到哪里去了——哎哟，真是天晓得了！"

卫兴国从床底下拖出一个小箱子，打开，里面都是他摆弄的那些小玩意儿。小车、小人、小动物——"哗"的一下，倒得满地都是。

"姆妈,艺术也可以挣钱的。懂吗?"卫兴国得意洋洋地说。

他说姚虹在网上办了个小店,专卖这些小玩意儿。起初只是抱着试试看的心思,谁晓得还真有人买。客人的意思是,东西做得不错,就是包装太老实,不上档次。姚虹便买来大红色的硬板纸,自己动手做成一只只红盒子,把玩意儿装进去,外面绑上金色的丝绸,再添上"喜"字——现在婚礼上都流行小游戏,拿这个当奖品最合适不过,价格不贵,又别致。事实证明姚虹的思路完全正确。这么包装一下,销路顿时上去不少,每周至少能卖出十来件。

"再这样下去啊,存货就不够了,非得再接着做不可。姆妈你老说我不务正业,还说要统统扔掉,嘿,亏得我们小姚识货——"卫兴国口沫横飞地说。

姚虹从厨房走出来,听见了,接着话头说:"我也是随便试试,谁晓得真的行——瞎猫碰上死老鼠了。"卫兴国加上一句:"关键还是你老公手艺好。"姚虹朝他白了一眼:"少自吹自擂。"

卫老太本已放下心来,但瞥见两人极有默契的模样,不免又有些酸溜溜的。"做生意啊,"她慢腾腾地道,"好是好,不过也有风险,又不是包赚不赔。"卫兴国说:"有啥风险,我们这是智力投资,不用本钱的。"卫老太嘿的一声:"怎么不用本钱?硬板纸不是本钱啊,上网的电费不是本钱啊,脑细胞不是本钱啊,那些小竹片不是本钱啊?"

卫兴国蹬了蹬脚:"哎哟,姆妈真是搞来——"

卫老太存心触他们霉头，说完了，心满意足地去厕所了。说到底心底还是高兴的，不偷不抢，坐在家里便能赚钱。那些搞七捻三的小名堂居然也有人要，这世道是越来越让人看不懂了。卫老太想，忘记问他们挣多少了，想来应该也不会太少，又是看电影又是逛街的，偶尔还要喝杯咖啡上个馆子。谈恋爱就要花销，没有比谈恋爱更让人快乐的花销了。儿子今年四十出头，比旁人整整晚了二十年才享受到这种快乐——总算是也享受到了。卫老太坐在马桶上，浑身轻松。

卫老太问姚虹："怎么想到在网上卖这个？"姚虹回答："三楼的阿美教的。"阿美在百货公司卖化妆品，碰到商家搞活动送试用装，便悄悄把试用装藏下，对着顾客只说派发完了，然后再拿到网上卖——这已是行业里公开的秘密了。卫老太平常很看不惯阿美，好好一个女孩，头发偏要染成五颜六色，指甲却是乌黑。"那样妖里妖气的人，能教出什么好名堂？"姚虹说，一开始是借她的店做的生意，后来渐渐做大了，自己便也注册了一个小店："网上做这种生意的人不少，竞争激烈得很，亏得兴国手艺好，才做得下去。"卫兴国飞她一眼，得意道："你才晓得啊。"

卫兴国提议晚上去外面吃饭："庆祝你儿子发大财。"卫老太不肯，说钱要省着花，又说外面不卫生，家里烧几个小菜，干净又实惠。卫兴国说姆妈是死脑筋："你当然无所谓了，反正也不用你烧——"卫老太听这话不顺耳，想，还没结婚呢，就已经向着她了。

"我烧也行啊,"卫老太淡淡地说,"让她歇着吧,我来。"

母子俩还在嘀咕,姚虹已飞奔着出去买了菜,回到家开始拾掇,晚饭时摆了满满一桌。香煎带鱼、糖醋排条、蚝油西蓝花、咸菜干丝,都是卫老太喜欢的。卫兴国拿起筷子便吃,大赞美味:"我老婆的厨艺真是没话说。"火上煨着鸡汤,姚虹过去盛了一小碗过来,给卫老太:"姆妈替我尝尝咸淡。"卫老太尝了一口,说"还好"。姚虹道:"我放了点干贝,好像有点腥气。"卫老太便教她,干贝要先拿黄酒发一会儿,再一爿爿撕开,不能这么直接扔进去。"你当是大蒜头啊?"卫老太嘲笑她一句。姚虹笑笑,说:"就是,又向姆妈学了一招。"

私底下,卫老太问儿子:"到底能赚多少?"卫兴国还要卖关子,道:"反正不少。"卫老太追问:"不少是多少?"卫兴国说:"不一定,要看货色,差不多一两百元上下吧。"卫老太吓了一跳,问:"一件吗?"卫兴国嘿了一声,说:"当然是一件,难不成还是一麻袋?你以为是卖给废品收购站?这是艺术,姆妈,你养了个艺术家儿子。呵呵。"

卫老太是真的有些吃惊了。一件一两百元,每星期卖十来件,那要多少钱啊?卫老太不禁感慨,自己在上海住了一辈子,都不晓得还有这种赚钱的门道。姚虹才来了几个月,已摸得清清楚楚,变废为宝。儿子原来还是个摇钱树。卫老太想到这儿,忍不住好笑。半是炫耀半是担心地说给张阿姨听。张阿姨趁势又说姚虹的好:"多机灵的一个人啊,你挖到宝了——"

卫老太说:"就怕是太机灵了,你看,小两口闷声大发财,就把我老太婆蒙在鼓里。"张阿姨说:"低调点也好,过日子嘛。"卫老太想来想去,还是那句话:"兴国是马大哈,怕是弄不过她。"

张阿姨劝她:"一个愿打,一个愿挨,你管那么多呢。再说了,兴国是璞玉,要没有她,你还不是把他当石头?门卫一个月能赚多少钱?现在可好,收入都赶上小白领了。所以说世界上的事啊,都是配好的。你们家兴国拖到这么晚没成家,大概就是在等她。命中注定的。"

卫老太活到这把年纪,也是越来越信命了。张阿姨后面那句话,倒是说到她心坎里去了。本来嘛,好不好都是相对的,只要对儿子好,那便是真的好。儿子自己喜欢,她又是实心实意为儿子打算——那还有什么话说?卫老太心底里舒了口气,嘴上却对着张阿姨叹道:"早晓得兴国有这本事,又何必大老远从外面物色呢,上海女人哪里找不到了?唉。"

张阿姨听了摇头,说她:"一把年纪了,还要'作'。"

姚虹怀孕了。连着几天都吐得一塌糊涂,起初还当又是胃病,卫兴国陪她到医院一查,欢天喜地地告诉卫老太:"姆妈,有了。"

卫老太高兴得一颗心像刚酿好的果酒,甜汁都快满溢出来了,面上还要装老派,板着脸:"这个,还没结婚呢,你们两个小孩也真是胡闹——"瞥见姚虹羞红了脸,一副无地自容的模样,忙又道:"算了算了,有都有了,总不能把它再变回去,对吧——都是你这个坏小子呀。"卫老太喜滋滋地在儿子身上捶了一下:"这下要命了,出事了,出事了。"

好运气似乎是接踵而来的。没几天,便传出消息,老房子要拆了。这次是千真万确,居委会告示都贴出来了,预计在明年四月,让各家各户积极配合,做好拆迁工作。卫老太心里算了笔账,要是年前给儿子办了婚事,户口迁过来,那就是三个户口两个家,起码能多分十几个平方,折成现金就是好几十万。老天爷帮忙,时机掐得刚刚好。好事成双。

亲自去江西拜访是来不及了,卫老太预备先跟亲家通个电话,或是写封信,商量一下婚事。外地有外地的规矩,时间再紧,该讲究的还是得讲究,不能让人家觉得上海人不懂道理。卫老太问姚虹:"你们那里是不是流行给聘礼?"姚虹说不用:"我爹妈都不看重这些,只要我自己过得好就行。"卫老太想这是客气话,总归要意思意思的。还有金银首饰,也得赶紧备好了。

卫老太带姚虹逛了趟金店,挑了一副手链,24K足金。又买了一枚钻戒,戒心是用碎钻拼成的,价格不算贵,看着倒也熠熠闪光。姚虹的手指肥肥白白,手寸快赶上男人的了。售货员夸赞说这是天生的贵妇手,有福气。卫老太想,有没有福气还不晓得,买个戒指倒是多用不少铂金,开销上去了——想归想,心里还是开心的。快七十岁的人了,总算等到给媳妇买首饰了。

穿堂风一刮,左邻右里都晓得卫家要办喜事了。卫老太不怕别人背后议论,说跛脚儿子找了个外地来的保姆媳妇。无所谓,反正各家过各家的日子,冷暖自知。将来的事情谁晓得呢,四肢健全找个上海老婆,也不见得能白头到老。卫老太是吃过苦头的人,晓得天底下顶顶要紧的,不过是"实惠"两字。兴国爸爸去世那阵,为了多得些抚恤金,卫老太也不是没豁出去过。面子是要紧,但敌不过孤儿寡母两张吃饭的嘴。倘若那时稍有犹豫,只怕就没这个家了——都是几十年前的往事了,隔了这么久,不提了。

卫老太让姚虹给兴国爸爸上炷香。死鬼老头的遗像从抽屉里请了出来,抹了灰,摆在五斗橱上。姚虹点了炷香,鞠了三个躬。卫老太在一旁说:"这是你媳妇,现在肚子里已经有小的了,你在下面要多多保佑他们——"姚虹对着遗像,恭恭敬敬地叫了声"阿爸"。卫老太鼻子一酸,眼泪差点掉下来。

家务是不能再让姚虹做了,姚虹还要坚持,说多活动有好处。卫老太说:"等将来孩子生下来,有你动的时候,现在先歇歇。"朝北的小间阴冷潮湿,卫老太把她挪到大间,宽敞,阳光也好。卫兴国直说"姆妈偏心",说有了媳妇就忘了儿子。卫老太冲他一句:"那好,今天起你睡下面,让我老太婆爬扶梯睡阁楼——"卫兴国还要摆弄那些小玩意儿,卫老太不许,说竹头木头都有碎屑,吸到气管里,要咳嗽的。"孕妇又不能吃药,万一生病了要吃大苦头。"

闲暇时,卫老太教姚虹说上海话。两个女人待在厨房里,一边剥毛豆,一边进行嘴形和发声的训练。上海话在方言里算是易懂的,入门快。但越是这样,越是难说得正宗。上海话其实是一门学问，掺杂着许多东西在里面，经年累月，像冲了几道后的茶，水浅浅绿绿，清冽得能照见人影，茶叶稳稳地落在杯底，很扎实很干净。卫老太让姚虹先别急着开口，多听别人说。听得久了，厚积薄发，自然而然就出来了。正宗的上海话，呱啦松脆，像一口咬开的小核桃，听得人浑身惬意。上海人说上海话，"人"与"话"是合二为一的。听见洋泾浜的上海话，就像看见西装下面穿球鞋那么别扭。

姚虹道："姆妈，上海话有点像日本话。"卫老太道："是吗？我可不觉得，小日本的话哪有我们上海话好听。"姚虹又道："上海的'吃饭'和上饶话差不多呢，姆妈我说给你听——"她用上饶话说了一遍："是吧？"卫老太听了，也觉得像："怪道'上海'和'上饶'只差一个字，原来还真有些讲究。"

姚虹说要教卫老太上饶话。卫老太连忙摇头："我这把年纪，脑子都生锈了，记不住。"姚虹不依，说："怎么会记不住，从今天开始，姆妈教我上海话，我教姆妈上饶话，大家一起学习。"她带着鼻音，这么撒娇似的说来，卫老太心里一动，想，嗲啊嗲啊，儿子应该就是这么被她勾了魂，所以连小把戏都勾了出来。

卫老太有些甜蜜地摇了摇头，伸手在姚虹头上轻轻抚了一下。两人还是第一次这么亲昵。姚虹条件反射似的，差点要弹开——总算是忍住了，受了未来婆婆的这一抚，有着里程碑式的特殊意义，划时代的。姚虹竭力让自己表现得自然，心里有什么东西直往上溢，一股接着一股，直冲到头上，先是脸颊，再是眼睛，都微红了一片,慢慢漾开来,浑身上下都是暖的。

除了上海话,卫老太还教姚虹怎么打扮、怎么穿衣——去书报亭买那些时尚杂志,《ELLE》《秀》《瑞丽》……让姚虹当成教科书看。看那些模特儿怎么搭配衣服,怎么摆弄发型。这比学说上海话还难得多,要靠天赋,不能生搬硬套。卫老太一门心思要把姚虹培养成一个上海媳妇,倒不是为了自己,老太婆了,不在乎那些虚头。这纯粹是为卫兴国。儿子年纪不大,将来的路还长。上海这个地方,有些讲不清。宽容的时候很宽容,刻薄的时候又很刻薄。许多根深蒂固的东西,像轮船靠岸时抛下的锚,牢牢在海底扎着;又似奶糖外的那层饴纸,看着无关紧要,可真要没了它,又觉得怪——这就是"体面",锦上添花的玩意儿。儿子体面了,卫老太才能安心。说到底,好像也不全是"体面",还应该牵涉到"尊严",是自尊心的意思。

卫老太的自尊心,蛰伏在体内几十年,平常没声没息,现在一点点苏醒了,像冬眠的蛇。真正是春天到了,暖意融融的。卫老太本来话不多,现在慢慢放开了。几十年的话匣子,厚实得像本日记,一页页翻过去,都能闻到淡淡的纸香了。详写还是略写,全凭卫老太的心,但到底是写了,开心的,不开心的。话题由近到远,渐渐拉长开去,那些早就淡却的岁月,像暗室里新洗的照片,景物一点点浮现出来,清晰了。

姚虹是个很好的倾听者——原来上海的"日子"是那样的,和姚虹想象中完全不同呢。倒真有些"过日子"的意思了。原先姚虹以为，上海的"日子"是闪着光的，摆在橱窗里的那种，现在看来，好像也是落在实处的。撇去表面那层亮晶晶的东西，上海的"日子"其实是咖啡色的，沉甸甸的颜色，沉甸甸的质地，让人屏息凝神，说不出话来。上海的"日子"，初尝是有些苦涩的，可慢慢地，有香甜从里面一点点渗出来。这香甜，也是要尝过苦才能觉出的。苦涩落在舌根，香甜源自心底。苦是甜的先导，没有苦，又怎会有甜呢——这道理，其实到哪儿都是一样的。

两个女人在天井里晒太阳，一个缠线，一个绕团。冬日的阳光落在两人脸上，洋洋洒洒的，很美很温柔。

领证那天，也是个阳光灿烂的日子。卫兴国和姚虹早早地便出了门。卫老太叮嘱他们，办完事就早点回家，孕妇不能多操劳。晚饭在外面吃，已订了座，就在附近新开的本帮菜馆。

卫老太把家里整理了一遍，出去倒垃圾。还没走几步，在拐角处踩到一块香蕉皮，差点滑一跤。垃圾袋脱手飞出，掉在地上。卫老太骂声"要死"，正要去捡，忽地，看到垃圾袋掉出一小包东西——是块卷起的卫生巾，散开了，上面殷红一片。

卫老太一怔，下意识地，又骂了声"要死"。停了停，再去翻那袋垃圾——又发现了两小包同样的东西。卫老太站在原地，认认真真地看了一会儿，像是研究。心直直地沉了下去，秤砣似的，随即把东西捡起来。

卫兴国在民政局接到母亲的电话。

"证领了没有？"

"没,还在拍照呢。有事?"

"那就好——别领了,回家。"卫老太说完,"啪"地挂了电话。

三

姚虹收拾东西。衣服、裤子、鞋子,一件件地往旅行包里塞。头垂得很低,动作却很快。卫兴国在一旁看着,两人都不说话。卫老太出去散步了,临行前叮嘱儿子,把姚虹送到公交车站,也算是尽了情分。卫兴国嘟着嘴,像小孩那样不情不愿。卫老太晓得他心里疙疙瘩瘩,是舍不得小女人走。卫老太装作没看见,想,要是连这种事都不分轻重,那儿子也算白养了——故意连招呼都不打,径直出了门。

姚虹收拾完东西,朝卫兴国看。眼神像猫咪看主人,泪水在眶里一圈圈打转。心里清楚这是最后一搏,其实也不抱希望。果然,卫兴国避开了她的目光,拿起地上的包:"走吧。"

两人一前一后,到了公交车站,已是晚上八点多了。这是卫老太的意思,说晚上走,人少,免得大家尴尬。卫兴国干咳一声,摸摸鼻子,很不自然的模样。姚虹想,又何必让他为难。上前接过他的包:"谢谢你送我,你回去吧。"卫兴国嗯的一声,脚下却不动。

姚虹在旁边长凳坐下,把包放在膝盖上,朝车来的方向看。卫兴国愣了半响,"其实——"才说了两个字,便又闭上嘴。姚虹只当没听见,想,这是个没用的男人。心里忽地有些气苦,这样的男人，到头来自己竟也抓不住。难堪得都想哭了。

她又道："你先走吧。"他说："我等你上车再走。"她道："你走吧，你在这里，我反而不自在。"话说到这个地步，卫兴国只有走了。本来就瘸，加上犹犹豫豫，走得一步三顾，艰难无比。好不容易转了弯，看不见人了。姚虹把头别过来。看表，快九点了。等车的人很少，路灯暗得要命，影子模模糊糊的，像鬼。

姚虹没等车来，折回去敲杜琴的门。杜琴的东家老头已睡下了，杜琴在看电视，把声音调得很轻，做贼似的。她说老头子不许她一个人看电视，费电。

她看见姚虹的旅行包，愕然："穿帮了？"姚虹点头，随即一屁股倒在沙发上。

假怀孕的办法，是杜琴传授的。"现在万事俱备，只欠一阵东风，托你一把。"她说卫老太这把年纪了，没有比抱孙子更能让她兴奋的事了。老太婆一高兴，事就成了。姚虹还要犹豫，说肚子里没货让我怎么生。杜琴骂她笨："怀孕要十个月呢，谁能保证当中没个磕磕碰碰？只要生米煮成熟饭，结婚证一开，她能拿你怎样？"姚虹想想也是。她不是黄花闺女，青春谈不上多么值钱，可到底也是个女人，禁不起这么拖拖拉拉。索性搏一把，成了便是一步到位，上饶人变上海人。输了也得个痛快，回老家找个本地男人，好歹总是一辈子。

杜琴内疚得要命。"早晓得就不出这个馊主意——"姚虹手一挥："没啥大不了的，日子照样过，地球照样转。"她说先不回上饶,再待几天看看。杜琴明白她的意思,不走还有希望,走了就等于彻底放弃。

夜里,两个女人挤一张小床睡。怕吵着隔壁的老头,说话轻得像蚊子叫。姚虹说:"家里人本来都欢天喜地的,现在搞成这样,还不知道失望成啥样呢。"杜琴说:"先别告诉他们。"姚虹说:"瞒得了一时瞒不了一世,早晚会知道。"杜琴说:"拖一阵是一阵——还没到绝望的地步。"姚虹听了不吭声,半晌,又道:"老太婆受了骗,肯定恨死我了。"杜琴说:"她要是个女人,恨归恨,恨完应该会明白的。"姚虹叹道:"女人跟女人也是不一样的,只怕她未必明白。"

杜琴又说起自己的事,东家老头查出有尿毒症,情况不大好,医生说要换肾。"肾是多么要紧的东西,平白无故的,你说谁会给他捐肾——居委会干部都找我谈话了,让我无论如何要挨过这个年,又夸我脾气好能干,我要是不干了,这么'作'的老头子,哪里再去找保姆服侍他?嘿,再给我戴高帽也没用,过年我肯定是要回家的,都几年没回家了——"

姚虹说:"没儿没女的,也可怜。"杜琴说:"可怜的人多着呢,我们不可怜吗?一个个可怜过来,老天爷都来不及。"又说:"本来还想着沾你的光,也搭个上海亲戚,现在没戏了,转了一个圈,还是江西老表。"姚虹叹道:"没这个命。"杜琴也叹了口气,说:"就是,没这个命。"

这天晚上姚虹一直没睡着。床很小,躺两个人连转身都难。

杜琴倒是睡得挺香,还打着小呼。她男人在工地上干活,夫妻俩咬紧牙关,连着几年没回老家。女儿都快读小学了,一出生便由外公外婆带着,还没见过几回亲爹妈。她男人勤劳肯干,这次升了个小工头,工资翻了倍,好心情也跟着翻倍——夫妻俩预备过年回家,再把女儿接过来,上海的房子贵是贵,可租间小屋,一家三口住在一起,划得来。杜琴说她女儿小名叫月牙儿,因为出生时一弯月亮挂在半空中,眉毛似的,很俏皮很漂亮。"月牙儿过年就七岁了,天天晚上做梦都梦见她。"

姚虹朝杜琴看,见她熟睡的脸上带着一丝笑意,应该真是梦见了女儿。

卫老太早起锻炼时在弄堂口撞见姚虹,小女人笑吟吟地叫了声"姆妈",卫老太吃了一惊,像撞见了鬼。"你——没走?"姚虹没直接回答,说了句"天有点灰,大概快下雨了"。卫老太没理她,径直走了过去。

锻炼完回到家,还没进门,便闻到一股香味,再一看,姚虹在灶台上煎荷包蛋。卫兴国坐着吃泡饭,面前放着一碟生煎,应该是她买来的。卫老太在原地愣了足有十来秒。卫兴国见了母亲,不敢说话,埋头吃东西。姚虹倒是很热情,招呼卫老太:"姆妈,吃生煎,味道不错的。"卫老太看看儿子,再看看她,心里哼了一声,依然是个不理不睬。上了厕所出来,见她还在擦拭灶台。

卫兴国吃完早饭,说:"我上班去了。"姚虹从抽屉里拿了把伞给他:"一会儿怕是要下雨,带上伞。"卫兴国犹豫了一下,还是接了。她又问他:"晚上想吃什么,糖醋排骨好不好?"这回卫兴国无论如何不敢应声了,支吾两下,开门出去了。卫老太冷眼旁观,想这个小女人也忒皮厚。耐着性子,等她把灶台擦完,说:"你可以走了。"姚虹叫了声"姆妈",要说话,她手一摆,挡住了。

"说什么都没有用,"卫老太道,"走吧,别再来了。"

姚虹嘴一扁,两行眼泪齐刷刷地落下来:"姆妈——我晓得我做错了,你原谅我,给我一次机会好不好?我保证一生一世对你和兴国好。"卫老太摇头:"不用对我们好,你自己过得好就可以了。"姚虹眼泪没命地流:"姆妈,我承认我有私心,想飞上枝头当凤凰,可我真的没恶意的,我是想早点结婚,好来服侍您老人家——"卫老太打断她:"不敢当,我没这个福气,也别说什么'飞上枝头当凤凰',是我们高攀不上,配不起你。我们兴国是草包,你才是凤凰。"

卫老太说到这里,忽想起那天张阿姨的话——"兴国是璞玉,要没有她,你还不是把他当石头?你们家兴国拖到这么晚没成家,大概就是在等她。命中注定的。"——不禁有些感慨起来。心口那里被什么揪了一下,唉,可惜了——脸上依然是冷冰冰的,转过身,把个脊背留给她。

姚虹倚着墙,手指在墙上画啊画,眼睛瞧着地上,眼圈红通通的,不说话,也不走。卫老太等了半响,见她没动静,心里也有些急了,又不能拿扫帚把她赶出去,左邻右舍都看着呢,卫老太丢不起这个人。可拖着也不像话，这算怎么回事。两人暗地里较着劲，安静得都能听见挂钟的嘀嗒声了。一分一秒都是煎熬。

卫老太坐下来，打开电视。姚虹顿时也活动开来，转身便去拿拖把。卫老太坐着，见她这样，头皮都麻了。姚虹认认真真地拖地，拖到卫老太那块，还说"姆妈，麻烦你抬抬脚"。卫老太抬也不是，不抬也不是，索性站起来，到厨房择菜。一会儿，姚虹也来了，摆个小凳子在她旁边坐下，陪她一起择菜。卫老太朝她瞪眼，脸色难看得要命。姚虹笑笑，说："两个人干快些。"卫老太心里"哎哟"一声，想真是碰到赤佬了，又不知说什么好。

两人齐齐择完了菜，卫老太打开房门，努努嘴，示意她离开。姚虹便是有这耐性，只当没看见，笑笑，又拿鸡毛掸子去掸灰。卫老太怔了半晌，只得关上门。姚虹整理房间时看见卫兴国换下的内裤，拿到水龙头下洗。卫老太一把抢过，说："让他自己洗。"姚虹笑吟吟地抢回来："男人哪会洗衣服，再说他下班那么晚，姆妈就别折腾他了。"三下两下便把内裤洗了。卫老太不禁好笑，看情形自己倒像后妈，眼前这位才是亲妈。

晚上卫兴国回到家，看见姚虹还在，大喜过望，也不敢多问，瞥见卫老太脸色不差，更是放下心来。晚饭是姚虹做的，味道没变，吃饭的人也没变，依然是三个人。姚虹本来不敢上桌，犹犹豫豫的，卫老太开口说"一起吃吧"，才坐下了。吃完又抢着洗碗，比之前还要殷勤三分。

洗碗时，卫兴国凑在姚虹身边，问她："好啦？"姚虹笑笑，不置可否。卫兴国又道:"姆妈好像心情不错。"姚虹还是笑笑。一会儿,卫老太过来拍她肩膀,说:"走,我们出去聊聊。"

姚虹嘴里应着,眼睛却朝卫兴国看,希望他能拦下。谁晓得这个马大哈兴高采烈:"出去散散步蛮好,外头空气好——"姚虹只得苦笑,披上外衣,跟着卫老太出了门。

两人走下楼来,遇见几个邻居,打招呼:"散步啊。"卫老太便笑一笑,点头。姚虹也跟着笑,心里又多了些底气,晓得卫老太还未把那事说开。两人缓缓走着,路灯把人影拉得一会儿长一会儿短,橡皮筋似的。风不大,却刺骨地冷,脸和手露在外面,冻得通红,都木了。

"待会儿我一个人回去,你别跟着。大家都是成年人,要晓得分寸,别做过头了。"

卫老太边走边说,并不看她。姚虹勉强笑着,脚下不停,紧跟着。

"跟着也没用,我老太婆说话算话。你知趣点,别弄得大家脸上不好看。"

姚虹迟疑了一下,顿时与卫老太拉开一段距离。她咬咬牙,又跟了上去。两人一前一后地走着。卫老太像是没看见。走了一段,到了街心花园,姚虹陡地停下来。

"姆妈,我做错事情,应该要受罚。我罚自己在这里反思。姆妈你不原谅我,我就在这里坐一辈子。"她飞快地说完,一屁股在旁边的长凳坐下,两手抱胸。

卫老太愣了愣:"你别这样,我这人不受威胁。"

"我这不是威胁,"姚虹摇头,"姆妈,我是真的想好好反思。我要是想威胁你,也不会坐在这里,直接搬张凳子坐到弄堂口了。"

卫老太嘿的一声,心想,说来说去,你这还是威胁。"随你的便。"说完转身便走。回到家,卫兴国凑上来问:"姚虹怎么没回来?"卫老太积了大半天的闷气,一股脑在儿子身上发泄出来:"人家养儿是防老,我养儿是受气。标标准准养了个憨大儿子。我看你生出来的时候一定少了根筋,那种女人你还念念不忘,我真是白养你了,真正气煞——"卫老太捶胸顿足。

卫兴国悻悻地离开。卫老太上了个厕所,洗了把脸,坐下来。越是不顺的时候,越要保持清醒。这是卫老太几十年总结下来的道理。这当口倘若沉不下气,那就乱了。

一会儿,窗外沙沙下起雨来,雨点密密麻麻——竟真的下雨了。

卫老太猜想姚虹未必真会那样硬气,做戏罢了,怕是一会儿便回家睡大觉。无非是心理战,谁先撑不住谁便输了。

卫老太想起当年那个晚上——也是个下雨天,她抱着才五岁的卫兴国,去了安徽芜湖,刚下船便直奔厂长家。男人在船上做了一辈子,被一场台风夺了性命。抚恤金是多是少,厂长说了算。轻轻巧巧报了个数目,卫老太无论如何不能接受。虽说人命不能拿钱衡量,可除了钱,又有什么能弥补失去亲人的伤痛呢?卫老太把这话翻来覆去地同厂长讲,厂长听惯了类似的话,耳朵像长了茧,刀枪不入。卫老太也是绝,抱着儿子,在厂长家门口扑通跪下了。雨哗哗下个不停，她给儿子穿上雨衣，自己无遮无拦地在雨里淋了一夜。厂长倒是无所谓，厂长女人看不下去了，对她男人说："就多给些吧，孤儿寡母也不容易，这么跪着像什么样子。"厂长说："我要是答应她了，以后人人都给我下跪，你叫我还怎么当这个家？"后来还是警察把卫老太给带走了。卫老太倒没指望这一跪便能让厂长回心转意——是场持久战，她有思想准备，不指望一次成功。关键要在气势上先发制人，免得厂长不把她一个女人家当回事。卫老太来之前都关照过家里人了："这一去少说一个礼拜，弄不好两三个月也是有可能的——"她公公还算明理，说："你就放心去吧。"婆婆承受不了丧子之痛，就有些拎不清，说她是"掉到钱眼里去了，人都没了，要钱有什么用"。卫老太不怕被人戳脊梁骨骂"赚死人钱"，嘴长在人家脸上，想骂便骂。天底下最讨嫌的东西便是嘴，骂人的是嘴，吃饭的也是嘴，骂人的时候很痛快，吃饭时却又半分耽搁不得。卫老太也想骂人，骂那场百年不遇的台风，还有铁石心肠的厂长。可她晓得不能骂——男人死了，家里老老少少，都是吃饭的嘴。

卫老太一跪便是好几天。到后来警察都烦了，一个女人加一个孩子，打又打不得，说又说不通。警察也帮着卫老太劝厂长，说差不多就算了，跟个寡妇计较什么。厂长有自己的原则，不为所动。他女人倒是给卫老太送了几次水，还给了卫兴国两块糖。厂长女人有两个儿子，小儿子和卫兴国差不多大。她劝过卫老太几回，晓得没什么用，便也不劝了。又把过年拜祖宗的垫子拿出来，让卫老太垫在膝盖下："地板硬，小心关节跪坏了。"她也替自己的男人讲话，说："那么大的单位，一样样得照着规矩来，你要体谅他，他也是没法子，不是存心跟你过不去。"卫老太说："我体谅他，谁体谅我？我也不是存心跟他过不去，实在是没法子。"两个女人绕口令似的说话，絮絮叨叨的，一句又一句。那几天，卫老太跟厂长女人要好得像亲姐妹似的，一个屋里，一个屋外。后来，厂长女人索性也搬张凳子出来陪她，替她抱会儿孩子，聊会儿天，夜深了才进屋。卫老太晓得她是个善人，打心底里感激她。有垫子垫着，到底是舒服多了，否则只怕不到两日膝盖便磨碎了。

卫老太想起往事，便忍不住叹气。眼睛一眨，几十年过去了，如今竟也轮到自己受人威胁了。她想去街心花园看，犹豫着，还是忍住了。不能中小女人的计，她是存心要让自己睡不好。卫老太倒了盆热水，坐下来洗脚。卫兴国在一旁削竹片，削得歪歪斜斜。卫老太晓得他心思不在这上头，魂都掉了。"她在她老乡那里，"卫老太故意道，"就是隔壁弄堂做保姆的那个。"

卫兴国没说话。卫老太嘿的一声："要是舍不得，就去看看她好了。"说完进房了。躺在床上，听他在外面看电视，半晌都没动静，便有些奇怪，想他倒也忍得住。又过了许久，听电视声依然不停，卫老太按捺不住，爬起来，走到外面——电视机开着，竟然没人。电视是掩护，人早走了。卫老太一怔，竟又有些好笑，想这个傻儿子原来也会使诈。关掉电视，重又回去睡觉。

下了一夜的雨。次日吃早饭时，卫兴国都不敢与母亲目光相接。卫老太问他："见到了？"卫兴国讪讪地应了声"没见着"。卫老太瞥他一眼，晓得不是说谎。心里咯噔一下，想那小女人别真在花园里坐了一夜。这么大的雨，淋出病来，又是她的罪过。"大概死心了，回上饶了。"卫老太说。

买菜时，卫老太故意绕了个圈，到街心花园。远远瞥见姚虹坐在那里，一动不动，老僧入定般。不敢停留，快步走开了——这才担心起来。想，要命，来真的了。

姚虹其实并没有在花园里过夜。卫老太前脚走，她后脚便去了杜琴那里。她猜卫老太会过来查看，果然一会儿卫兴国便来了。杜琴挡在门口，说："我又不是她妈，怎么找到我这里来了？"姚虹躲在里屋，听卫兴国嗫嗫嚅嚅了半天，想这个男人对自己毕竟还是有些留恋的。等人走了，姚虹便铺床睡觉。养精蓄锐，日子还长着呢。杜琴担心卫老太会去花园。姚虹有把握："今晚不会，明晚倒是有可能。"

杜琴问："你料得准？"姚虹笑笑。

卫老太买菜回家后，一颗心七上八下，想，这下真是麻烦了，当年厂长还能报警，她连报警都不能，人家好好在花园坐着，碍着你什么事？心里存着万一的希望——小女人在耍花样。晚上，趁儿子睡熟后，卫老太悄悄去了街心花园。

路灯下，见姚虹端坐在长凳上，眼睛微闭，神情恬然，像尊菩萨。

卫老太不由得倒吸一口冷气。

弄堂里的人都晓得姚虹的事了。聪明人一想便明白了,有几个拎不清的,还要问卫老太——你们家小姚天天在花园里晒太阳,倒是蛮惬意。卫老太晓得这话是揣着明白装糊涂,存心逗自己玩呢,索性说开了:"她现在不是我家的人了,爱做什么就做什么,我管不着。"

张阿姨没料到事情会成这样:"聪明人做傻事,唉,真可惜了。"卫老太说:"我家庙小,这尊佛太厉害,留不住。"张阿姨说:"也怪你,早点定下来不就好了?"卫老太心里嘿的一声,想,不是你自己找儿媳妇,所以才说得这么轻松。

"现在怎么办?"张阿姨问,"那尊佛天天在花园里晒太阳,也不像样啊。"

"她喜欢晒,就让她晒去。"

卫老太嘴上这么说,心里还是有些抖豁的。好在姚虹只是坐坐,倒也不来烦她。街心花园离得近是近,但到底隔了几条马路。卫老太气是气的,气她把自己当猢狲耍,骗人时连眼都不眨一下,可平心静气的时候,又觉得这小女人其实还不算太过分,倘若她也在自家门口扑通一跪,那便真是糟了。

又想,她给卫家留了面子,等于也是给自己留了余地。到底不是上门逼债,真做绝了,吃亏的是她自己。卫老太想通这点,稍稍放下些心来。

卫兴国瞒着母亲,悄悄给姚虹送了几次饭,街头买的面包、熟菜之类。姚虹说:"你越是对我好,我就越内疚。阿哥你是好人,姆妈也是好人。我骗了你们两个好人,心里难受得不得了。"卫兴国满不在乎:"不叫骗,也就是耍点小手段,没啥。你要是不喜欢我,也不会这么做。"

姚虹叹了口气:"阿哥你真是太善良了,怪不得姆妈不放心你。我跟你讲,以后别老是把人往好处想,会吃亏的。唉,也不晓得将来哪个小姑娘有福气,能嫁给你——"

卫兴国说:"我不要小姑娘,我只要你。"姚虹低下头,眼圈都红了。卫兴国望着她,心疼得一塌糊涂:"你真要在这里坐一辈子?"姚虹摇头:"过几天我就走了。其实我也想通了,什么样的人,就有什么样的福气,强求不来。等我回去以后,阿哥你要好好过日子——我会经常给你写信的。"卫兴国声音都有些哽咽了:"你真的要走?"姚虹说:"我家又不在这里,不走还能怎的?"

卫兴国跺了跺脚,说:"我不让你走。"姚虹笑笑:"别像个小孩似的。阿哥我跟你讲,你人好,又会手艺会赚钱,到哪里都过得了日子,不用靠人——姆妈也不容易,你要好好孝顺她。"

卫兴国回到家,见到卫老太第一句话便是:"我这辈子不结婚了!"卫老太怔了怔。卫兴国说下去:"你要是让姚虹走,我这辈子就打光棍,死也不结婚。"卫老太听了心里一松:"走?她自己说的?"卫兴国重重地哼了一声:"她说的又怎么样?反正我是不会让她走的。"

卫老太有些好笑:"你不让她走?那你把她留下来,你们两个自己买房子单过。这套房子我要留着养老,不会给你们。"卫兴国赌气说:"不给就不给,我跟她回江西。"卫老太更加好笑:"回江西?也好,好儿女志在四方——只要你们过得下去就行。"

"有啥过不下去的?"卫兴国想起姚虹的话,胸膛一挺,"我有手艺,会赚钱,走到哪里都过得了日子。不用靠人。"

卫老太一愣,瞥见他的神情,不像说笑,这才有些紧张起来:"翅膀硬了,会飞了,就不把老娘放在眼里了——姚虹教你的,是吧?"

卫兴国替姚虹说话:"小姚真的是个好女人。你对她这样,她还让我好好孝顺你,一口一个姆妈,叫得比自己亲妈还亲。"卫老太忍不住了:"我对她怎么样了?她假装怀孕骗我,我是请她吃耳光了还是跪搓衣板了?我一句重话也没说,好声好气地送她走,你还想让我怎样?我叫她姆妈,跪在她面前,八抬大轿把她请回来,好不好?"卫老太越说越激动,重重地一拍桌子,啪!

卫兴国吃瘪,只有闭嘴。

杜琴给姚虹送饭。姚虹挺不好意思,杜琴这阵子家里出了大事——工地老板拖着几百号工人的薪水不发,她男人是热心人,跑去与老板理论,说快过年了,大家都等着钱回家,不作兴造这个孽。却被老板雇的人打成重伤,几天起不了床。杜琴也是急性子,口口声声要上法院。可老板有人证,说是她男人先动手,最多判个防卫过当,打发叫花子般,扔了几千块钱当医药费。杜琴把钱狠狠摔到他脸上,说这事没完——找了律师正在谈。姚虹劝她算了,拿鸡蛋碰石头,吃亏的是自己。杜琴不依,说争的就是这口气。鸡蛋就算粉身碎骨,拼了命也要在石头上砸道印子出来。

医药费是钱。律师费也是钱。积蓄掏了个尽,连置办下的年货都拿到二手市场卖了,给老爹的烟和酒,老娘的羊毛衫,还有女儿的文具,统统卖了,还是不够花。

杜琴告诉姚虹——她预备把肾卖给东家老头:"老头子缺儿缺女缺个好肾,就是不缺钱。这是笔好买卖。"姚虹吓了一跳:"别瞎说!"杜琴笑笑:"谁瞎说了?都去医院验过了,在排日子。"

姚虹劝她考虑清楚:"你自己也说过,肾是多么要紧的东西,你以为是头发啊,没了还能再长出来。"杜琴说:"我晓得肾是要紧,可这口气更要紧。我要让那王八崽子明白,老娘不是好欺负的。"她停了停,反过来安慰姚虹:"人有两个肾呢,少一个没啥,照样活得好好的。"

卫兴国又来找姚虹,说要和她私奔:"我妈不认你没关系,我跟你回上饶。"姚虹反对:"姆妈把你当成宝,你怎么能这样做?会伤她的心的。"卫兴国坚持道:"我不管,反正我只要你一个。这辈子我只要你一个。要是没有你,我宁可去当和尚——我陪你回上饶过年。"

当天下午,卫老太来花园看姚虹。姚虹有准备,连擦眼泪的纸巾都拿好了。卫老太还没说话,她眼泪便扑簌扑簌掉下来。是那种有些委屈的哭法,三分夸张七分发嗲,只有对着亲妈才会这样:"姆妈!"卫老太被她叫得汗毛倒竖,忍不住朝旁边看去——好几个人对着这边指指点点。卫老太叹了口气,想,方圆十里就数我老太婆最出风头了。正要开口说话,姚虹又是一声"姆妈",眼泪下雨似的,止都止不住。卫老太愣了愣,从口袋里拿了块手绢给她。姚虹不接,指指手里的纸巾:"姆妈,我有。"卫老太又是一愣,"哎哟"一声,把手绢硬塞在她手里。

"用这个,环保些。"卫老太话一出口,晓得这个回合是自己输了。

"谢谢姆妈。"姚虹趁抹眼泪的当口,偷偷瞥了一眼卫老太,见她也在看自己——两个女人目光相对,都停顿了一下。那瞬间完全是赤裸裸的,把外在的东西都抹去了,是互通的,直落到对方心底。姚虹稍一迟疑,愧疚从心底直逼上来,抹眼泪的动作便有些不自然,少了连贯性。卫老太看在眼里,想,你这个小女人是要我的命哩。两人都在心里叹了口气。

卫老太先开口:"你吃定我儿子了,对吧?"姚虹想,是你儿子吃定我才对。"姆妈,不是吃定,是喜欢——"卫老太一摆手,打断她:"好了,别在我面前说这种肉麻的话,我老太婆吃不消。"姚虹便闭嘴不说。停了停,卫老太又道:"我儿子吵着闹着要跟你去上饶,这下你开心了吧?"说完便骂自己是傻子,沉不住气。果然,姚虹很委屈地说:"姆妈,我也不想这样的,我劝过阿哥的呀——"卫老太嘿的一声:"是呀,你是好人,天底下顶顶好的就是你了。"

姚虹撇了撇嘴。卫老太刹车,不说了。

片刻的沉默。

半晌,姚虹轻声道:"姆妈,我不想回上饶——你应该晓得的。"

卫老太想,这倒是句实话。停了停,姚虹又道:"姆妈你要是没发现那件事,现在我和阿哥已经领了证了,就算为了我自己,我也不会对你不好。你开心,我也开心,大家都开心。所以姆妈,有时候晓得真相未必是好事。"卫老太沉吟着,想,这也是句实话。

姚虹问:"姆妈,你可不可以当那件事没发生过?"卫老太板着脸,没理她。姚虹说下去:"我看电视剧里那些人,当皇帝之前做了许多坏事,可当了皇帝之后,照样是个好皇帝,对老百姓好得不得了。姆妈,我承认我错了,错得很厉害,可我这么做的目的只有一个,就是当你的媳妇。等我当上了你的媳妇,我会对你好,对阿哥好,把家里料理得妥妥当当的。我会成为全上海滩最好的媳妇。"姚虹说到这里,胸口有什么东西直往上漾,心跳也跟着快了,眼圈也红了。

卫老太朝她看。后面这两句话讲得有些煽情了。她没想到她这么会说话,还拿皇帝来比喻。卫老太故意大声哼了一声,显得很不屑:"太阳还不错,坐着吧。"说完,转身便走。

卫老太的背影渐渐远去,转了弯,不见了。姚虹站起来捶了捶背,坐得太久,腰酸背疼,浑身都麻了。下午两三点钟的太阳,倒真是不错,不刺眼,柔柔和和地落在身上,像披了条很轻很薄的毯子。太阳的味道,细细闻来,竟透着些许肉呷气。不是高高在上的,而是非常亲切,连随风飘来的尘屑都变得很温柔,像情人的手轻轻拂过。

一会儿,手机响了。是卫兴国的短信:"晚上好像要下雨。我们去看电影。"

姚虹忍不住笑了笑。下雨了才能看电影,是两人之间的玩笑话。她拿出一个保温杯,打开盖子便喝——是中药,一个老中医开的方子,能提高怀孕几率。都喝了一段时间了。姚虹掐手指算日子——今天真是个很适合的日子呢。很适合看电影。杜琴跟她说过一些男女间的偏方,吃什么喝什么做什么,有些还涉及姿势,很露骨了。都是为她好。谁让女人每个月只有那一两天才能怀孕呢,错过了就要再等一个月。本来等等也没什么,可姚虹等不起。都说时间是金钱,姚虹觉得,时间更像是支票,不能在限期里兑现,便是一张废纸。支票上的数字,倘若不能兑现,看着更像是煎熬了,是讨命的符。

中药还是一如既往地苦。好在喝下去,落到心里,便成了满满当当的希望,一层又一层的。姚虹收好保温杯,长长吐出一口气。给卫兴国回了条短信:

"我听过天气预报了,今天晚上肯定下雨。"

尾声

过完年没多久,杜琴的官司总算有了眉目。上法庭那天,她男人坐着轮椅去的。黑心老板站在被告席里,看杜琴的眼神都要冒出火来。初审没定下来,但律师说情况不坏,值得再打下去。姚虹对杜琴说:"律师是为了赚钱,撺掇你一直打下去,别上当。"杜琴满不在乎,说:"打就打,让那王八蛋难受难受也是好的。"又说:"到上海这么多年,也没长什么见识,现在好歹上了趟法院,回江西都能跟老乡炫耀了。"姚虹说她冒傻气。她满不在乎地笑笑:"我这个人什么都能受,就是不能受欺负,要是受了欺负,肯定没完没了。我男人说了,这场官司就算打赢了,在上海也待不下去了。他吃工地饭的,这一行里谁还敢收他?只好换个地方试试。"

姚虹问她:"准备去哪里?"她说:"还没定,不是北京就是广州。"姚虹说:"都是大城市啊。"她点头:"嗯,在上海待了这么久,都养娇了,非得是大城市不可。"两人都笑。

拆迁小组决定分给卫老太一套两室户,在浦东三林。卫老太不依,说我在浦西住了几十年了,有感情了,浦东住不惯。拆迁小组说再多给她五万块钱补偿。卫老太还是不依。

于是双方陷入僵持阶段——姚虹每天搬个小板凳去拆迁小组门口坐着。一天三餐由卫老太送。原本的计划是,卫老太静坐,姚虹送饭。姚虹觉得,还是由她坐比较合适:"我一个大肚子,谁敢碰我?谁碰我就是自找麻烦。"卫老太一想不错。相比老太婆,怀孕的妇女显然更有优势。

姚虹的肚子一天天显山露水起来。居委会的人都找过卫老太几次了,说这样下去对孕妇没好处。卫老太说不会:"现在都什么年代了,大肚子不作兴一天到晚待在家里的,外面空气好,晒晒太阳还能补钙,连钙片也省下来了,多灵光。"居委会的人又说她年纪大了,一天到晚出来送饭太辛苦。卫老太说一点也不辛苦:"年纪大的人最怕懒得动,一懒骨头就僵了,散了。你们别看我年纪大,筋骨还是老好的,一天跑个七八趟不成问题——谢谢领导关心。"

　　补偿金都加到十万了,卫老太眼皮也不翻一下。十万块钱光吃喝是够花一阵了,可放在房子上,只能算是个屁。就算三林那样的地段,十万块也只够买个厕所。卫老太的目标是——再加一套两居室,也就勉强过得去了。卫兴国嫌麻烦,劝姆妈差不多就算了,别折腾了。姚虹坚决与卫老太站在同一战线:"姆妈,你说啥就是啥,我听你的。"卫老太心里骂儿子没出息,房子是多好的东西啊,钞票存在银行里会贬值,可房子不会。房价一天天疯涨,那势头猛得吓人。多争一平方,差不多就是辛苦一年的工资。要是连这个都懒得折腾,那活着还有什么劲。干脆别活了。

　　天气一天天热起来。姚虹挑个树荫坐着,手里拿个竹片做的小车,在上颜料。卫兴国把雏形做好,她加工——纯手工转向流水线操作,能省下不少时间。网上的订单越来越多,卫兴国都利用上班空当赶工了,被值班长抓到过两回,弄了个警告处分。卫兴国有些抖豁,姚虹却说:"怕个鬼,大不了不做了,你问问你们值班长一个月拿多少钱,我们翻他个四五倍都不止!"卫兴国得了鼓励，顿时豪情万丈，说："有手艺就是好啊，老子什么都不怕。"姚虹说："可不是，马克思都说了，技术是第一生产力。"卫兴国说："乖乖，你连马克思说的话都知道？"姚虹白他一眼，说："你以为我是你啊，除了看电影什么都不晓得。"卫兴国哧的一声，便去搂她，说："晚上好像要下雨——"姚虹一把躲开，啐道："你看看我这么大的肚子，就是下冰雹也没戏——"

姚虹静坐的姿势很笃定，一动不动，又是极有威慑力的。卫老太给她送饭的时候，想起几月前，她坐在街心花园里的情景。"那时是人民内部矛盾，现在是一致对外。"姚虹开玩笑。卫老太想，也好，大家都见识过这个小女人的难缠。谁都不会不当真。

那天，卫老太在花园里亲手扶起她——她的手，搭上她的手背。这一幕是有历史性意义的。扶她之前，她是江西的小女人；扶她之后，她便是上海的小媳妇了。姚虹竭力保持着平静，但也难掩心头的激动，声音都发抖了。卫老太竟也有些激动。

那一瞬，她眼前晃动的，是厂长女人的那只手——亲亲热热地搀起她来："好了好了，这下好了，都解决了。"厂长终究还是拗不过她，抚恤金足足加了一倍。她在厂长家门前跪了三个星期。站起来时，眼睛都发黑了，脚一软，差点又要跪下去。厂长女人扶住了她。这个好心肠的女人，竟似比她还要开心，欢天喜地地："好了好了，解决了——"翻来覆去地说着，真心地替她庆幸。卫老太——那时还是个少妇，三十出头，颇有几分姿色，皮肤很白皙，一头乌黑的头发。厂长女人不会晓得，她带着孩子回娘家的那个晚上，卫老太从地上爬起来，敲了门，趁势上了厂长的床。天下的事情就是这么凑巧。厂长女人偏偏那晚回娘家，厂长偏偏又是那晚多喝了几杯，醉了。卫老太不是没有犹豫过，可只是一念之间的事，她不会让机会白白浪费。她把儿子放在地板上，盘起头发，一条蛇似的进了房间。片刻后，她从房间里走出来，知道自己完全跨过那条分水岭了。分水岭这边，还是个羞羞怯怯的少妇；到了那边，便成了坚强的女人，比男人还有力。想起厂长女人，卫老太很惭愧，但不后悔。

姚虹的手，有些粗糙。卫老太触到的时候，不自禁地打了个寒战。有什么东西在心头流转，只一瞬，便似穿越了几千几百个日夜。原来日子竟是流动着的呢——昨天是今天，今天便是明天，明天又是昨天，日子是打着圈过的。卫老太拿自己的心，去比照她的心，明镜般清清楚楚，一幕一幕都映在上面，都是不容易呢。为了这个"不容易"，卫老太牵起了她的手，放到自己手心。

"好好过日子吧。"卫老太说。

居委会的人，来了又走，走了又来，来来回回好几趟了。卫老太不会罢休，都预备好打一场持久战了。姚虹的身子越来越重，那一坐的分量也越来越重。拆迁小组成员的头都大了。姚虹坐得稳稳当当，早出晚归，上班似的，很有信心的模样。卫老太也有信心，愈是持久战，女人便愈是有优势。

杜琴终究还是没把肾捐出去。她男人用死来逼她，说要是捐了肾，他就死给她看。杜琴都在同意书上签了字了，结果还是悔约了。她男人坚持说,两个肾完完整整来的上海,走的时候也要两个肾,一个也不能少。杜琴笑说这话没道理,什么都要顺形势而变。她男人说:"想想月牙儿——"这话触动了杜琴。月牙儿还小,才七岁,少了一个肾的妈妈,怎么能照顾好女儿呢?

老家的房子卖了,东拼西凑,总算是解了燃眉之急。杜琴对姚虹说:"早晓得就不把那几千块钱扔了,收下来多好。"姚虹说:"面子当不了饭吃。"杜琴说:"就是,争口气有个屁用。饿死了两脚一伸,什么气都没了。"她开玩笑说去找那个王八蛋,把钱再要回来。姚虹笑她是十三点。

杜琴把女儿的照片给姚虹看:"我的月牙儿,漂亮吧?"姚虹端详着照片,说:"还是像你多一些。"杜琴得意地说:"那当然。要是像他就糟了,大嘴巴,朝天鼻,将来肯定嫁不出去——"

杜琴夫妇走的那天,姚虹去火车站送他们。杜琴瞥着姚虹的大肚子,问:"是男是女?"姚虹说:"医生不肯说,不过我婆婆说肚子这么尖,像个枣核,肯定是男胎。"杜琴说:"那你就真是好福气了。"姚虹笑道:"上海人不讲究这些的,生男生女都一样。"

回去的车上,姚虹坐在靠窗的位置,想想便觉得好笑。什么肚子尖生男胎,都是胡说——她生头胎时,肚子也是尖的,却是个丫头。生的那天刚好是十五,月亮滴溜滚圆,取个小名便叫"满月",今年快十岁了。杜琴的女儿叫"月牙儿",她女儿偏就叫"满月",也实在是巧——来上海前的那个红包,替她开了路,也封住了介绍人的嘴。有孩子的女人,换了别人,自然是想都别想。可姚虹偏不。路是人走出来的,心一横,遍地荆棘都敢走。那时是豁出去了,现在想来都有些后怕。不知不觉,便已走出这么远了。

眼下自然是不行。姚虹预备再过几年,便把满月接来上海。她的孩子,怎么能不跟着她呢?娘儿俩自然是要在一起的。到那时,满月就是上海的满月了。应该会有些麻烦,但姚虹不着急,还早呢,有的是时间。将来的事情,又有谁能吃得准呢?姚虹有信心。

窗外的风,温润中透着清冽。树叶摇摇摆摆,像微醺的人。阳光淅淅沥沥地洒着,一路泼墨,留下满地金黄色的印迹,很美很美。

小芊去米村

/// 朱文颖

　　从城里去米村竟然要转两辆车，这是小芊没有想到的。一次因为坏车，另一次则到了个小镇，由小镇再下去，才是米村。一群人下车后哗地就散了，另一群人则在大太阳底下眯缝着眼睛等车。小芊心想，一切还仿佛有点规则似的，由城到镇，然后是村。小芊搞不清这是个什么样的镇落，就管它叫米镇吧。小芊在路边买了根冰棍，卖主是个满脸皱纹盛开得花一样的老太。小芊一边吃着冰棍一边想，就叫它米镇吧，未到米村时的一个米镇。

　　小芊要在米村找一个人。小芊包里装着一封信，是城里的熟人写的，写给小芊要在米村找的那个人。小芊知道，只要把包里的信给了那人，那人也就成了小芊的熟人了。如果小芊要在米村办什么事，就可以张口对他讲。正这样想着，那辆来自乡镇、驶往乡村的公共汽车便迎面而来了。车上弥漫着一种由夏天而膨胀开来的气味。幸而窗是开着的，小芋坐在窗边，看到田野过去了，沟渠过去了，四周是群山。然而，再往前面看，还是田野，还是沟渠，四面仍然围绕着群山。小芋便有些厌倦，觉得夏天的中午，一如既往便是它最大的特色，而米村也只是这一如既往中的一个逗点。在四处摇晃的乡村公共汽车上，米村显得遥遥无期，米村感觉极不真实，就像隐藏在田野与沟渠后面的一小撮摇曳的麦浪，只在麦尖上呈现出一段荧光。但是即便在昏昏沉沉之中，小芋觉得自己还是蛮喜欢"米村"这两个字的。米村。它好像隐隐约约地意味着什么。很简单的，还有些稻香，让夏日中午困倦的小芋不至沉沉睡去——不管米村究竟是什么样的，不管正午幻觉中的米村到底存不存在，那个小芋要去的米村却总在前方。

小芋究竟要去米村干什么呢？没有人知道。当然，她肯定要到米村去办一件什么事情。而办事情在一个陌生的地方总是要找熟人的。就这样，小芋拿着包里的信在米村找到了第一个人。

他叫大林。大林看了小芋手里的信后显得很高兴的样子。大林告诉小芋说，写信人是他很好的朋友。很够交情的。然后大林就关照女儿剖一个西瓜给小芋吃。大林的女儿和小芋差不多大，小芋就叫她小林。小林穿着小碎花衣服，走来走去给小芋拿西瓜时，小芋忽然感到很有一种找到熟人的感觉了。当然，这都是因为那封信的缘故。那封信把小芋带到了米村，并使他们联系到了一起。小芋的心里有了点着落，她在米村找到了一个知道她来历的米村人，就像杠杆暂时找到了支点一样。小芋吃起了西瓜，觉得一路奔波过后,米村的西瓜瓤甜籽少,有种意外的香甜。

到了下午,大林对小芋说,他家在村东头还有房子。临河,夏天住特别地清凉。所以晚上他们全家都住在那里。小芋就很有兴致地被邀请着同去。小芋坐在大林的自行车后面,用手抓着大林的衬衫下摆,小林骑在前面。骑不多久,迎面是个浅浅的小池塘,一块青石板铺在上面。小芋便叫着停下,要从上面走过去。谁知小林唰地一下就飞车骑过去了,眼看着大林也要这样过去,吓得小芋连忙闭上眼睛,哇地叫了起来。

太阳略偏了点,但好像仍在头顶上。然而小芋觉得乡村的风确实有点不一样,很凉,一阵风吹过来就是一阵风,不像城里的风,也不像镇上的风。大林因为车上带了个城里姑娘,多少有些兴奋。大林的车技很好,还会吹口哨。大林得意地吹起口哨的时候,小芋就会产生一种万事俱备、风和日丽的感觉。好像什么事情都会办好的,什么也不用愁闷。

大林家的房子真的就在河边,两岸长满草和树,草与树遮蔽了房子,显得那儿四顾无人,类同于一个孤岛。黄昏时小林领着小芋去楼下洗澡。明明是两层很大的房子,洗澡棚却在底楼重新朝外搭出半间,有种半露天的感觉。棚里还堆了些杂物,因此并不显得宽裕。小林替小芋准备了许多热水,弄得雾气蒸腾,又飘了一半到窗与门的外面去。小芋一边洗一边看着两只蚊子在雾气里飞来飞去,它们好像也被热气蒸得有些晕乎,光顾着飞,也不向小芋近身。有几次,它们就停在澡盆旁边的一只木板凳上。小芋忙着擦拭身子，把毛巾上的水洒了几滴上去，蚊子呼地又飞起来，却也不逃远，嗡嗡地叫着。小芋就想，在这米村，就连蚊子好像也有种随遇而安的劲道。

小芋洗澡出了身透汗，被河边的凉风一吹，才觉得真是有些凉快了。小林在河边梳着她的长头发，看到小芋出来，斜斜身子朝她笑笑。真是凉快了。小芋觉得有些快乐。当然，真让小芋感觉快乐的，或许还不仅是忽然到来的清爽。这时，远处的米村、近处的米村都隐隐升起了炊烟，小林穿着小碎花的裙子在河边梳头，小林的头发黑而乌亮，长长的，拖到腰际。河水很清。岸边长满了草树。小芋刚刚洗完澡，听到远处传来些口哨声，牛的声音，蚊子叫，还有夜归的鸟。

吃过晚饭，大林便带着小芋到米村的一个咖啡馆去。大林对小芋说，现在农村也兴这个了，大家去茶馆喝茶，也去咖啡馆喝咖啡。他们要去见几个人，而这几个人当然都是与小芋要办的事情有关的。小芋换了件衣服，便跟着大林上路。蝉声很噪，像田间粗鲁农人的吵闹。天上有星，稀稀落落，有的滑下来，有的升上去。大林一边走，一边关照着小芋一些事情。小芋不住地点头。一条野狗哗一下从他们身边擦过去，直至跑成一个黑色小点。

他们走过一个打谷场。打谷场凸起在田野里，就像一块高地。小芋被一块小石头绊了下，大林便伸手扶住她。大林说，就在前面了，过了打谷场就是了。小芋注意到打谷场非常地平整，此时月亮升得老高了，月华如水，照得打谷场上一片明澈。泥地上留下了一些动物的脚印,其中最为清晰的,可能就是刚才奔过来的那条野狗了,还有鸡爪的印记,甚至好像还有某种比较庞大的动物。这让小芋稍稍感到有些害怕。

幸而咖啡馆很快就到了。灯光竟然也很幽暗,然而人声很大,有些蒙住眼睛瞎唱戏的感觉。大林把小芋介绍给了几个人,让小芋叫经理和老板。小芋就朝着那些发出巨大声音的地方微笑着称呼着。小芋忽然发现大林非常能干,他在黑暗与烟雾中把小芋要办的事情讲述得非常合理与得体,几乎有种让人不得不马上去办的意思。小芋就有些放心,觉得事情还有点门道,她低头喝了口咖啡,结果发现甜得腻人,绝对是放多了糖的缘故,但从中却也让人产生出感动——为着米村人对于时髦的那份执着与热忱。

等到小芋的眼睛略微适应了光线,她便发现,这乡村咖啡馆里还穿梭着几个颇为漂亮的女子。凭直觉,小芋觉得她们不是米村的,也并非来自城里,她们更像那种中转小镇里的姑娘。她们显得与那些经理老板们非常相熟的样子,她们手里托了咖啡盘过来,便与他们开几句玩笑,然后走开,然后又回来。她们非常警觉地看了几眼小芋,但是也不说话,显得有些神秘。

因为咖啡馆里烟雾腾腾,空气十分不好,小芋便出现了类似于幻觉的感受。小芋想,那几个漂亮的女子好像也是到米村来办事的。她们随身的皮包里装着封熟人写的信。她们到米村来,来找米村的经理与老板。城里与镇里的经理老板已经太多了,多了便要竞争。物竞天择,哪里有刚刚萌生出经理老板的米村来得慈悲良善呵。小芋这样想着，不由得笑了起来。就在她笑的时候，忽然听到外面沙沙的声响。下雨了。小芋心想，米村下雨了。

第二天一早，小林来敲门。小林换了另外一种颜色的小碎花衣服，她显出有点不太好意思的样子，说大林今天要送她去镇上，有人给她介绍了个小伙子，是镇里银行的，据说还很有可能调到城里去。这样，小芋要在米村办的事就只能由大林托付给另外一个熟人了。

熟人在米村的一个乡办厂里。村里的厂总是有种荒凉的感觉，是与空无一物的旷野不同的那种荒凉。小芋与大林踏进那个乡办厂的厂门时，忽然就感到：出大太阳了。厂区的外域有一些草，外面是田野，而再往里走就能看到一些疏疏懒懒冒着青烟的烟囱与厂房，那些人工建筑总有点像是伪的，在厂区里走来走去的人也不很亲切，不像出现在田埂垄头的那些。他们显得既疏懒又勤快，阳光在他们脸上衬出半明半暗暧昧不清的阴影。他们在大林与小芋的身边走来走去，带着一种同样暧昧不明类似于城乡接合部的气息。

大林认识的那个熟人就是这厂里的厂长。只是不巧，他一早便出门办事去了，什么时候回来也不很确定。大林把小芋嘱托给厂办的一个小姑娘，又关照了小芋几句，便急匆匆地走了。

这样一来，小芋就一个人孤零零地留在米村了。

小芋坐在厂办临窗的一个座位上，从那里可以看到米村的一些风景。有一些人在厂办周围走来走去，他们嘴里说的是米村的方言，那方言就像流水与云彩一样流动，笼罩在米村的上空。而坐在米村陌生窗口的小芋，则有些类似于河岸边的一株水草，或者就是云彩笼罩下的一块阴影。流水与云是那样自如地旁若无人地行进着，流动着。它们走过之时，有风打动了那株矮矮的岸边水草，仿佛就把它与它们联系在了一起——小芋又看到窗外的那片打谷场了。它非常突兀地出现在广阔的田野间，就像小芋出现在广阔的米村一样。中午的打谷场是明亮的，它好像正在反射着什么光亮，它的四周被修理得非常平整，显出某种清晰平和的规则，这让漂泊在米村的小芋觉到了感动与细微的忧心。小芋注视着它，在瞬间里忽然忘记了自己此次来到米村的目的。阳光普照大地，光，就像雾一样，缓缓地升起来，又缓缓地落下去。米村的日光越来越强烈，这让小芋感到了目眩。小芋闭了闭眼睛，继续感到有一些米村的人影在自己面前晃动着，更换着。因为光与影的缘故，它们交织成了一种网状的阴影与碎片。小芋觉得自己有点困了。等待中，小芋觉得自己又累又乏，以至于感到自己的身体正在渐渐缩小，渐渐凝固，并且终于有种无从把握的样子，于是就完全地交付给这陌生而大的米村了。

小芋等待的那个人终于没有回来。厂办的小姑娘帮着打听了一下，说厂长今天可能不会回米村了，不是留宿在镇上，便是城里了。小姑娘接着又看了小芋一眼，说，或者晚上你就跟我回家住吧，明天再一起过来，那时厂长就肯定回来了。

小姑娘把自己的女式车让给小芋骑，又去借了辆男式的，两人便并着肩在暮色的村路上骑车前行。天色已经暗了。是条四周长了高树的村路，树荫很密，树叶也大，疏疏朗朗地遮在那里，显得风也轻和凉爽了起来。小芋白天那种被米村的日光照得头晕目眩的感觉忽然就淡了，心里生出灰暗却新鲜的触觉。这触觉正应和着把自己交付给米村的幻想，而那种交付，既无奈，又带着一种对于无知的恐惧。小芋心里便想，这或许就是书里面所说的那种随遇而安吧。

小芋没想到小姑娘家的房子会那样大，足足有三层。小芋跟着小姑娘进门，奇怪的是，小姑娘的父母仿佛并不太在意外人的加入，他们既没有显出村人那种过分的热情，也似乎缺少问长问短的兴致。这使得小芋产生了一种叶落树林的认同感，同时，也有了一丝不易察觉的忧伤。小姑娘安排小芋在一个黑乎乎的房间里洗澡。灯光很暗，蚊子嗡嗡叫着。有时候瓦斯突然爆出一阵嗡嗡声，就仿佛有什么突然的变故正隐含其中。

卧室在二楼。小芋感到了风。但屋里的灯光挺暗，有点像饱熟的麦色，它们映照在夕阳的暮色里，有着等待收割的凄怆与宿命。小芋便躺到竹席上去，很凉，是那种纯天然的编织物，小芋翻了个身，听到楼板响了，是厂里的那个小姑娘。小姑娘洗澡后换了条白裙子，在昏暗的楼道里上来，就像一道白光。她在小芋的床头站着，用手翻着裙子的荷叶边，不说话，过一会儿，忽然又说话了。小姑娘问小芋，到米村来究竟是办什么事情呢？小芋简单地说了，说完便问小姑娘，这事情在米村究竟应该找谁比较合适。小姑娘说，你都找了谁。小芋就把熟人的信讲了，大林，小林，米村晚上的咖啡馆，那些经理老板，还有仍未见上面的乡办厂的厂长。小姑娘一边听小芋说话，一边剖了个西瓜，水淋淋地递过来。现在办得怎么样了？小姑娘看了小芋一眼，继续问道。小芋把西瓜里的几粒瓜籽剔出来，想一想，不知道应该怎样回答，便说：现在反倒是觉得米村变得越来越大了。

就在这时，楼下忽然传来急促的狗叫声，把小芋吓了一跳。小姑娘连忙解释说，肯定是村里的疯子又来了，这家伙老是拿着树枝打狗，村里的狗隔老远闻到他的气味，就全都一起叫起来。小芋探头到窗口去望，月亮挂得很高，照在地上，却仍然还是黑洞洞的。小芋想，这可能便是月亮挂得太高的缘故。再仔细去看，窗外却是一片开阔的打谷场，与小芋前几次看到的打谷场毫无二致的一个，四周也被修理得非常平整，显出某种清晰平和的规则。小芋便愣了一下，像是忽然想到了什么事情，不再说话了。

小芋是在半夜两点多钟的时候被惊醒的。仿佛在梦里感到肚子疼，既而突然清醒了，想到晚上吃的那碗麦片粥，米村的水味道很怪，里面混杂了各种滋味，甚至还能让人联想起自然界里动物的体味。这样翻来覆去、充满理性地想，疼的感觉沉淀下去，便听到了一种声音。它渐渐地清晰起来，像一种细小的身体柔软的动物。小芋从床上直起身，穿上拖鞋。小芋发现，这声音是从旁边小姑娘的床上发出来的，这样想着，又屏息听了听。小姑娘的梦呓带有一种歌唱般的调子，其间是有着起伏的，像是感性的戏剧般的咏叹。小芊便想,不知道她正在做着一个什么样的梦。正想着,这梦呓又猛地沉下去,说不清楚的忧伤,再沉下去,便带有一种浓重的哭音了。小芊心里的好奇渐渐升起来,便趿了拖鞋走到她床前去。月光正好,斜斜地照进来,把小姑娘脸部的侧影照出许多层次,光亮的部分,甚至还能看到细小的茸毛,这脸部的表情现在正随着梦呓的变化而不断变化着。小芊站在那里,不动,也不说话,恍然觉得自己有些像童话里面的幽灵,有着障眼法与穿墙术的,或者干脆就是个私闯家宅的小偷。小芊忽然感到害怕起来,仿佛那张熟睡着的脸会突然醒过来——

如此这般,来到米村的小芊便穿过屋子,顺着楼梯下了楼。小芊下楼的时候,木板楼梯发出吱吱呀呀的声音,让小芊产生了许多奇特的联想。幸而,夜晚已有了点秋凉,远处的田里有哗哗的水声,静寂,狗也睡了。而此刻,外面的打谷场正空旷着,它的四周被修理得非常平整,让人想起线条清晰平和的经线与纬线。小芊沿着打谷场慢慢地走,小芊想到这几天已经记住了许多属于米村的陌生的名字。她回忆着这些名字。而明天,她就将见到那位去了城里彻夜未归的厂长,她将告诉他,自己到米村来,究竟是为了什么,她希望得到他的帮助。小芊将在米村再一次讲述这一切,而那位厂长,他托着腮帮,眯缝着眼睛,另一只手哗啦啦地翻看着小芊的熟人写给他的信。小芊闭上眼睛都能想象出他的表情,明确的,具有规则的,不出一点意外的。这种想象多少有些打击了小芊,在这几天已经有些困倦的经历里,小芊忽然想道:

自己究竟是怎样来到这里的？无数的周折。米城显得遥远了。要一步一步才能回头，竟还有回不去的感觉。小芋想，自己就像一只在米村的经纬间摸索前行的飞虫，经纬如同琴弦，在碰撞中发出一些意料之中或者超越人的意料的声音。

就在这时，小芋看见前方田野的上空，有一颗星星唰地划过去了。它微弱的光在瞬间里照亮了米村的田地、村路、米村的打谷场、睡着的狗。小芋觉得有些累。有些累的小芋闭上了眼睛。小芋知道，在暗夜里，人的听觉会有着超越常规的敏锐，在那颗星星划天而过、发出清晰明确的响声时，小芋便在陌生而大的米村里面闭上眼睛，屏息倾听了起来。

最后一个渔佬儿

/// 李杭育

太阳落山的当儿，福奎想起该去收一趟滚钓了。他猫起身子拱出船棚，站到堤坡上，野狗觅食似的有所期望地嗅着那带点咸味的江风，仿佛凭他这只闪闪发光的像是刚刷上油漆的鼻子便晓得有没有大鱼上钩。

他的船棚搭在堤岸下一条小水沟上，远远望去像座坟墓。这里的死人没有被埋到地底下的。坟地上是一座座齐腰高的青砖小屋，盖着瓦片，还开了小窗，考究得叫活人都羡慕。福奎的船棚是茅草苫的。他穷得恐怕死后也住不上那样的屋子，只配缩在草窝里升天。

当然这会儿他离死还远。他精壮得像一只硬邦邦的老甲鱼，五十岁了，却还有小伙子们那种荒唐劲头，还能凭这点劲头搞上个把不大规矩的婆娘。他的赭红色的宽得像一扇橱门似的脊背，暴起一棱棱筋肉,像是木匠没把门板刨平;在他的右边肩胛骨下,那块暗红色的疤痕又恰似这橱门的拉手。这块伤疤是早先跟人家抢网干起仗来,被对方用篙子上的矛头戳的。

福奎提了一只盛满蚯蚓的氅子,朝沙滩尽头的江边走去。他光着上身,只穿了条又肥又大还带点碎花的土布裤衩,走起来十分凉爽,跟光屁股一样滋味。他睡觉也总喜欢赤条条的,光着睡舒坦、爽气。这条裤衩是阿七给他的。那几年他是她守寡后的头一个相好。她本来会嫁给他的,只因为他太穷了,穷得连裤衩都问她讨,才没嫁成。

江水退潮了,他的船搁浅在远离水边的沙岸上。他那双光着的大脚扑哧扑哧地踏着松软的沙土。沙滩整整晒了一天,这会儿还有点烫哩。不过福奎的脚底板厚得像是请鞋匠给掌了两块皮子,已经不大能觉出冷暖了。他走到船旁,背起一根拴在船板窟窿里的绳索,把船拖下江里。

这条平底小船比福奎的个头大不多少,躺下身去,每每叫他想到这家伙做他的棺材倒挺合身的,再加个盖儿就成。

他荡开船去,在船尾躺下身来,摊开两条毛茸茸的粗腿,左右开弓,蹬起双桨。葛川江上的渔佬儿都会玩这套把戏,为的是能腾出手来下网、收钓。福奎的熊掌似的大脚此刻比猫爪子还灵巧。他扯开那对蘑菇蛋似的脚拇趾,勾住桨柄,两条腿一屈一伸,桨板一起一落……

夕阳像在江上撒了一把簇新的金币,江面金光耀眼。

船到江心了。离小船不远处有一个毛竹罐做的漆得红白相间的大浮筒。顺着水流往下数，一共有八个这样的浮筒，每个相隔三十多米，一溜排开。这就是福奎两个多钟头前布下的滚钓。他使劲蹬了几下船桨，靠向滚钓的第一个浮筒。

滚钓顺水布放，收钓也得顺头收起。在一条长几百米的只有单股电线那样粗细的尼龙绳的一端，拴着一块大石头，它沉在江底，以免滚钓漂去。凭借那些浮筒的浮力，尼龙绳从江底斜着升起，浮出水面。绳子每隔三五尺又系着一个猪尿脬做的小浮标，远看像一串水里冒起的气泡。浮标下垂着装有钓钩的尼龙鱼丝，长的有十多米，短的只有两三米，因为鱼群游来有深有浅。滚钓是专为钓大鱼的，它的钓钩比一般人在河里用钓竿钓鱼所用的钓钩要大得多，穿上蚯蚓，就像套上塑料软管的衣架钩子。鱼上钩的话，这只钓钩上的浮标就会沉入水里，渔佬儿凭这个便知道该收哪只钓钩，而别的空钓则不必牵动。假如上钩的是一条特别大的鲤鱼或者花鲢，它拼死挣扎，全部钓钩就会一齐向它滚来。它越是翻腾，钓钩便扎得越多。这就是滚钓的厉害。

可惜，这厉害家伙越来越没有用武之地了。葛川江的污染一年比一年严重，两岸的渔佬儿又只捕不养，眼下江里的鱼怕是还没对岸的九溪自由市场上搁着卖的鱼多，更别提什么大鱼了。

福奎的船顺着那一溜浮标往下漂着。有几个浮标半沉半浮，上下跳动。他收起几条不到半斤重的小鲳条子，心里很不痛快。为这么几条小猫鱼儿是犯不着下滚钓的。他撒一网也不止这点收获。这年头连鱼都变得鬼头鬼脑了，小鲳条子居然也潜下深水里去咬钩，居然还咬上了。福奎对此很不理解。他从钓钩上摘下小鱼，又在钩子上重新穿上了蚯蚓。

这时，福奎远远望见西岸船埠头走下一个穿得很招眼的女人。她下到一条小舢板上，身子一扭一扭地朝他这边摇了过来。福奎眼力不错，老远就看清了这是阿七。他甚至能猜到她一准是到西岸找官法师傅去的。

西岸是省城宾州的南郊，是个风景很好的疗养区，也是宾州南郊最大的居民点。早些年，葛川江这段江面上少说有百把户渔佬儿，光他们小柴村就有七十来户，大都常年泊在西岸，一早一晚下江捕鱼，就近卖给九溪新村的居民，白天则补织渔网，修整滚钩。那日子过得真舒坦，江里有鱼，壶里有酒，船里的板铺上还有个大奶子大屁股的小媳妇，连她大声骂娘他都觉着甜滋滋的。那才叫过日子呢！而顶要紧的是，那时候，他柴福奎是个有脸面、有模样的汉子，受人敬重，自己也活得神气。西岸的居民们唯独对他不用"渔佬儿"这个带点轻蔑的称呼。他甚至还跟疗养院里养病的一位大首长交了朋友。那回官法师傅领来那位大首长到他船上挑了几条刚钓上的大鳜鱼，使得他有机会跟大首长一起喝喝老酒，拉拉家常。

官法师傅在疗养院当厨子，是小柴村人的本家。有这层关系，小柴村的渔佬儿常有用着他的地方，都拿他当大，打了鱼总给他送几条去。官法师傅吃鱼从不花钱，对此街坊们都羡慕不已。日子一长，自然有人求上门来，求官法师傅替他们牵线买鱼。官法师傅社会责任感很强，一向助人为乐，当然愿意为大家包揽鱼虾生意。起先，江里有的是鱼，足够供应所有的西岸居民，官法师傅的作用还不很突出，只是难得有一两回因为坏天气鱼打得少而有幸露一手。直到后来，鱼一年比一年少了，少得每天街口的鱼摊子刚摆起一根烟的工夫就得收摊了，这光景，官法师傅可大有作为了。他干脆取缔了街口的鱼摊子，叫渔佬儿们每天一早把鱼筐抬到他家里来，由他做主，该卖给谁和不卖给谁，甚至鱼价也由他定，仿佛他的家就是国家的物价管理机构。久而久之，街坊们背地里给这位热心肠的大师傅起了个不大好听的外号——渔霸。

福奎和官法本是堂兄弟，早先十分要好。这两年，因为江里打不到鱼，小柴村的渔佬儿全都转业了，剩下他自己一个，偏偏又手气不好，官法师傅也做不成"渔霸"了，他俩之间没啥生意上的来往；特别是阿七插了一杠子，从他的窝里爬到了官法的床上，弄得老哥俩见了面彼此都很不自在。官法像是有点歉意，他则觉着自己矮了一截。就这样，他俩渐渐疏远了。

阿七的船离他越来越近。他已经能看清她身上穿着的簇新的短袖衫的白底上那一个个深蓝色的圆点儿了。

前些日子，他听村里人说阿七常在对江官法那儿过夜，总有点将信将疑。阿七今年四十岁了，十年前她男人死在江里，此后她一直打算改嫁，却总没嫁成。她名声不好，村里人又总爱对她捕风捉影，那些糟蹋她的话不大靠得住。今天，他可是亲眼看见她从西岸过来的,还打扮得这么招摇,仿佛她觉着自己还是个大姑娘似的……八成是这么回事。无风不起浪嘛。

福奎正想着,忽然觉出手上刚拎起的那根钓丝有点分量。没等他收上鱼来,靠近他船旁的阿七就对他嘲笑起来:

"呦,福奎,"她指着他船里那堆小鲳条子,"好大的鱼呀,今儿你可发了!嘻嘻……"

福奎脸红起来,真后悔刚才忘了拿草帽把这堆鱼盖起来。对葛川江上的渔佬儿来说,钓这种小不点儿的猫鱼儿,就像没本事的狗偷自家窝旁的绒毛小鸡填肚皮,实在是很丢脸的。特别是在这个女人面前。他低下头,迟疑地捡起手里那根钓丝,心里赌咒着,老天爷给点面子吧,这回可别再出洋相了……

"呦!鲫鱼!"阿七抢在他头里惊叫起来,激动得眼珠子都快掉出来了,"天哪!该不是龙王显灵,你时来运转了吧……我说福奎,好多年没听说这江里还有鲫鱼了,我都差不多把鲫鱼的样儿给忘了……真够瞧的!它少说有三斤重哩……这回可叫我说中了,今儿你可真是发了!"

"我脑子不糊涂。"福奎也得意起来,"你刚才是挖苦我来着。"

"话可不能这么说。我那是给你冲冲晦气呢!"

"你倒嘴巧……"

"可不是巧么!我一来,你的手气也来了。我话还没说完,你就钓起了这家伙……福奎,别不知好歹。今儿还有我一份功劳哩。"

说着嘴的当儿，福奎收拾好钓钩，掉转船头，随阿七一起往回划了。滚钓还留在原处。还有几条咬上钩的鱼来不及收起来。葛川江的渔佬儿有个迷信的说法，以为有了意外的收获就不该再往下收了，免得越收越不景气，把先前的手气全给败了。留着好手气下回用，福奎也信这话。

"这条鱼能卖十块钱呢，福奎。"

"我不卖。"

"不卖？"

"留着自家吃。"他这是真话。他至少有五年没打着过鲥鱼了。刚才钓上它的那一瞬间，他愣了一会儿，简直没敢认它。鲥鱼是葛川江里最名贵的鱼种，肉嫩、味鲜，眼下自由市场上起码能卖三块钱一斤。要是每天能打着这么一条鲥鱼，哪怕就这一条，他倒真能发了。可惜呀，如今鲥鱼稀罕得很，几乎在葛川江里绝迹了。这条家伙是从哪儿钻出来的，他怎么也弄不明白。不过有一点他是明白的：这也许是葛川江里最后一条鲥鱼了，就像他本人是这江上的最后一个渔佬儿。最后一个渔佬儿享受最后一条鲥鱼，这倒是天经地义的。他相信自己有这个口福。这条鲥鱼他要留着自己独个儿吃了……也许，应该叫阿七也尝尝……瞧她这会儿馋的，像只猫儿似的……

福奎斜过眼盯着阿七那一扭一扭的屁股。她站着摇橹，舢板紧挨在他的船旁。他躺在船尾，还像先前一样用脚蹬桨。他的脑袋斜对着她的屁股。这娘儿们曾跟他一起过了八年。起先当然是偷偷摸摸的，她不敢留他过夜，因为她的宝子把她看得很紧。爹死那年，宝子已经懂事了。她只比宝子大十六岁，她当妈的时候真还是个小姑娘哩。她只有这么一个儿子，不愿在他眼皮子底下胡来。直到后来宝子娶了媳妇，小两口跟她分开过了，她的名声也臭开了，她才破罐子破摔，公然养汉了。约莫有一年光景，他俩每夜都一起睡，来往毫不避人，俨然是一对正经夫妻，就差在人家面前提起"我那口子"如何如何了。那时候，村里人都认可了他俩，都等着喝他俩的喜酒了。尽管是续娶、改嫁，酒总归要喝的。

"你老盯着我干吗？我没穿裤子吗？"

福奎把脸掉开了。不知怎么搞的，好像阿七对他施了什么妖术，弄得他这个半截入土的人还老想些不安分的念头。此刻，要不是隔着船，他真想把她按倒在地，拿拳头对着她说：嫁给我，阿七，不要再跟官法鬼混了！我老了，一个人在江里打鱼太孤单了，咱俩做个伴吧……

可是话到嘴边他又改口了："这阵子，官法……还好吧？"

"呦，你怎么晓得我今儿去找官法了？"

他支支吾吾地答不上话来。他觉出自己好像在吃醋。在他这年纪上，跟人吃醋总不大像话。你这老东西中了什么邪！他骂自己，没沾过女人吗？

"病是好些了，"阿七告诉他，"可心病难除啊！打从咱村的人都改行上岸种地，官法当不成'渔霸'了，他就没早先那么虎生生了,就跟吃不上奶的娃儿似的。早先官法在街坊们眼里不比他们的疗养院长官儿小多少,眼下可比臭狗屎还不如了……他常闹病,提早退休了。如今一个人闲在家,孤单单的,只好成天价灌黄汤,灌得脸孔越来越干巴,像张揩屁股的草纸,又黄又皱……有个娘儿们照顾他就好啰!"她停下手里的橹把,直起身子,迟迟疑疑地说:"福奎,有件事情……该问你讨个话。"

"啥事儿?"他也收住脚,任小船自己漂着。

"宝子成家后,我也挺孤单的……官法要我跟他去做伴。"

他差点没嚷嚷起来:我不孤单么!我也巴望有个娘儿们做做伴呀!……不过他马上想到,他能跟官法比么?人家是国家的人,老来生活有着落,吃穿不愁,而他连个像样的窝都没有。

"这些年你待我不错,这事儿我不瞒你。"

"我不管。"福奎有点恼了,"你爱嫁谁嫁谁,我管不着!"

"你不用跟我翻脸!"阿七也火了,索性扔下橹把,两条胳膊往腰上一叉,像要跟他干仗,"凭良心说,我待你不薄。我三十守寡,等了你十年,别的不要,只指望你能攒些钱盖幢屋,日子过得像个人样。可你偏不听,偏逞强,充好汉,像守着你爹坟似的守在这江里,打那点小鸡毛鱼还不够一顿猫食。你倒撒泡尿照照你这穷模烂样的,连条裤衩都买不起,大白天穿姘头的裤衩,你也不觉着丢脸!你不听我的话,弄得越来越潦倒,还有脸跟我要态度……我可不能老给你当姘头!有本事,你盖幢屋,明媒正娶嘛!"

"你嫌我穷……"他有点委屈地说。

"嫌你穷又怎么的?你是自作自受!再说,眼下穷可不是桩光彩事情,不比早些年了。我说福奎,人家能富,你怎么就富不了呢?有本事你也富富嘛!"她放下胳膊,重新操起橹把摇了起来,"说实在的,我可没受穷的瘾。我这辈子够苦的了,我得享点福了。跟着你睡草窝,喝西北风,我没这胃口。"

福奎不再还嘴了,没精打采地蹬起桨来。天色越来越暗,江面上升起灰蒙蒙的水汽,像是整个天地都被洗去了颜色。

"你啥时候过去?"他问。

"快了。不过我走以前还想帮你一个忙。"她像是舍不得跟他分手似的,亲亲热热地看了他一眼,"福奎,你帮我拉扯过宝子,我忘不了你的情分。"

"别提这些了。"他刚才被她数落得垂头丧气,此刻心里才好受起来。阿七还记着早先的情分哩。

"我走了,公社味精厂就缺一个打杂的。我跟队长说了,他答应让你顶我的缺,只要你自己再找大贵求个情,这事儿就成了。到厂里干,活儿轻快,又有固定收入,比在这连根毛儿都不见的江里打鱼牢靠多了。听我的话没错,福奎!人老了,总得有个靠头。"

大贵是社管会委员,也是福奎的表外甥。不过福奎从来没沾过他什么光。

船到岸了。顺着东溪往上,到小柴村还有三里路。阿七得摇船回家。福奎因为夜里还要再收一回滚钓，就把船划进了他的船棚。他拴好船，把那条鲫鱼和一堆小鲳条子统统扔进鱼篓，走上了东溪的堤岸。他步行，走得比阿七的船快，不一会儿就赶上她了。

"阿七，到了家，你也来尝尝鲫鱼。"

"好，我一定来。"她在水上应着，哧哧地笑着。

福奎加快步子。他得赶紧到家，把鱼烧好。鲫鱼最好清蒸，光搁几片葱叶就成。路过人家的菜园子，福奎顺手拔了几根小葱。他边走边理，掐成一截一截，握在手里。

小柴村紧贴在东溪的北岸，溪上有条新架的拱桥，过了桥便是公社所在地大柴村，眼下倒更像个镇子了。桥的两旁，河埠头那些木桩上拴着好多渔船，横七竖八，像是躺了一地死人。多半的船都常年不用了，有的已经霉烂，有的散了架，有的船帮上长满了青苔和寄生螺，仿佛它们几百年前就被扔在这儿了。

福奎的手上鱼腥味很重，到家的时候，那把葱叶像是已经跟他的鱼煮开过了一样。

他的家只是一座小草棚子，是拿竹片夹上麦草苫的。这地方瓦房叫"屋"，草房叫"舍"，而福奎的连舍都算不上，村里有些富足人家的猪圈都苫得比他的草舍考究。福奎好不费力地用肩膀撞开门板，呼的一声，门框往下一坠，险些碰着他脑袋。这扇门要关上可不容易。他扔下鱼篓，用脚使劲顶起那根蛀掉了底脚的门柱子，就势把门推上。他屋里没蚊帐，敞着门的话，夜里蚊子怕是会把他吃了。

时候不早了，鱼得赶紧剖洗。福奎坐在水缸旁的一块大橡树桩上，唰唰地刮着鱼。他的草屋只分两间，一间睡觉，这一间是灶间，连做带吃。除了吃饭、睡觉，他什么也不需要。灶间里堆满了杂物，破渔网挂得满墙都是。西边墙脚下长出了几簇带花点的蘑菇。一只胖得圆滚滚的大黑猫蹲在锅台上，不动声色地盯着福奎手上的大鱼。它在这儿常有鱼吃，所以它清闲得很，享福得很。

一只蜘蛛从梁上吊下来，正好落在福奎的鼻尖上，怪痒痒的。他抹了一把，蜘蛛溜上去了，可是没等他把洗好的鱼放进锅里，那家伙又落下来，在他脸上爬了一圈，仿佛对他这张黑不溜秋的老脸很感兴趣。

这当儿，外边忽然响起手扶拖拉机的突突声，越来越近，最后在他家门外停住了。

来者是大贵，他的表外甥，一进门便像个大喇叭似的哇啦起来："好哇，二舅，听阿七讲你今儿钓上一条鲫鱼。好多年没吃到鲫鱼了。我那塘子里养不活鲫鱼。今儿借您的光，来尝尝。"

福奎很不情愿地把他让进屋来，心里一个劲地骂阿七嘴快。

"鱼蒸上了么？"大贵坐到床上，朝灶间那边使劲抽了抽鼻子。

"不忙……先做饭。"福奎咕噜了一句，走进灶间，呆呆地盯着这条搁在大盘子里的鲫鱼。他不是小气鬼，换作任何一个村里乡亲来跟他分享今儿的口福，他都乐意，而偏偏对大贵，他一百个不情愿。他忘不了这个表外甥敲过他竹杠，敲得好狠啊！

那是前年春天的事。那回他倒霉透了。他的滚钓被不知哪条瞎了眼的轮船卷跑了，一个钓钩也没留下。他咒天骂地，把自己都骂糊涂了。等到脑袋清醒下来，他又得为钓钩犯愁。他跑了好多地方，却到处买不到他这号的钓钩。在大柴村，生产资料门市部的营业员告诉他，这号背时货早就不生产了，眼下葛川江的渔佬儿都上了岸，成了庄稼佬儿。人家不会专为他一个户头生产那玩意儿。"拉倒吧，老爹！"那营业员好心开导他，"如今的渔业生产讲究科学化、现代化。在江里下滚钓打鱼，这方法实在太原始了！何况这些年江水污染得厉害，鱼都死光了。你看人家大贵，承包个鱼塘，好生养着，塘里的鱼就跟下饺子似的，一伸手就能捞上几条。去年他赚了八千块，自家买起了拖拉机。你呢，老爹？"他不以为然地哼了一声。他也实在琢磨不了什么"科学"呀、"污染"呀、"原始"呀……这些让牛去琢磨，它们脑袋大。照他想来，江里的鱼跟果木树一样，也分大年小年。没准明年又多起来了呢。早先，他手气好的日子，一天能钓百八十斤。最大的，一条就能卖二十块钱。说不定挺过这几年，早先的好年景还会再来。就这样，他去找了大贵，因为他晓得大贵手头有一副钢火很好的上等钓钩，八成新的，正经是十八里铺大老胡的手工货。"大老胡死了，三个儿子都进城当工人了，他们家的祖传手艺也就到此为止了。"大贵看了他一眼，好像在等他琢磨琢磨大老胡的死跟他有什么关系。"说真的，二舅，这兴许就是大老胡留下的最后一副钓钩了，我想留着做个纪念……您知道么，往后这玩意儿值钱得很,没准能进博物馆呢……啥叫博物馆?啊,就是把七老八古的物什统统堆在一幢房子里……啥?啧啧,你可真是土包子!打个比方说,要是你手头有一根姜太公用过的钓鱼竿,或者哪怕是托塔天王拉的一堆臭屎,您也能发大财了!……当然,大老胡才死不久,这副钓钩还不能算是出土文物,比不上姜太公的钓鱼竿值钱。不过报纸上讲,眼下外国人都肯花大钱收买这号断子绝孙的手工制品……说到头来,这副钓钩我得留着,除非……那回五喜拿六条大鲤子米换,我都没答应呢。"大贵最后那句话他听明白了。那以后两个月里,他一共给大贵送去了十条大鲤鱼,才算把那副钓钩换到了手。跟听生产资料门市部那个营业员的开导一样,大贵这番指点他也多半琢磨不了。博物馆、出土文物、外国人如何如何,这些都离他十万八千里。他能琢磨的,就是吃饭、睡觉、下滚钓,还有到时候叫人家敲一下竹杠……

葛川江的渔佬儿八辈子碰不上一桩了不得的大事,所以,没有比被人家当作屌头敲了竹杠更叫他们觉得丢脸的了。被人骗了,要了,还可以装傻,权当没觉出有这码事。可认了敲诈,你就没法装模作样了,因为敲诈总是明着来的。当一回傻子总比当一回屌头脸面上好看一些。

有过那样一回来往,今儿再让这龟孙吃他的鱼,喝他的酒,还给他看那副不吃白不吃的无赖相,这光景,福奎那点肚量肯定包涵不了。人家打你巴掌,你却弯下腰去亲他的屁股,这倒真够得上屌头了。

不过渔家从没有轰客人出门的道理。福奎揭开锅盖，为难地瞅着那条上面撒着些葱叶的鲫鱼。

黑猫跳上锅台，战战兢兢地凑近鱼盘。

"哈！你也想尝鲜？"他抓起老猫，想从窗口把它扔出去。可转念一想，反倒把鱼扔给了它。

今儿能帮他打发走大贵的，看来只有这畜生了。这倒也爽快！他宁肯自己也不尝。

黑猫大口大口地撕咬着鲫鱼，仿佛福奎自己在撕咬着大贵。他兴奋得浑身打战。

他走进隔壁屋里。大贵问道："鱼蒸上了吧，二舅？"

"屁！叫猫叼去了。"

"啥？"大贵像个爆仗似的蹦了起来，忽地冲进灶间，差点踩着饕餮而食的老猫。

"哎呀呀，该死的畜生！"他刚抬腿，那猫便倏地溜了。那鱼都被它撕烂了，"二舅，您怎么搞的！……哎呀呀，太可惜了！……这该死的猫，换成我的话，非把它宰了不可！"

无论如何，鱼是吃不成了。大贵没精打采地跟福奎闲扯了几句，败兴地走了。

福奎望着大贵的手扶拖拉机蹦蹦跳跳地开上了大桥，快活地哼起小调儿来。不过他哼得不成调儿，倒更像是哞哞的牛叫。

他把小鲟条子都洗了出来。等一会儿阿七来了，他只能拿这些来招待。小鲟条子味儿也不错，只是刺多了些。他把盛了鱼的盘子放进了锅里,坐到灶膛跟前,点着了柴火。

火烧得不旺。他慢腾腾地往里添柴,一边等着阿七,一边想着心事。

等到了九点多钟,还不见阿七的影儿。她讲好要来的,怎么能变卦呢?

他等不及了。今晚还得去江里收一趟滚钓。他匆匆吃下凉饭,提着马灯出了家门。

村子里好多人家在乘凉,有说有笑,还有广播喇叭里缠缠绵绵的越剧,不时地被一阵阵狗叫淹没。从江那边吹来咸丝丝的夜风,吹得福奎的破褂子底下的整个身子舒爽极了,像一只娘儿们的小手在轻轻摩挲着他。

这娘儿们正在前头等他。

从他家往江边去,要经过阿七的小屋。尽管夜里很黑,她还是老远便认出了他的像头公牛的身影。

"你俩怎么喝这么久?酒当药喝?"她问。

"喝个屁!"

"你俩没喝?"

"我跟谁喝?"

"大贵呀!他没去你家?"

"嘻嘻……去是去了,屁也没尝着!"

阿七疑疑惑惑地盯着福奎这副孩子气的兴奋的面孔,听他有声有色地讲完刚才怎么作弄大贵的详情细节。

"你真糊涂！"她正要开口大骂，忽又心里一软，可怜起他来。她今天是存心安排大贵去福奎那里"尝鲜"的，为的是让福奎借此机会跟大贵提提去味精厂顶她缺的事。这可是个现成的机会。吃了他的鱼，喝了他的酒，想必大贵不会不答应。老福奎能把这事情办妥了，往后有个牢靠的着落，她就可以放心走了。常言道"一日夫妻百日恩"。她当了他八年姘头，尽管名目不正，好歹总顶得上一日夫妻了。"福奎，"她还抱着一线希望问道，"你跟大贵提过顶缺的事儿了吧？"

"提个屁！我可不想到工厂去受罪。"福奎没把她的好心当回事儿，"照着钟点上班下班，螺蛳壳里做道场，哪比得上打鱼自由自在？那憋气的活我干得了吗？"

他说的是实话。葛川江上打鱼，老大的天地，自由自在，他从十四五岁起就干这门营生了。叫一个老头改变他几十年的生活方式，他一定很不情愿。对这生活，他习惯了，习惯得仿佛他天生就是个渔佬儿，在他妈的肚子里就学会撒网、放钓了。

阿七是个明白人，知道让一条狗去啃草地或者让一头牛改吃荤腥，都是办不到的事。她眼巴巴地望着福奎朝江边走去，去碰他的运气……

夏夜的葛川江很像一个浑身穿戴得珠光宝气的少妇。福奎老远望见对岸新铺的江滨大道那一溜恍如火龙的街灯。这些日子，一过晚上七点，仿佛有神仙作法，眨眼工夫，这条火龙唰地亮了。这奇景常叫福奎想到城里那帮照着钟点干活的孱头还真有点能耐。

他来到江边,点起马灯,把小船划出船棚。岸上那片草虫咕咕的叫声越来越远,渐渐被扑通扑通的水声盖住了。这声音是一群小鸡毛鱼搅起来的,它们团团围着小船,跟随着他的灯光,一同往江心游去,仿佛虾兵蟹将簇拥着龙王。每天夜里,他要是照准它们撒一网的话,他如今的日子不会弄得这么寒酸。城里人嘴馋,鱼苗苗也照样买了吃。哪怕他每天只撒一网,他也能赚些钱的。可是他绝对不肯撒网捕小鱼。他想得挺美:既然他是这条江上的最后一个渔佬儿,江里的鱼就全都是他的,他要等这些鱼长大了再捕。到那时候,从前的运道就会再来,从前的日子还会……从前样样都称心,他还跟大首长喝过酒呢。

不过,从前可没有对岸那条火龙。他每夜都数那一溜街灯,却从没数准过究竟是多少。他对这些街灯很感兴趣。尽管当初铺路的时候,炸药把江岸的山崖崩得惊天动地,把江里的鱼都吓跑了,但他得认了,如今西岸这富丽堂皇的气派,委实叫人着迷。

他划到了江心,顺着滚钓划了个来回。正串滚钓上一无所有。那些浮标全都懒洋洋地漂在水面上,一动不动。

福奎也懒洋洋地躺下身来,乱蓬蓬的脑袋枕着船尾的坐板,一双光着的大脚插进船头的板空里。他想,要是死的时候也能这么安安稳稳地躺着,那就好了。他情愿死在船上,死在这条像个娇媚的小荡妇似的迷住了他的大江里。死在岸上,他会很丢脸的,因为他不能像别的死鬼那样住进那种开着窗户让死鬼透气的小屋子。他会被埋到地底下去,埋他的人会用铁锹把坟堆上的土拍得很结实,叫他透不上气来。而死在江里,就跟睡在那荡妇的怀里一般,他没啥可抱屈的了。

那群小鱼依然尾随着他的小船,好像还越聚越多了。

福奎搬过那只氅子,一把把地往江里撒着蚯蚓……

从前,"喂鱼"这个话是渔佬儿的耻辱。不过,从前的好多规矩眼下都不管用了。

被爱情遗忘的角落

/// 张弦

一

尽管已经跨入了二十世纪七十年代的最后一年，在天堂公社的青年们心目中，爱情，还是个陌生的、神秘的、羞于出口的字眼。所以，在公社礼堂召开的"反对买卖婚姻"大会上，当报告人——新来的团委书记大声地说出了这个名词的时候，听众都不约而同地一愣。接着，小伙子们调皮地相互挤挤眼，"呵呵呵"放声大笑起来；姑娘们则急忙垂下头，绯红了脸，哧哧地笑着，并偷偷地交换个羞涩的眼光。

只有墙角边靠窗坐着的长得很秀气的姑娘——天堂大队九小队团小组长沈荒妹，没有笑。她面色苍白，一双忧郁的大眼睛迷惘地凝望着窗外。好像什么也没听见，一切都与她无关。但突然间，她的睫毛抖动起来，竭力摆脱那颗沾湿了它的晶莹的东西。——"爱情"这个她所不理解的词儿，此刻是如此强烈地激动着她十九岁的少女的心。她感到羞辱，感到哀伤，还感到一种难言的惶恐。她想起了她的姐姐，那使她永远怨恨而又永远怀念的姐姐存妮。唉！如果生活里没有小豹子，没有发生那一件事，一切该多么好！姐姐一定会并排坐在她的身旁，毫无顾忌地男孩子般地大笑；散会后，会用粗壮的臂膀搂着她，一块儿到供销店挑上两支橘红色的花线，回家绣枕头……

在五个姐妹中，存妮是最幸运的。她赶在一九五五年家乡的丰收之后来到世上。满月那天，家里不费力地办了一桌酒。年轻的父亲沈山旺抱起小花被裹着的宝贝，兴奋地说：

"……我把菱花送到接生站，抽空到信用社去存上了钱，再回来时，毛娃儿就落地了！头生这么快，这么顺当，谁也想不到哩！有人说起名叫个顺妮吧，我想，我们这样的穷庄稼汉，开天辟地头一遭儿进银行存钱！这时候生下了她，该叫她存妮。等她长大了，日子不定有多好呢！"

他发自内心的快乐，感染了每一个前来贺喜的人。当时，他是"靠山庄合作社"的副社长，乐观、能干，浑身都是天不怕地不怕的勇气和力量。山坡上那一片经他嫁接的山梨，第一次结果就是个丰收。小麦和玉米除去公粮还自给有余。二十几户人家的小村，人人都同他一样快乐，同他一样充满信心地憧憬着美好的未来。

等到五年以后,荒妹出世时,景况就大不相同了。"靠山庄合作社"已改成天堂公社天堂大队九小队。"天堂"这个好听的名字,是县委书记亲自起的,取意于"共产主义是天堂,人民公社是桥梁"。当时,包括队长沈山旺在内的所有社员,都深信进"天堂"不过咫尺之遥,只需毫不痛惜地把集体的山梨树,连同每家房前屋后的白果、板栗统统锯倒,连夜送到公社兴办的炼钢厂。仿佛一旦那奇妙的、呼呼叫着的土炉子里喷出了灿烂的钢花,那么,他们就轻松地步过"桥梁",进入共产主义了。但结果却是那堆使几万担树木成为灰烬的铁疙瘩,除了牢牢地占住农田之外,没有任何效用。而小麦、玉米又由于干旱,连种子也没有收回;锯倒梨树栽下的山芋,长得同存妮的手指头差不多粗细。菱花怀着快生的孩子从外地讨饭回来,沈山旺已经因"攻击大办钢铁"被撤了职。他望着呱呱坠地的孱弱的第二个女儿,浮肿的脸上露出了苦笑:"唉,谁叫她赶上这荒年呢?真是个荒妹子呵!……"

也许是得力于怀胎和哺乳时的营养吧,存妮终于泼泼辣辣地长大了。真是吃树叶也长肉,喝凉水也长劲。十六岁的生日还没过,她已经发育成个健壮、丰满的大姑娘了。一条桑木扁担,代替了又一连生下三个妹妹的多病的妈妈,帮助父亲挑起了家庭的重担。一年一度最苦的活——给国营林场挑松毛下山,她的工分在妇女中数第三。每天天不亮下地,顶着星星回来,吞下一钵子山芋或者玉米糊,头一挨枕边就睡着了。尽管年下分红时,家里的超支数字总是有增无减，连一分钱的现款也拿不到手，但她总是乐呵呵地不知道什么叫愁。高兴起来，还搂着荒妹，用丰满的胸脯紧贴着妹妹纤弱的身子，轻轻地哼一曲妈妈年轻时代唱的山歌。

生活中往往有一些蹊跷的事，十分偶然又根源显见，令人惊诧又平淡无奇。比如畸形者，多么骇异的肢体也都可以找到生理学上的原因，只是因为人们的少见而多怪罢了。存妮和小豹子之间发生的事，就是这样。

小豹子是村东家贵叔的独生子，名叫小宝，和存妮同年。这个体格彪悍的小伙子，干起活来有一股吓死人的拼劲。有一次挑松毛，赶上一场冬雨，家贵婶在前面滑了一跤，扁担也撅折了。小宝过来扶起母亲，把两担松毛并在一起，打了个赤膊，咬着牙，吭哧吭哧挑下了山。一过秤，三百零五斤！大家吃惊地说，小宝子真能拼，简直是头小豹子！就这样喊出了名。

七四年的初春，队上的干部清早就到公社去批孔老夫子了，壮劳力全部上了水库工地。保管员祥二爷留下存妮帮他整理仓库。老头儿一面指点着姑娘干活，一面唠叨着：

"干部下来走一圈，手一指：'这儿！'这就开山劈石忙乎一年。山洪下来，嗵！冲个稀里哗啦！明年干部又来，手一指：'那儿！'……也不看看风水地脉！"

"不是说'愚公移山'吗？"存妮有口无心地搭讪说。

"移山能填饱肚子那也成！……来，把这堆先过筛，慢点，别撒了！……瞧这玉米，山梨树根上长的，瘦巴巴的，谁知出得了芽不？"老人又抱怨起玉米种子来。

"不是说以粮为纲吗？"姑娘仍有口无心地答着，心想，跟老头儿干活，虽然轻巧，却远不如在水库和年轻伙伴一起挑土来得热闹。

这时，仓库门口出现了个健壮的身影："派点活我干吧！祥二爷。"

"小豹子！"存妮高兴地喊，"你不是昨天抬石头扭了脚吗？"

祥二爷说："回家歇着吧！"

"歇着我难受。"小豹子憨厚地微笑说，"只要不挑担子，干点轻活碍不着！"说着，他抄起木锨就帮存妮过筛。

祥二爷高兴地蹲在一旁抽了支烟，想起要喊木匠来修犁头，便交代几句，走了。倒仓库、筛种子这些活儿，在两个勤快的十九岁的青年手里，真不算一回事儿。不多久，种子装进了麻袋，山芋干也在场上晾开。小豹子说了声："歇歇吧！"就把棉袄铺在麻袋上，躺了下来。

存妮擦擦汗，坐在对面的麻袋上。她的棉袄也早脱了，穿着件葵绿色的毛线衣。这是母亲的嫁妆。虽然已经拆洗过无数次，添织了几种不同颜色的线，并且因为太小而紧绷在身上，但在九队的青年姑娘中，仍不失是件令人羡慕的奢侈品。

小豹子凝视着她那被阳光照耀而显得格外红润的脸庞，凝视着她丰满的胸脯，心中浮起一种异样的、从未经验过的痒丝丝的感觉，使他激动，又使他害怕。于是，他没话找话地说：

"前天吴庄放电影,你没去?"

"那么老远,我才不去呢!"她似乎为了躲开他那热辣辣的目光,垂下头说,一面摘去袖口上脱下来的线头。

吴庄是邻县的一个大队,上那里要翻过两座山,像小豹子那样的年轻人也得走一个多钟头。它算不上是个富队,去年十个工分只有三角八,但这已使天堂的社员啧啧称羡了。青年们尤其向往的是,沿吴庄西边的公路走,不到三十里,就是个火车站。去年春节,小豹子约了几个伙伴到那里去看火车。来回跑了半天,在车站等了两个钟头,终于看到了穿过小站飞驰而去的草绿色客车而感到心满意足。九队的社员们几乎都没有这种眼福。至于乘火车,那只有外号叫瞎子的许会计才有过这样令人羡慕的经历。

"我也不想去!《地道战》《地雷战》《南征北战》,看了八百次啦!每句话我都会背!……"小豹子伸了个懒腰,叹着气说,"不看,又干啥呢?扑克牌打烂了,托人上公社供销店开后门,到现在也没买到!"

除了看电影、打百分而外,这里的青年,劳动之余再也没事可干了。队里订了一份本省的报纸,也只有许瞎子开会时用得着。他总是把报上的"孔子曰"读成"孔子日",当然不会有人来纠正这位全队唯一的知识分子。过去,这里还兴唱山歌,如今早已属于"黄色"之列,不许唱了。……

忽然,小豹子兴奋地坐起来:"喂,听许瞎子说,他以前看过外国电影。嘿,那才叫好看哪!"他咂着嘴,又咻的一声笑了:

"那上面,有……"

"有什么?"存妮见他那副有滋有味的模样,禁不住问。

"嘻嘻嘻……我不说。"小豹子红着脸,独自笑个不停。

"有什么?说呀!"

"说了……你别骂!"

"你说呀。"

"有——"他又咯咯地笑,笑得弯了腰。存妮已经料想着他会说出什么坏话来,伸手抓起一把土粒儿。果然,小豹子鼓足勇气喊:"有男人女人抱在一起亲嘴儿!嘿嘿嘿……"

"呸!下流!"存妮顿时涨红了脸,唰地把手中的土粒撒过去。

"真的,许瞎子说的!"小豹子躲闪着。

"不害臊!"又一把撒过来。带着玉米碎屑的土粒落在他肩膀上、颈项里。他也还了手,一把土粒准确地落在存妮解开的领口上。姑娘绷起了脸,骂道:"该死的!你!……"

小豹子讪讪地笑着,脱了光脊梁,用衬衣揩抹着铁疙瘩似的胸肌。存妮也噘着嘴开始脱毛衣,把粘在胸上的土粒抖出来。……刹那间,小豹子像触电似的呆住了。两眼直勾勾地瞪着,呼吸突然停止,一股热血猛冲到他的头上。原来姑娘脱毛衣时掀起了衬衫,竟露出半截白皙的、丰美而富有弹性的乳房。……

就像出洞的野豹一样,小豹子猛扑上去,他完全失去了理智,不顾一切地紧紧搂住了她。姑娘大吃一惊,举起胳膊来阻挡。可是,当那灼热的、颤抖着的嘴唇一下子贴在自己湿润的唇上时,她感到一阵神秘的眩晕,眼睛一闭,伸出的胳膊瘫软了。一切反抗的企图都在这一瞬间烟消云散。一种原始的本能,烈火般地燃烧着这一对物质贫乏、精神荒芜,而体魄却十分强健的青年男女的血液。传统的礼教、理性的尊严、违法的危险以及少女的羞耻心,一切的一切,此刻全都烧成了灰烬。……

二

瘦巴巴的玉米长出了稀疏的苗子。锄过头遍,十四岁的荒妹开始发现姐姐变了:她不再无忧无虑地大笑,常常一个人坐在床边发呆,同她讲话,好像一句也没听见;有时看见她脸色苍白、低头抹泪,有时却又红晕满面地在独自发笑。……最奇怪的是一天夜里,荒妹一觉醒来,发现身边姐姐的被窝是空的。第二天问她,她急得脸上红一阵白一阵的,还硬说荒妹是做梦。

这一阵,妈妈的腰子病发了,爸爸忙着去吴庄的舅舅家借钱,张罗着请医生。家里乱糟糟的。谁也顾不上注意存妮的变化。只有荒妹,在她稚嫩的心灵里,隐隐地预感到将有一种可怕的祸事要落到姐姐的头上。

祸事果然不可避免地来临了。而且,它远比荒妹所能想象的要可怕得多。

那是玉米长出半人高的时节,累了一天的社员,晚饭后聚集在队部,听许瞎子凑着煤油灯念"孔子曰"。荒妹没等开完会,早就溜回了家,照应三个妹妹睡下,自己也去睡了。但不一会儿就被一阵喧嚣惊醒：吵嚷声、哄笑声、打骂声、哭喊声、诅咒声，夹杂着几乎全村的狗吠和山里传来的回声，从来也没有这样热闹过。荒妹惊慌地捻亮了灯，可怕的喧嚣越来越近，竟到了大门外面。突然，姐姐一头冲进门来，衣带不整、披头散发，扑倒在床上号啕大哭。接着，光着脊梁、两手反绑着的小豹子，被民兵营长押进门来。在几道雪亮的手电光照射下，荒妹看到他身上有一条条被树枝抽打的血印。他直挺挺地跪下，羞愧难容，任凭脸色铁青的父亲刮他的嘴巴。母亲这时已经瘫坐在凳上，捂着脸呜咽着。门外，黑压压地围满了几乎全村的大人和小孩。七嘴八舌，骂詈、耻笑、奚落和感慨。……吓得发抖的荒妹终于明白了：姐姐做了一件人世间最丑最丑的丑事！她忽然痛哭起来。她感到无比地羞耻、屈辱、怨恨和愤懑。最亲爱的姐姐竟然给全家带来了灾难，也给她带来了无法摆脱的不幸。那最初来临的女性的自尊，在她幼弱的心灵上还没有成形，因而也就格外地敏感，格外地容易挫伤。荒妹大声地哭着，伤心的眼泪像决堤的河流，一面用自己也听不清的含混的声音，哼着："不要脸！丢了全家的人！……不要脸，丢了全队的人！……不要脸！不要脸！……"

事情闹腾到半夜。

后来，她昏昏地睡了。蒙眬中，又听到队长驱散众人的声音、家贵叔家贵婶向父母恳切道歉的声音、祥二爷劝慰和提醒的声音。"千万别难为孩子家，防备着她想不开！……"妈妈的责骂也渐渐变成了低声的劝慰。荒妹终于贴着泪水浸湿的枕头睡去，又不

断地被噩梦所惊扰。在最后的一个噩梦中,她猛然听到从远处传来两声急促的呼喊:

"救人哪!救人哪!……"

荒妹猛地跳了起来。东方已经大亮。床上不见存姐,也没有了守着她的母亲。她忽地爬起来,赤着脚就往外奔,跟着前面的人影奔到村边的三亩塘前,啊,姐姐,已经被大伙儿七手八脚捞了上来,直挺挺躺在那里。这么快,这么轻易地死了!

母亲抱着姐姐嘶哑地哭号着,发疯似的喊着。多少次被乡亲们拉起来,又瘫倒在地上。父亲呆坐在塘边,失神地瞪着平静的水面一动也不动,仿佛是一尊枯干的树桩。

朝霞映在存妮的湿漉漉的脸上,使她惨白的脸色恢复了红润。她的神情非常安详,也非常坦然,没有一点痛苦、抗议、抱怨和不平。她为自己盲目的冲动付出了最高昂的代价,现在她已经洗净了自己的耻辱和罪恶。固然,她的死是太没有价值了。但是生活对她来说又有什么值得留恋的吗?在纵身于死亡的深渊前,她还来得及想到的事,就是把身上那件葵绿色的破毛衣脱下来,挂在树上。她把这个人间赐予她的唯一的财富留给了妹妹,带着她的体温和青春的芳馨。……

事情还没有完。大约过了半个月吧,家贵叔家里又传出了凄凉的哀哭——两个公安员把小豹子带走了。全村又一次受到震动。他们从田野里奔来,站在路旁,惶恐地、默默无言地注视着小豹子手腕上那一双闪闪发光的东西。只有家贵夫妇一把眼泪一把鼻涕地跟在他们的独生子后面。

"同志,同志!"沈山旺放下锄头追了上来。这位五十年代的队长是见过点世面的。虽然女儿的死使他突然老了十年而且对生活更冷漠了,但此刻,他的责任感使他不能沉默。他向公安员说:"同志,我们并没有告他呀!"

公安员严峻地瞪他一眼,轻蔑地说:"去,去,去!什么告不告!强奸致死人命犯!什么告不告!……"

小豹子却很镇静,抬着头,两眼茫然四顾。突然,他略一停步,就猛地飞奔起来,向对面的荒坡冲去。

"站住!往哪儿跑!"公安员吆喝着,连忙追了上去。

但是小豹子不顾一切地奔着,杂乱的脚步踏倒了荒草和荆丛。最后,他扑倒在存妮的那座新坟上,恸哭起来,两手乱抓,指头深深抠进湿润的黄土里。公安员跑来吆喝了几声,他才止住泪。然后,直跪在坟前,恭恭敬敬地磕了三个头。

三

散了会,荒妹怀着沉重的心情走出公社礼堂的大门。天堂公社是本县的角落,天堂九队又是角落的角落。她望了望低垂在西边松林里的夕阳,担心天黑以前赶不到家了,就断然放弃去供销社逛逛的计划,从后街直穿麦田,快步奔小路上山。

"沈荒妹,等等!一块儿走吧!"身后传来团支部书记许荣树的喊声。他家住八队,与九队只隔着个三亩塘。荒妹当然很希望有人与她同行这段漫长的山路,冬天的傍晚,这山坞是十分荒凉的。但她不希望同路的是个小伙子,特别不希望是许荣树。所以略微迟疑了一下,反而加快了脚步。在麦田尽头荣树赶上来时,她警惕地移开身去,使他俩之间保持四步开外的距离。

存姐的死,绝不仅仅给她留下葵绿色的毛衣,在她的心灵上也留下了无法摆脱的耻辱和恐惧。她过早地接过姐姐的桑木扁担,纤弱的身体不胜重负地挑起家庭的担子,稚嫩的心灵也不胜重负地承受着精神的重压。她害怕和憎恨所有青年男子,见了他们绝不交谈,远而避之。她甚至鄙视那些对小伙子并不害怕和憎恨的女伴们。她成了一个难以接近的孤僻的姑娘。

但是,青春毕竟不可抗拒地来临了。她脸上黄巴巴的气色已经褪去,露出红润而透着柔和的光泽;眉毛长得浓密起来;枯涩的眼睛也变得黑白分明,水汪汪的了。她感到胸脯发胀,肩背渐渐丰满,穿着姐姐那葵绿色的毛线衣,已经有点绷得难受了。她的心底常常升起一种新鲜的隐秘的喜悦。看见花开,觉得花儿是那么美,不由得摘一朵戴在头上;听到鸟叫,也觉得鸟儿叫得那么好听,不由得呆呆地听上一会儿。什么都变得美好了:树叶、庄稼、野草以及草上的露珠……周围的一切都使她激动。她常常偷偷地在妈妈那面破镜子里打量自己,甚至在塘边挑水时,也忍不住对自己苗条的身影投以满意的微笑。她开始同女伴们说笑,过年过节也让她们挽着手一起逛一逛公社的供销店。尽管对小伙子仍保持着警惕,但也渐渐感到他们并不是那么讨厌了。……就在这时,许荣树在她的生活中出现了。

还是她很小的时候,就认识了荣树。那时她到设在八队的小学上一年级,男孩子们欺侮了她,一个同存姐差不多年龄的高班男同学,跑来打抱不平,还用袖口擦掉了她的眼泪。后来因为妈妈生下了最小的妹妹,她二年级还没上完就辍了学。当她背着小妹妹在三亩塘附近割猪草时,荣树看到了总是偷偷离开伙伴们,抢过她手上的镰刀,飞快地割上一大抱,扔在她的筐里,就急急走开。过了不多久,八队传来锣鼓声,荒妹带着妹妹们去看,只见他穿着过大的新军装,戴着红花,沿着三亩塘边上的小路,去当兵了。

直到去年的一次团支部会上,她才又一次见到荣树。他几天前刚从部队复员。进了大队会议室的门,羞涩地向大家一瞥,就像荒妹她们那批刚入团的姑娘们一样,悄悄在屋角坐下了。这时几个同他相熟的活跃分子围过来,硬要他讲讲战斗生活。只见他窘得满脸通红,忙腼腆地推辞着说:"当了几年和平兵,又没打过仗,说啥呀!……"全然没有青年人心目中那种革命军人的威武气派。但不知为什么,这却引起了荒妹的好感,当选举团支委进行表决,念到许荣树的名字时,她勇敢地把手举得笔直,以此表达她真诚的愿望。

到下一次的团支部活动时,新上任的支部书记许荣树却提出了他与众不同的主张,并因此引起了曾当过民兵营长的党支部副书记的不满。

过去，天堂公社青年团的活动，除开会之外，只有一个内容：劳动。——事先准备了些积肥、抬石块之类的重活，先开会，再干活。这种无偿的劳动往往进行到很晚，被称为"共青团员的模范作用"。但荣树破了这个规矩，他说："青年人有自己的特点。我建议：今晚看电影！"大家乍一听，愣了，接着便哄笑着鼓起掌来。他想得真周到，事先已经在公社附近一家工厂订了票（他有个战友复员到这家工厂），开了个短会，就领着大家出发了。小伙子和姑娘们三五成群，欢天喜地，笑语喧哗，有人大胆地哼起了山歌，简直像过节一样。荒妹这才生平第一次坐在有靠背、有扶手的椅子上，舒舒服服地看了一场电影。而且当天夜里，也是生平第一次，一个青年男子走进了她甜蜜的梦境。他有点像电影里那个带领青年修水库的男主角，更像她的团支部书记。他憨厚地笑着，同她说了些什么，离她很近。醒来时，月光照在她的床边，温柔而明净。她的心里，生平第一次泛起了一片甜丝丝的柔情，但又立即因此而感到惶恐。"这是怎么回事？"她懊恼地想，"唉，唉！幸亏只是个梦！……"

然而当她担任团小组长之后，荣树就真的常来找她了。荒妹的态度一如既往地严肃而冷淡。从不请他进屋，一个门外，一个门里，保持着四尺开外的距离。谈的不过是通知开会之类的事，一问一答，公事公办。讲完荣树走了，荒妹总要装出做事的样子，到门外偷偷目送他远去。她多么希望他多谈一会儿，进来坐一坐，谈些别的，又多么害怕他这样做。随着接触的增多，这种矛盾的心情越加发展起来。有一天,她回家晚了,十一岁的小妹妹对她说:"荣树哥来过啦!"正好母亲也刚回来,忙问:"他又来干什么?"父亲说:"他来找我的。问我嫁接山梨的事,几年能结梨,一亩山地能收多少钱。我说,那不是资本主义的路吗?他说,这不叫资本主义,报上就这么讲的!这孩子!……"

父亲似乎不以为然地摇着头,但荒妹却觉察到他对这个青年是有好感的,心中暗暗感到高兴。然而母亲的脸色却很难看,她皱着眉头说:"他,可是个不大安分的人!……"

荒妹早就听说过荣树为限制社员养鸡的事同八队队长(他的叔父)吵起来,有人说他太狂,不服从领导,等等。但她从没在意。今天母亲这样说,使她生起气来。想分辩几句,又看到母亲狐疑的眼光总盯住自己,只好闷闷地低头吃饭,装出漠不关心的样子。晚饭后,母亲在房里嘀嘀咕咕,她听到门缝里传出了这样一句:"已经有闲话啦!要当心她走上存妮的路!……"

荒妹只觉得心头被扎了一刀似的,扑在床上哭了。她怨恨姐姐做了那种死了也洗刷不净的丑事;怨恨妈妈不明白女儿的心;她更怨恨自己,为什么竟然会喜欢一个小伙子?这是多么不应该、多么可耻呀!"不要脸!喜欢上了一个男人!……不要脸!!"她恨恨地骂自己,把脸深深地埋在被子里,不让伤心的哭声传出来。

她下定决心,从明天起,再不理睬他!有什么事,让他找副组长去!他会觉得奇怪,觉得委屈吗?随他去吧!谁让他是个男人呢!

过不了多久，她真的恨起荣树来了。那是偶尔在队部听到许瞎子说："荣树这孩子真不知天高地厚，又跟大队副书记吵起来了！"有人问："为了什么？"许瞎子说："哎！他要为小豹子申冤呢！"

　　"什么？"荒妹大吃一惊，几乎喊出声来。小豹子被判刑，是自作自受，罪有应得，并不是什么冤、假、错案，翻不了的。——这几乎是人们共同的看法。荒妹不可能有别的看法。由于姐姐的死，她只有对小豹子更多一分仇恨。可是荣树，一个共产党员，一个她所尊敬的团支部书记，怎么会为小豹子这样的坏人讲话呢？他同情小豹子，还是得了家贵夫妇的什么好处？……她气得发抖，要去当面质问荣树。但当她在三亩塘边，看见荣树憨笑着向她迎面走来时，那股勇气又倏然消失了。那件事怎么说得出口？又怎么好对他说呀？于是忙转过身，装作到别的地方去，绕了个大圈子回到了家。接着，她又后悔起来。……

　　就这样，气他、恨他、不睬他、害怕他，又不由自主地想念他……交替地变化着、矛盾着。这就是十九岁的农村姑娘的心。

　　如果把这说成是爱情，那么，生活在别的地方的青年男女们是难以理解的。但荒妹是在天堂九队这个本县角落的角落里。这里的姑娘，在荒妹的这个年龄，也多半有过像荣树和荒妹那样隐秘的爱情、矛盾和痛苦。然而不久就会什么都消失了，平静了。——来了一位亲戚或者什么人，送了一件葵绿色或者玫红色的毛线衣，进行一番大体相似的讨价还价而达成协议。然后，在某一天，由这位亲戚或者什么人领来了一个小伙子,再陪同这相互不敢正视一眼的双方一起去吴庄或者什么地方,照一张合影相片。到了议定的日子,她就离开了父母,离开了这个角落。……

这是一条这里的人们习以为常并公认为正当的道路,却被今天大会的报告人说成是"买卖婚姻"。他还说什么"爱情"!姐姐和小豹子,那叫"爱情"吗?不,不!那是可耻的、违法的呀!那么,难道还有什么别的路吗?——荒妹感到茫然。她不能不想到荣树。此刻,他就在她的身后,默默地陪她同行。同来开会的女伴都去供销社了。寂静的山路上,只有他们俩。她听到自己怦怦的心跳。……

忽然,荣树站住了脚,放眼四顾,用浑厚的嗓音唱起歌来:

　　我爱这蓝色的海洋,
　　祖国的海疆多么宽广!
　　……

荒妹吓了一跳,但听着听着,热情奔放的歌声感染了她,不由自主回过头,露出赞许的微笑。

"看着山上的这片松林,我想起了大海啦!想起了在军舰上的日子!……"他自语似的微笑着说,"看着海,心里就会觉得宽阔起来。要是乡亲们都能看看海,该多好呵!"

荒妹微笑地听着。她的警惕在悄悄地丧失。

"荒妹,你去前街了吗?集上卖鸡蛋、卖蔬菜的,没人撵了!知道吗?农村政策要改啦!山坡地一定得退田还山,种梨树。山旺大叔这位好把式又要发挥作用啦!先在你家自留地上栽起树苗来!……"他说得很凌乱,也很兴奋,"山旺婶身体不好,可以砍些荆条在家编篮子,换点零花钱。你大妹妹明年可以出工了吧!两个小妹妹可以放几只羊!……我有个战友在公社当干事。他告诉我,中央很快就要下文件,要让农民富裕起来!……真的。你不信?"

　　他两眼闪着乐观的光芒,声音像淙淙溪水,亲切感人。荒妹没有相信这些话。对于富裕起来,她从没有抱过希望,甚至根本没有想过。从她懂事以来,富裕之类的话总是同资本主义连在一起遭受批判的。使她激动的是荣树这样清楚地知道她的家庭,并且这样关心。他就是用这个来回答她的冷淡、戒备和怀恨的!她愧疚了,觉得脸上在发烧。……

　　"是啊!不富裕起来,一辈子过着穷日子,就什么也谈不上!"他深为感慨地摇摇头,"就拿小豹子来说吧,能全怪他吗?穷、落后、没有知识、蠢!再加上老封建!老实巴交的小伙子,下了大牢!你姐姐,就更冤啦!……"

　　一听他说起这个,姑娘顿时觉得受了羞辱。她愤愤地瞪他一眼,吼道:"不许你说这个!不许你说我姐姐!……"

　　她竭力忍住快要流出来的眼泪,猛地冲上山顶,放开大步向下奔去,弄得荣树莫名其妙。

四

走近家门,天已经完全黑了。她的心情也渐渐平静下来。小妹妹老远就喊她,向她扑来。紧接着母亲也迎了出来,脸上挂着喜气洋洋的笑容。这使荒妹感到奇怪。贫困、操劳和多病的母亲过早地衰老了。特别是姐姐的死,使她的脸上除了愁苦之外,只有木然的发愣的神情。发生了什么值得她这样高兴的事?

"快,快去看看你的床上!"母亲几乎笑出声来。

床上放着一件簇新的毛线衣,天蓝色的,在幽暗的煤油灯下发出柔和的诱人的光泽。

荒妹抓在手里,还没有来得及感受到它那轻柔和温暖,就立即像触了电似的甩开了。她吃惊地喊:"谁的?"

"你的!"母亲正从锅里盛出热气腾腾的玉米粥,神采飞扬地瞟她一眼说,"你二舅妈送来的。……"

"二舅妈?……"荒妹打了个寒噤,两腿发软,颓然坐在床沿,呆住了。二舅妈前不久来过,同母亲嘀咕了老半天,一面不断地上上下下打量着她。她当时就敏锐感到那眼光里好像有什么神秘的意味。果然,现在送了毛线衣来!……

母亲挨着她坐下,用难得的柔声说:"是二舅他们吴庄三队的,比你大三岁。他哥哥在北关火车站当工人,一月拿五十多块!……"

荒妹感到冰冷的汗水在脊背上缓缓地爬。她浑身颤抖,耳边

"嗡嗡"直响,什么也听不清了。

"我不要!"她挣扎地喊,"不!我不要!"

她把毛线衣扔向母亲,母亲却仍然微笑着拉住她说:"又不是现在就要你过门!端午节来见见面,送衣裳来。十六套!……订了婚,再送五百块现钱!"

"不,不,不!"一种耻辱感陡然升上荒妹的心。她感到窒息的恐怖。她不知该怎么办,只有让委屈的泪水急速地流出来,只有愤愤甩开母亲抚慰的手臂,跑开去。

门口,站着心情沉重的父亲和三个睁大眼睛呆望着她的妹妹。她捂住脸,冲出了门,站在院子里,倚着倒塌了的猪圈的半截土墙,大声地哭起来。

"怎么啦?怎么啦?"母亲急急地跟出来,拉起她的手,"荒妹,你是个懂事的孩子。咱家有啥?妈有病,三个妹妹光知道张着嘴要吃。养猪没饲料,喂了半年多,连本也没捞回来!攒几个鸡蛋拎上街,挨人撵来撵去,心里慌得像做了贼。去年分红,又是超支,一分现钱也没到手。我想给你买双袜子都……"

母亲也啜泣起来,数落着:"你姐姐不争气,这个家靠谁?房子明年再不翻盖实在不行了。欠着债,哪有钱?二舅妈说,五百块钱一到手,就……"

"钱,钱!"姑娘激动地喊,"你把女儿当东西卖!……"

母亲顿时噎住了,她浑身无力,扶着半截土墙缓缓地坐倒在地上。"把女儿当东西卖!"这句话是那样刺伤了她的心,又是那样地熟悉！是谁在女儿一样的年纪，含着女儿一样的激愤喊过？是谁？——唉唉！不是别人，正是她自己呀！……

那是在土改工作队进了吴庄的那个冬天，菱花去看歌剧《白毛女》的那天晚上，认识了憨厚、英俊的青年长工沈山旺。从那一刻起，她突然明白了平时唱的山歌里"情郎"一词的含义。十九岁的菱花不仅勇敢地参加了斗地主的大会，而且勇敢地在夜晚去玉米地同她的情郎相会了。可是她原先是父母做主同北关镇杂货铺的小老板订了婚的。男方听到风声送了五十块银圆来，硬要年内成亲。菱花大哭大闹，一反常态，公然承认她自己看中了靠山庄的穷小子，公然宣布跟他进山里去受苦，一辈子不回"老封建"的娘家门！把父母气呆了，关起房门又骂又打。她哭着，闹着，在地下滚着，把银圆抛撒一地，激愤地嚷："你们，是要把女儿当东西卖呀！"

那是反封建的烈火已经把"父母之命、媒妁之言"连同地主的地契债据一起烧毁了的年代。宣传婚姻法的挂图在乡政府门口的墙上贴着。舞台上的刘巧儿和同村的童养媳都是菱花的榜样。憨厚、英俊的沈山旺捧着美好、幸福的前途在等待着她。菱花有的是冲破封建囚笼的勇气！

"他们，要把女儿当东西卖！"第二天，在刚刚粉刷一新的乡公所里，不需要任何别的，只凭她菱花这一句话，土改工作队就含着鼓励的微笑，发给她和山旺一人一张印着毛主席像的结婚证。……

万万想不到今天，时隔三十年的今天，女儿竟用这句话来骂自己了！

"这是怎么回事？日子怎么又过回头了？……"她感到震惊而惶惑，慢慢抬起了头，仰望着暮冬的夜空。几颗寒星发出凄清、暗淡的光，讽嘲似的向她眨着眼。她仿佛忽然得到什么启示似的一颤，捶胸顿足痛哭起来，一面喃喃地自语：

"报应，报应！这就叫报应呀！"

她干枯的双眼里涌出了浑浊的泪，里面饱含着心灵深处的苦恨。她恨荒妹，恨存妮，恨她们的父亲。她恨自己的苦命，恨这块她带着青春和欢乐的憧憬来到的土地，这块付出了大半生辛勤劳动、除了哀愁什么也没有给她的土地！……

荒妹反而镇静起来，劝慰母亲说："妈！公社街上，卖鸡蛋、卖菜的没人撵啦！你可以砍些荆条编土篮拿去卖。妹妹可以去放羊。山田改了种果树，爹是个好把式！……要让我们农民富裕起来！荣树说的，中央有这个文件！……"

"文件，文件！今天这，明天那！见多啦！见够啦！俺们不照样还是穷！荒妹，妈不愿意叫你像妈这样过一辈子呀！"母亲抽泣着，也渐渐平静下来，"孩子，你是个懂事的姑娘。妈看出来，荣树对你有心，你也看着他中意。可你想想，吃不饱饭，这些都是空的哟！你妈悔不该当初……唉！如今得了报应啦！……"

风停了。妈妈衰弱的身子倚着荒妹。母女俩无声地呆坐着，各自沉浸在自己的心事之中。

"妈,你回去吧!"荒妹低声说,她的眼睛向八队的那一片村舍凝视着,探寻着其中的一间房子,"我还有点事!……"

然后,她倔强地向三亩塘的方向走去。刚才发生的事,使她突然聪明了,成熟了。一切成见,包括要为小豹子申冤这样使她强烈反感的事情,现在都觉得合理了。她相信荣树是会讲出他的道理来的。那么,他知道得很多很多,甚至连大海都知道!他所深信不疑的要让农民富裕起来的文件,荒妹又有什么可怀疑的呢?他一定还会给她出个最好的主意,告诉她该怎么办!

三亩塘的水面上,吹来一阵轻柔的暖气。这正是大地回春的第一丝信息吧!它无声地抚慰着塘边的枯草,悄悄地拭干了急急走来的姑娘的泪。它终于真的来了吗?来到这被爱情遗忘了的角落?

一九七九年十月

工作人

/// 张抗抗

工作人——既不是工人也不是干部,其实就是城里人所说的农民工。但农民工自己不管自己叫农民工,在华北一带的农村,他们喜欢把那些在城里干活的农民工,叫成"工作人"。

一

梁百川把倒煤渣的双轮车往墙根一扔,朝着街角的那个邮筒快跑了几步。

冷风旋起一片煤砾,沙子似的打得脸生疼。

他揉着眼,掏出口袋里皱巴巴的一只信封,塞了好几次,才总算对准了邮筒口那条窄窄的缝隙。他听见手里的信封,落在空荡荡的邮筒里,发出咚的一记响声,像是石头子儿掉井里的动静。

他每回邮信,都得这么来回瞧了又瞧。那邮筒张个大扁嘴,一口就把信吞下了。中国的、外国的，往哪儿邮的都有，谁保证它从这里进去，都能往信皮儿上那地方落脚呢？百川进城打工四年，往家写的信，虽然一次没丢过，但他还是放不下心。

月儿盼着这信哩。百川从家回城里时，月儿嘱他去大商场问问录像机的价。

结婚以后，这几年添了洗衣机和收录机。彩电早有了，村里的年轻人都说，电视再配上录像机，就像是好马上了好鞍，过日子啥啥都不缺了。

信投下后，梁百川心情很好，就手在冰凉的邮筒上轻轻拍了一下。

这一拍，他发现自己顺便弄来了一手红不红、黄不黄的铁锈。

他把手掌心从邮筒上蹭来的铁锈仔细琢磨了一会儿，心里就犯了嘀咕。

没准儿是个废邮筒吧，谁知道它每天开是不开呢？要不是乘着倒煤渣的空，以前从没往这邮筒扔过信。要是根本就没有人管它，自己的这封信，不就走不了了么？它躺在这城里睡大觉耽误了家事，让他落月儿的埋怨不说，那信皮上，好歹还有五毛钱邮票哪！

百川有些心疼。

他绕着邮筒转了三圈，那邮筒横眉冷眼地蜷缩着，看不出个真假。但按着他在城里几年来积累的经验，他认为对城里各种公用的设备，必须抱有高度的警惕。比方街上一排排杵着的那些个红红绿绿的自动电话亭，看着像个大立柜，可等你把钱扔进去了，那话筒却一个个全都不言语不出声，没一个好使的。百川在街上见过一种什么自动取款机，有个款爷模样的人，把一张卡片塞进去，一边用鼻子哼着歌等着它往外掉钱呢，还一个劲赶着旁边看热闹的百川快走。百川走了，边走边用斜眼瞅他，嘻，一分钱的屎蛋子都没下一个，连那张卡片也不吐出来了，急得那人直跺脚，用手去抠，抠得指甲都出血了。

那天，百川幸灾乐祸地冲那人吹了一记长长的口哨。

这样想着，百川就往邮筒上狠狠地踢了一脚。然后，又往筒盖上重重地捶了几下。绿铁皮在干爽的空气中，发出春天蜜蜂般的嗡嗡声。百川仍觉得不解气。他想莫不如就把邮筒里的那封信弄出来得了，弄出来再送到邮局去寄还保险些。于是他猫腰在地下捡了半块砖头，开始砸邮筒的底部。百川年年冬天在城里烧锅炉，人虽细高高干巴瘦，手腕子可有劲。他把邮筒敲击得像战鼓擂鸣，听见自己的那封信，炒豆子崩苞米花一般在邮筒里头颠腾，有一会儿工夫，就快要像那些气功表演密封药瓶取药似的，自个从邮筒里钻出来了……

"干什么哪，你找死哇！"百川的头顶响起一声炸雷。

百川一回头，见有两个身穿警服的人，正一脸阶级斗争地朝着他走来。

百川扔下砖头，撒开长腿就跑。跑几步，想起那辆运煤渣的双轮车，只得回身去取，车若是丢了，少说得赔百八十块。可就因耽误这么点工夫，他的肩膀头上狠狠地挨了警察一家伙，直到半夜在被窝里还麻辣辣地疼……

——我没砸邮筒，真的没砸啊，我砸邮筒干什么呢？那里头又没有钱，没有存折，没有粮食，没有酒。你们说我干吗要砸邮筒？一个人做事总得有目的，有动机吧，你们说说我是什么动机呢？说了你们也不信：我是看邮筒上的一个螺丝松了，想着给它敲严实了，怕有人往外偷信呢……

——你还不老实！你想说你是学雷锋哪！雷锋那会儿还没有农民工呢！

百川咳了一声，垂下了头。

——好吧，那就换个说法。您听好了，这可是实话：我刚把信寄走，就后悔了。信是写给我媳妇的，你们城里叫爱人，叫夫人，叫太太，叫什么都行，就是那个意思。我到城里来干活挣钱，她一个人留在家里，我不放心她，我才明白过来，她要是真来了，往哪儿住呀？这又不是部队还让家属探亲。一间工棚好几十人哩……

百川涨红了脸，脖子上的青筋不停地跳。

——我最后说个理由，你们再不信，就算我真是砸邮筒的行凶打劫，把我带派出所去得了。我告诉你们，这邮筒里有我刚寄出的一篇稿，说是散文也行，小说也行，反正是我一个字一个字写出来的。你们知道在锅炉房里写稿，是个啥滋味？那边是泵房，火车头似的轰轰响着，这边一张值班用的破桌，桌上的煤灰厚得都能当黑板使了。我写了几行,就戴上手套跑到炉那儿去扔几锹煤,手套早破了,手指头黑得像煤块儿,把稿纸摸得黑一道灰一道,钢笔水写上去都看不出来印儿了……

百川没说完,就听见一阵刺耳的笑声,笑得直憋气。

——我真的不骗您,刚寄出的稿上写错了一个字,我想把它从邮筒里取出来改改,才……

——甭废话了,破坏公物,罚款五十元!

百川咬紧了牙。他早料到说什么都是他没理,说什么他们都不会相信的。

其实下午当警察出现时,百川什么也没分辩。以上的对话,都是百川事后在研究院锅炉房的值班室靠着床上的铺盖卷儿,一边抚着伤痛,一边想象的。百川自从进了城以后,就不爱说话了。他觉得在城里,用不着也轮不上你来说什么,嘴巴这东西除了吃饭,其他的功能都是多余的。城里只需要一双眼睛去看,就够了。有时一双眼睛都不够用。除了眼睛,最好能再多长点脑子和心眼。

城市是一头猪!

百川在心里诅咒。

它不是头猪,还能是个啥呢?整天蹲在圈里好吃懒做的,等着人喂。城市不像牛不像马,哪怕像只羊或是像个狗也行,都会漫山遍野自个儿打草找食。城市是个圈,城里人是头猪,得把食剁碎了、煮熟了才动嘴,等着吃饱了,喝足了,再把圈里的垃圾,像上粪肥一样地运到城外的农村去。

百川瞧不上扫马路的清洁工,他觉得清洁工和起猪圈意思差不了多少。

百川在城里受了气,每次都努力想象村里过年时宰猪的情形。这种想象令他产生一种杀戮的快感。可惜百川并不会真的杀猪,甚至也不太擅长杀一些别的动物。这是因为从他出生以来,山里和村上可杀的东西,无论是野生的还是家养的,都不算太多了。另外,百川十六岁以前一直在镇上读书,读过九年小学加初中的百川,打小就对动物有一种天生的腻味和反感。这也是他在十七岁那年离开了豆庄,到八里地外的铁矿去干活的原因。后来千军捎信让他到城里来,他不搭理;千军捎了几回信,最后亲自跑到矿上,扛走了百川的行李卷,百川才跟着千军进了城。

千军是百川的亲哥。高中毕业差几分没考上大学,进城当了水暖工。没过几年,在城里承包了一家工程队干得挺红火,混得挺滋润。

但百川不喜欢城里。

他第一次进城的时候,就觉得城里怪憋屈的,高楼大厦一幢紧挨一幢,见不着一个囫囵的太阳,风吹在身上都好像撕成一片片的了;马路上挤着那么些汽车,走得比羊群还慢,不拉屎光放屁;城里的味儿也不对,弄得人鼻根痒痒老想打喷嚏,三天两头地犯鼻炎。

刚进城那会儿,除了干活,百川常常不知道手该往哪儿放,脚该往哪儿站,眼睛该往哪儿瞧。百川出门总低个头,胳膊像鸭掌似的甩啦甩啦。千军就在一边怒目圆睁,冲他低声吼道:把胸挺起来!你给我站直了!

谁不想昂首挺胸地当一回城里人呢?百川也想。

第一年夏天,百川做绿化工,拽一根碗口粗的橡胶水管,给研究院大院里的树浇水。那鼓胀的胶皮水管横在路上,过来一辆卸货的卡车,百川看见了,急忙跳几步想把这顺过来让车过去,那车却不等他,猛地加了油门,轮子一压上水管,管子就裂了,水柱喷得一人高。路边正有个女人领着小孩玩耍,没留神,那孩子让水给滋了一身,惊天动地地号起来。百川吓一哆嗦,抓着管子结结巴巴说了三遍对不起。那女人冲着他走过来,二话没有,上前就踢了百川一脚,正踢在脚脖的筋上,疼得百川直龇牙。踢完了,还不依不饶地骂一句:干什么吃的,你这个臭临时工!百川当时只差那么一点,手里的水管就要冲她扬上去了,他真想用水狠狠滋她一脸。但那会儿百川不敢。他不想丢掉这份工作。这个饭碗要没了,他还得回家去种地。

那年百川刚满十八岁。

这些年,百川在城里受的气多了,只要能忍的,都忍下了。

忍不下的,也忍了。

所以百川不喜欢城里,可是百川还得在城里待着。七年前当哥把第一个月的工资拿回家时,爹扬着手里的票子告诉百川,城里最好的工作就是水暖工,又有技术,活儿又轻巧,一个人要是能在城里当上水暖工,一辈子都不愁了。

等到百川真的在这所研究院当上了水暖工,却发现水暖工和锅炉工其实没什么区别。等秋天把暖气水管收拾利索了,一冬天剩下的事儿当然就是烧锅炉了。不烧锅炉,哪儿来的暖气呢?所以水暖工得先把暖气烧出来,才有水暖工可当。

百川很快发现,他们这些所谓的水暖工,其实一冬天都在烧锅炉。

进了锅炉房的,出来时全成了坦桑尼亚黑人:那黑黑的煤灰嵌到肉里头,囫囵个儿的黑;洗澡时用丝瓜筋搓背,连丝瓜筋都跟墨斗鱼似的;吐口痰也漆黑,让人当煤核拣;眨眨眼,眉毛上直落黑霜;伸出手,就像动物园里的黑猩猩……

锅炉工和水暖工应该是两码事,一是体力活,一是技术活,性质不同呢。百川曾私下对千军嘟哝说,自打农民工进了城以后,最苦最累的活儿,都叫农民工给包了,一人顶好几个正式工呢,这跟旧社会的剥削没两样……

千军不吭气。千军是高中毕业,懂的不比百川多?!

百川又说:你给我说说,啥叫农民工?我翻了新华字典、辞海还有大百科什么的,就是没有农民工这个词儿……

千军瞪他一眼,低声说:你吃饱了撑的!

这城里真是没法子待!百川常常这样想。

百川抬头看看钟点,打开炉门。炉火烧得正旺,火光映红了一面墙。

百川清了炉渣,添煤,通风,上水,扫地,然后就去看温度计。

有个声音在他背后说：怎么又冒黑烟啦？！

百川不言语，用袖子去擦温度计。玻璃管上头有水汽和灰尘，总看不清。

那个声音说：甭看了，肯定不够，多会儿也烧不够温度，说多少次了，没个记性。干什么吃的！找你们头儿来！

百川说：千军……您忘了，不是您派我哥出去办事儿了么？

那人嗯了一声，背着手，慢悠悠走到值班室去打电话。百川不用听，就知道他打电话的顺序——先是打到院党委书记家，然后是院长家，再是副院长和办公室主任家。他打电话不用看号码本儿，每家的电话他都背得滚瓜烂熟，每次打电话的内容也全都一模一样：哎哎，我是锅炉房××呀，没别的事，就是问问领导家的暖气热是不热？温度合适不合适啊？——是高了呢还是低了？再提高1 ℃还是2 ℃呢？是降低1 ℃还是2 ℃呢？啊啊，知道啦，马上就办，您老放心吧……

总之，相差1 ℃也是不能含糊的。

百川每次听他打电话，都憋不住想要乐出声来。他觉得那人很像电影里的太监。对，就是太监。这人每次给领导打电话的时候，那种像娘儿们一样温柔的声音，同他平时对临时工们说话的口气，就好像换了一个人。其实他也就是个房管处的助理员，撑死了算个科级，可他就能把个千军训得像孙子似的。千军常常脱口叫他徐主任，在百川看来，千军肯定是故意的。但徐主任一听，脸上顿时就变得笑容可掬，肚子也随后挺起来，千军要说个什么事，主任挥挥手就批准了。

据百川观察,主任这官儿虽不大,但正好就管着千军承包的队。

百川从来见不着主任在忙。城里的人,每天都穿得那么干干净净,所谓的上班,也就是各到各处溜达溜达罢了,把烟头扔得哪儿都是。

百川第一次上主任家去安装管道煤气,主任正在沙发上看报纸。主任那会儿还没管着千军的队,连名义的主任也不是,没人通知他家里要施工。主任冷着脸说:谁让你上这来?以后记住要先打电话!百川转身要回,主任说:算了算了,跟你说你也不懂。主任老婆对百川说:把你的鞋脱了,没见我们这地板打蜡呀。百川就把鞋脱了,袜子露着脚趾,一屋子咸菜缸味儿。百川窘在那里,一咬牙把袜子也脱了,却不知放哪,放大门外怕丢了,更舍不得扔簸箕里,愣了一会儿,问:你家厕所在哪?主任和主任老婆都不应声。他又问一遍,还是不应声。急了,自个儿奔一屋去,却一把让人给拽住了,恶声道:你也忒过分了吧,还想在我家上厕所哪!

那一天,百川发了疯似的凿地板。那还是十多年前地震期盖的房,钢筋水泥结构,死硬死硬。百川跪在地上,从上午九点一直干到十二点,一口气跪了整整三个小时,在地板上凿了一个供管道通行的洞,大得像个篮球。

主任倒抽一口冷气说:这该不是要安装升降机吧。

他斜着眼看主任,嘴角抿住几分得意。他望见墙上的大镜子里，自己的头发上蒙了一层白粉，像树林子里的白头翁。他手腕上的关节明显地肿了起来，那是锤子落偏了砸的，麻麻的已经没有感觉。

主任老婆给他倒了一杯白开水，他连碰都没碰一下。

主任家的煤气管道，足足被他晾了一个星期没人管。最后是主任请了管千军的主任，再请千军亲自去给弄好的。

那天百川约上几个哥们，到院外的小饭馆里去喝酒。

酒过三巡，百川扬着筷子，眉飞色舞地对大伙说：你们瞧瞧那些城里的男人，有几个像样的？到了礼拜天，抱一大堆老婆孩儿的衣裳，到锅炉房来洗，热水放得哗哗的，敢情是公家的，不花钱。也叫个男人？多跌份哪！不够丢脸的呢。要我看，咱比人家，差在哪儿啊？咱谁也不比城里的男人次，是不是？

大伙儿塞一嘴土豆丝，都点头说是。

有个胖子，还给他老婆洗裤衩子哪！我都看见了。有人小声说。

一齐哄哄地大笑，够痛快的。

却没想到主任后来就真管到他们这段来了。主任上任后，从没给百川好脸子看。主任动不动就找碴，要不怎么叫作主任呢。但主任对付百川没有什么过硬的招，百川心里有数。百川是农民工，百川的工钱归千军而不是归主任开。百川不想提干不想转正，开除也开除不到哪儿去。百川早已不是当绿化工时的百川，他伺候锅炉那两下子，队里几十号人中，除去千军也就数他了。百川话虽不多，但说一句顶一句，只要千军不在，大伙都听他的。

主任要是想撵他走,剩下的人怕是没人能拢得住。

主任放下电话,脸上的笑容还没来得及收起,扭头吆喝说:风门还得开大,多添煤往高了烧!没个记性,说多少遍了!然后就在值班房的床上坐下来,架起了腿,摆上一副百川熟悉的架势。

百川侧了脸,装没看见。他这会儿虽是想抽烟,却宁可憋着。

山子放下手里的活,颠颠跑过来,掏出一盒瘪瘪瞎瞎的"北京"递过去。主任看都不看,自己摸出一盒硬盒的"红塔山"来,山子慌忙划着了火柴,才算是把主任的烟点上了。

主任悠悠弹着烟灰,自言自语地说:爱怎么干怎么干吧,就是烧锅炉这活儿,你们也干不了几天啦。等明年,这几条街全改成集中供暖,锅炉都得取消……

山子的铁锹咣当落在地上。山子当时就面如土色了。

百川瞟了一眼山子,弯腰把铁锹捡给他。

百川早听千军说过集中供热。到时候暖气就像管道煤气一样,自动就从地底下送过来了。热力站将代替锅炉房,烟囱统统地全部拆掉。百川听说这个消息的时候,几乎有点儿幸灾乐祸。他早就恨透了锅炉房,任是它爆炸了也好,取消了也好,反正等什么时候自个儿再也不用白天黑夜地烧锅炉了,才不算是个假冒伪劣的水暖工。

百川冲着山子说:不烧锅炉了更好,你当城里就长锅炉啊?

主任拉下了脸,起身走了。

主任回头哼一声:能耐的,有你们哭的时候!

百川当天晚上下工回宿舍，意外地收到了月儿的来信。

他拿着信要拆没拆那会儿，想起下午跟邮筒的那场战争，觉得有点好笑。那邮筒也太神了，就像是他的信刚发出，回信就跟着来了。

月儿没问录像机的价格，信上就一句话，让他赶紧回一趟家。

百川觉得蹊跷。从月儿信上的口气看，他觉得家里好像发生什么事儿了。

百川没顾上洗脸，就去小屋找千军请假。千军正同一帮人打牌，头也不抬，只说昨儿入了三九，气温低暖气不好烧，正节骨眼上你回什么家呢，等春节吧。

百川说，哥你上外，我把信给你看。

千军不看信，也不挪步。有人讪笑说：百川你想老婆了吧，回来才几天？

百川有些愤然。可也犯不上跟这些没文化的家伙较劲，他们知道啥叫感情吗？第二天早起，百川写了个条，让山子交给千军，自己就奔长途汽车站去了。

汽车驶出城，上了郊外的公路。百川长长透了口气，呼吸忽地畅通许多。

拥挤的车厢里，百川想象着千军恼怒的样子，心里一阵快活。他发现做农民工其实挺自由的，想干就干，想走就走。要是愿意，就留下；不愿意，就打起行李结账走人。这不比那些一辈子都被拴在一个单位，拴在三尺长桌上的城里人强多了？

百川总是能及时发现自己处境的优越性,这就是百川与众不同的地方。

二

汽车顺着曲曲弯弯的盘山公路,在山腰上慢吞吞旋转的时候,百川的视线越过灰蒙蒙的山谷,远远望见了山脚下的那个豆庄。

一条鱼肠似的小河从村边流过,一座座红砖砌的大瓦房在河滩旁的高地上毫无规则地排列开去。小河对岸有一片小小的平原,连着山腰的梯田,是全村的粮食产地。遇上个旱冬,坡上地里都不见雪,光秃秃地裸露着。

百川一九七〇年出生,正赶上"文革"。豆庄来了知青,等百川上了小学,知青就都走了。知青没给百川当过老师,但村里的小学校有知青留下的黑板和课桌。百川的学习成绩好,初中考上了镇的重点校。过了三年又考上了高中。但那会儿爹病了,家里没钱供他上学,高中毕业的千军就进城去打工,但打工也不够供百川上高中,百川只好去了矿山背石头。背了两年石头,哥让他也进城,说挣得比矿山多,还能学技术。那会儿吃饭不要粮票了,百川这才到了城里。在城里待了几年,挣了钱给爹抓药,爹的病一天天好了,能下地了,还包了果树和鱼池,爹妈便惦记给百川说媳妇。到了百川二十三岁那年,娶了村东头关家的闺女月儿,然后同哥千军分家,自立门户,从此百川就成了一家之长。

百川在村口的公路上下了车,正是中午,村口的水泥桥上空荡荡没几个人。

说是个桥,三季都没水,只在夏天走山洪,顺便带走河床里堆积一年的垃圾。

桥头是豆庄的"王府井",兼任发布豆庄各种重大新闻的广场。

百川同熟人匆匆打个招呼,只觉得今儿豆庄的人表情都有些古怪。

当百川站在自家小院的门楼跟前,心里忽然就踏实熨帖了。

四间瓦房是结婚时新盖的,院里有一棵花椒、一棵香椿。院墙东头养着自家的鸡,屋里将笑吟吟迎上来的年轻女人,是自家的老婆——白面馍馍样脸蛋、油栗子般亮眼睛的月儿。

百川推推院门,才发现大门从里头闩上了。

大白天的锁啥门呢?百川有些纳闷。不是月儿自己写信让回的么?他琢磨,心里突地跳出些念头,猛然就警觉起来。他四下望了望,踮脚往院墙里瞅,墙太高,瞅也是白瞅。要是能翻墙进去就好了,即便有个天大的秘密,也能一目了然了。百川倒不是不相信月儿,只是百川在外面听说过太多打工仔辛酸的故事——你一年到头、长年累月地把老婆留在家里,谁能保准不出什么邪性的事儿呢。

百川定了定神,看见了院墙西头那块拦着篱笆的一角。

结婚一年多了,那个角没砌上墙砖,一直就那么空缺着,像个豁牙子。

砌墙的时候,南头的李家人说这个角本是他家的宅基地,死活不让百川把墙砌直了。月儿怕李家把事儿闹大了,两家邻居一辈子抬头不见低头见,日子过不好,就让百川留下一个空,说等着慢慢把理说通了,再砌也不晚。百川一两个月回趟家,这一年里头,同李家交涉了不下七八次,一点眉目都没有。

一年前临时插上的柳条篱笆,风吹日晒的,也早已东歪西倒了。

百川走过去,轻轻把篱笆前的杂物扒拉扒拉,憋一口气,猫一样钻了进去。

院里静悄悄的,屋门紧闭,没一点动静。百川趴窗户往里瞧,窗帘拉得严实,一丝光都不透。拽门,门从里头反扣了。敲门,半天也没个答应。百川脑子嗡嗡直响,手也哆嗦了,一生气,就用脚踹门,踹了两脚,一股火拱了上来,拉开嗓门就喊月儿的名字。明人不做暗事,男子汉大丈夫,他要月儿知道是他回来了。

窗帘拉开了一条缝,他看见玻璃后头闪过月儿一双红肿的眼。紧接着门就开了,月儿像一床棉花套子,软软地倒在他的怀里,两只冰凉的手,死死地箍住了他的脖子。

屋里冷冷清清,他傻傻地环顾四周,里里外外,只月儿一个人。

月儿没等他说话,便放声大哭,哭声如山洪暴发,惊天动地。月儿的泪水蹭在他的胸口,月儿的热气呼在他的腮帮上,月儿不停抽动战栗的身子,缩在他的怀里,那么柔软,那么弱小,那么孤立无援;月儿的双手勒紧他的肩膀、他的后背,好像一松手,他就会回了城里又剩下她一个人留在家中……

月儿把他哭得莫名其妙,终于不耐烦起来。他摇着她说,你说嘛说嘛出了啥事,我这不是接到信就回了嘛,大白天你还插个门不让我进。

月儿又抽泣,眼看着要平息了,用手一指外面的院墙,又泣不成声。

百川耐着性子,总算断断续续地把月儿的伤心事,听了个含糊大概。

约是五六天前,刮着大风的夜,有人敲月儿窗,让她开门,还隔着窗户对她说些月儿说不出口的话,也听不出来是村里哪个狗男人的声音。月儿吓得一夜没敢睡,第二天找了百川的娘来做伴。娘的胆儿大,半夜又听声响,抄着锄起来捉人,那人一闪身,就从缺了一角的篱笆墙那儿,轻轻巧巧地钻了出去,连个影儿也逮不着。娘在院子里转了几个圈,发现那流氓出来进去,根本都不用走大门。

第二天,娘破例没在院墙外骂街。娘在屋里骂百川,说是他给贼人留的狗洞。

村里有人在"王府井"那儿说话了,说是月儿不让垒墙,就为招野狗。

月儿说到这,又哭。百川明白了,其实月儿压根没受到实质性的侵犯,月儿是被人伤在心里了。所以在百川从城里赶回来之前,她锁下两道门,连屋都不出。百川心里庆幸着,顿时又越发心烦意乱。他搂着月儿的手松开了,倒在床上发愣。

月儿止住了哭声,咬着牙,一个字一个字地对他说:

你要是再不把这院墙给我垒直了,你就不是个男人!

百川听着月儿气汹汹下达的"最后通牒",心里倒有几分感动。月儿这么在乎自己,在乎他百川,在乎他们俩的小家,证明月儿是真心对自个儿好,也证明他俩是真有爱情的。

爱情到底是什么呢?百川不知道。只是从书上小说中见过。一般来说,爱情好像都发生在城里。

百川结婚以前,一直都希望着经历一次真正的爱情。

他内心关于爱情的渴望,是跟着千军进城打工以后,突然觉醒的。城市的空气里飘浮着太多同爱情有关的气味,城市的街头到处都是袒露着肩膀和大腿的女人,多看几眼,爱情这玩意也就无师自通了。但城里女人的爱情是献给城里的男人的;没有钱的女人,爱情是献给有钱的男人的。百川很有自知之明。他只是想把城里的爱情,暂时借回豆庄去用一用。

那会儿,百川在工余,正读着一个叫李宽定的作家写的小说,读得废寝忘食,心潮起伏。李宽定小说里的女孩,个个清纯善良,很是让百川着迷。

百川在城里整天挥动着煤铲,但眼前都是豆庄南头刘家燕儿的影子。

燕儿曾是百川小学时的同学,等百川有一次从城里回来,猛然发现燕儿已是个大姑娘了。燕儿长得有些苍白,他好几次无意发现,燕儿静静地坐在小河边,用手托着腮,望着远处的山,像藏着许多心事。猛一眼看去,活活一个李作家笔下的女主人公,叫人生出许多的想象和怜爱。百川在村里一打听,这个燕儿却原来已经和邻村的一人订了婚。订婚这个词儿很刺激,撩得百川热血沸腾。原先他还觉得燕儿朦胧又遥远,一听燕儿有了主,百川顿时产生了强烈的竞争意识。

百川在城里待几年,任千军说城里这么好那么好,说破了天去,百川觉得有一样好处,是千军看不到的:城里能买到许多新出的文学杂志和书,要是在镇上和矿上,借都没地儿借去。研究院大门外有个收破烂的摊儿,每天都有人来卖旧报纸、旧杂志,百川隔三岔五给那老头买盒烟,然后挑些有意思的杂志借回宿舍去,下了工,躺在铺上看杂志打发时间。中学时,百川的作文经常受到表扬,所以,喜欢文学的百川,认定自己不能与其他的农民工混为一谈。

那年回家过春节,百川下定了要和燕儿尝试爱情的决心。

二十一岁的百川,把以前看过的书翻了又翻,竞争燕儿的步骤就具体地落实下来。

百川执行计划的第一步,是准备鱼饵。年前,他故意去燕儿家串门。按着乡里的习俗,未婚男子是不宜单独拜访订了婚的女子的。那么百川的突然袭击,势必就传递给燕儿一个强烈的信号。何况百川串门时,只跟燕儿爸有一句没一句地说些闲话,搞得她爸莫名其妙。那其实只是打个招呼而已,很含蓄的。

第二步是撒网。百川认为必须尽快引起燕儿的注意,并让燕儿对自己产生好感。所以大年初二上午,当村里的年轻人,男的一拨、女的一拨,都集中在"王府井"闲聊天的时候,百川说话的声音,就在人群上空像蝗虫一样飞舞起来。他不停地说着,说城里的汽车和房子,说世界公园的游乐场,再把研究院那些研究员们说话的酸劲儿,尽量夸张地模仿出来。百川听见自己滔滔不绝的话语,如水库开闸,瀑布般一泻百里,真叫个才华横溢。他看见所有的人都在听他说话,姑娘们早就闭嘴了,像屋檐下的家雀呆头呆脑,一个个都表情迷茫地望着他。而他,根本就不瞧燕儿一眼,这叫作欲擒故纵。然后,说到最精彩之处,突然打住,扔下所有的人,径自回家了。

百川在城里只用眼睛。百川嘴里的话,都留着回到了豆庄,才有用武之地。

第三步,百川要收网。他要把爱情的信息,直接传达给燕儿。正月初五那天,村口的桥上又围满了人。百川悄悄走过去,找个离燕儿很近的位置站下了,两眼就死死盯住燕儿看,燕儿一抬头,同他的目光对上了,眼神慌忙就躲,躲也躲不开,再一抬眼,还是百川的眼睛,看得她浑身发毛。百川觉得自己的眼睛直溅火星子,把燕儿的红袄都烫得一个洞一个洞的。燕儿看懂了他的爱情,终于是顶不住了,一扭头,钻入人堆里,不见了。

百川觉得已是水到渠成了,于是就自然迈向了第四步。第四步才是真正的关键时刻。百川特意选了正月十五的晚上,他认为爱情的表达应该注重环境和情调。百川穿上了在城里才穿的呢子大衣,一个人去了燕儿家。燕儿的妈正在炕上躺着,见他进来,闭了眼就装睡觉。百川对燕儿说：燕儿，咱俩出去遛遛？燕儿一噘嘴，说：不去，你没看我妈睡了。百川说：走吧！一把拽住燕儿的胳膊，燕儿就乖乖跟着他走了。豆庄那么大个地方，也没别处可去，百川就和燕儿上了场院。当空一轮圆月，地上像是下了一层新雪，燕儿的脸也和月亮一样，惨白惨白的。

百川在场院边儿的墙根站下了。燕儿站得离他有十步远。

百川想挨得燕儿近些。可是，他刚往前走一步，燕儿就往后退一步。

百川有些尴尬，先前准备好的词儿明显地用不上了，就干脆说：燕儿，我想娶你。

百川激昂起来，问：你把我和你男人比比，是我好还是他好？

燕儿又不说话。半晌，蚊子样的声音说：我订婚了呢。

百川心头有火拱上来，大声说：你没看人家城里，结了婚都能离，订婚算个屁！百川说得激动，一口气往前走了好几步。燕儿不答话，慌慌地退后了好几步。两个人在月亮地站了好一会儿，都说不出话。小风飕飕的，刀子似的刮脸。百川身上有些打战，对燕儿说，那你考虑考虑吧，我明儿就回城，开春了还回来。

两个星期以后，百川又从城里回来。他给燕儿带来了一瓶"华姿"洗发水和一瓶"大宝"洗面奶。他去燕儿家，燕儿不在，他把东西留下了，燕儿妈也没说啥。晚上他去找燕儿，让燕儿跟他出去，燕儿痛快答应了。那晚没风，满天星星像城里的灯火一样。他和燕儿在村里转着转着，就从岔道上了山。百川打小就在山沟里打柴，山上的道他哪儿都熟。他把燕儿领到一棵苹果树下，猛地就把燕儿抱住了。他又对燕儿说了一遍，等他再挣些钱，他就回来同她结婚，这么说着，他就在燕儿的脸上亲了一下，燕儿忸怩着，气都透不过来。后来他就把手伸到燕儿的衬衣里头去了，那儿紧绷绷地鼓鼓着，还挺暖和。可惜燕儿胸口上戴的那个东西，像是用布缝的，粗粗拉拉地硌手。他想把那玩意拽下去，燕儿的眼泪就落下来了。

燕儿说：上回你走以后，他来过了，给我爸搬了一箱"二锅头"、两大盒子点心，给我一块头巾，我都没要。他想帮我爹修猪圈，我妈不让，怕多欠了他的情。我跟我爹妈说了，想跟他吹，爹妈都同意了，说他不如你，你打小就聪明，家境虽然不算好，但庄上的人都说你以后能成气候。你如今又是城里的工作人，以后过日子也有个依靠。只不过……不过我爹说了……

燕儿的话吞吐起来。百川的心绷得紧紧。好容易等燕儿说完，他长长松了口气，手里抓着的树枝都咔嚓掰断了，事情竟比他想象的要简单得多啊——不就是你爹花了他家八百块彩礼钱吗，这太没问题了，我给还上。他拍着胸脯回答，你想让我啥时候送去，我就啥时候送去！

百川忽地感觉到自己在城里打工的无比巨大的优越性。如果他不是在城里烧锅炉，他虽然一直是村里人见人夸的好小伙，但他能说拿就拿出八百块现金，他能具有一举打败燕儿未婚夫的显著优势和实力吗？

百川拉着燕儿的手往山下跑,只觉得脚下的地平展展的,这山也不像座山了;头顶的星星伸个手就能摘到了,那天空也不是原来的天空了;爱情除了伸手可触摸苗条的燕儿,爱情还使他变成了一个力大无穷的男子汉。

燕儿跑得气喘吁吁的,燕儿没忘了说,下次再回,给她买个"华姿"发露。

百川回城的第三天,就收到了燕儿的信。信上九个字:还要我不?快送八百块。信尾连名字都没署。

百川二十一岁那年初次尝试爱情,眼看就将大获全胜了。

但缺乏经验的百川,偏偏忽略了一个最最重要的环节——百川打工挣下的钱,存放在天下最最可靠的娘手里。百川想要取出那八百块,赶到家的第一件事,必须首先获得爹妈的批准。

娘听得眼都直了。娘半点儿都不认为百川的爱情值八百块。

娘说:燕儿那么瘦,白得不见血色,像个黄皮臭虫,中看不中用哩。

一晚上百川都在软磨硬泡。最后百川不得不严肃地对爹声明说,他已满十八岁,有权支配自己的劳动所得。爹当了几十年大队干部,爹果然就对娘吼道:你给他!

第二天一早,百川拿着存折,骑车去了柳树镇信用社。但等他怀里揣着那八百块钱回到豆庄时,他的爱情已经风云突变,一败涂地,毫无挽回的余地了。

据燕儿后来哭诉说,是因为百川的娘。

那天上午,百川的娘去供销社买咸盐,在路上遇到了燕儿的娘。

百川娘就对燕儿娘说:俺家百川是城里的工作人,哪能娶本村的媳妇呢。

燕儿娘回家就同燕儿翻了,说百川爹妈都没同意,百川是骗你玩儿呢。

燕儿哭得死去活来。她已经让百川亲了一口,摸了几下,她觉得亏得慌。

当天晚上百川揣着钱去找燕儿,燕儿说啥也不跟他走了。燕儿就站在她家大门外的院墙根下,百川和燕儿中间隔着一辆卸了牲口的大车。百川把八百元钱拿给燕儿看,燕儿的眼皮都不抬。百川从大车东边绕过去,燕儿就从西边绕回来。百川踩着燕儿的脚跟,就差没跪下了:燕儿,你倒是听我说……燕儿一个劲摆手说:你别过来别过来。百川依旧勇往直前,燕儿就绕着大车兜圈儿。两个人围着大车转了好一会儿,也没个结果,倒像是一头驴赶着另一头驴在推磨,磨出好些唇边的白沫沫。

百川终于急了,猛地站下,大声说:你到底是为啥吗?

燕儿的身子僵在昏暗的墙根下,像个影子。燕儿这会儿没哭,燕儿说得很坚决:你在城里没学好,我不信你了,真要是嫁你,你骗我一辈子……

那一刻百川很绝望。燕儿怎么就能认为他在城里没学好呢?在城里打工竟也成了他的错?他的优势怎么忽而就变成了劣势呢?再说,他先前怎么就没想到,农村的爱情中间,还隔着男人和女人的爹妈。他竟把爹妈和爱情的关系弄颠倒了。在他周密策划的爱情方案中，这是一个功亏一篑的大漏洞。

百川的手插在衣兜里，触到了他在城里给燕儿买的那瓶"华姿"发露。他把瓶子掏出来，悲壮地递给燕儿。燕儿把头扭过去了。他重又递了一次。他想就算燕儿不干了，仍该好说好散的。但燕儿又一次拒绝了。

更可气可恼的是，燕儿也不和他说再见，一扭身就推门回了家。

百川只听得一声巨响，手里那只精致的小瓶子，已狠狠地砸在了燕儿家的院墙上。他能看见那些金色的液体，从瓶里愤怒地喷射出来，追着燕儿的背影迸裂四溅，黏糊糊地涂满了燕儿家的墙缝。

那天半夜，百川在熟睡中，从炕上掉到了地下。百川尝到了失恋的滋味。

百川再从城里回来时，路过燕儿家的院墙，还能闻到从墙砖和地缝里传来"华姿"发露的阵阵香味，招了一群蜜蜂，绕着他的裤管打转转，轰也不走。

百川二十一岁那年的爱情，就此告一段落。由于出师不利，首战受挫，百川在很长一段时间里无精打采，对爱情也暂时失去了兴趣。

但是爹妈却因此对百川的爱情问题，起了高度重视。

提亲的人突然就一个接一个地来登门了。本村的外村的都有，嫂子说姐也说，弄得百川每次回家休假，都像是赶集似的，有些眼花缭乱。

但百川不敢说不。百川知书识礼,懂得尊重父母。爹妈就哥和他两个儿,哥早娶了媳妇,他也该娶媳妇。娘虽破坏了他和燕儿的爱情,但娘是为他好。

麦收前,燕儿就嫁了,夫家用摩托来接亲,村口的爆竹皮红红绿绿散了一地。

百川回家麦收,燕儿已经走了。百川曾暗暗发誓,打算三年不再恋爱。如今燕儿一走,他的誓言失去了对象,三个月还是三年都可有可无。

月儿就是在麦收以后,像一束成熟饱满的麦穗,跃入了百川的空箩筐。

其实,事后想想,他和月儿的故事一点也不浪漫。月儿家住在西头,说起来,是百川的初中同学。但百川上学时,从来没同月儿说过话。月儿爹是大队会计,月儿没考高中,在大队当了几年广播员。百川很少看见月儿,月儿从不上"王府井"那儿闲聊。前几年百川每次回家,还能听见月儿清脆的声音从喇叭里传出来,伴着炊烟,贴着屋檐低飞,久久缠绕在树枝上,好像是豆庄的空气。

有人把百川领到月儿家去了。自从前年村里的广播停了以后,月儿包了一面坡的果树。以前那个无形无色的声音,忽然变成了一个实实在在的姑娘,红唇皓齿地面对着百川。百川顿时觉着一种新奇和欣喜,心想自己怎么早不发现,隔着几栋房几片园子,原来眼皮底下就有个月儿哩。

百川一时也不知对月儿说些什么，翻着月儿家炕头的一摞报纸。他问月儿可是喜欢看书呢，月儿说是；他又问月儿喜欢看什么书，月儿就说她自己订着一份《读者文摘》，还买过刘恒和刘震云的小说。百川转身回家，给月儿抱了一大堆从城里带回来的杂志。百川多少还没有从失恋的打击中解脱出来，他渴望爱抚和安慰。

百川和月儿的事，这么着就成了，简简单单、痛痛快快的，一点都不费事。

百川到了娶的仍是本村媳妇。百川的爹妈似乎求之不得，早先同燕儿娘说的那个理由，压根儿就不存在了。若是按燕儿的逻辑，百川岂不是又骗了她一回。

结婚以后，百川有时恍恍惚惚想起燕儿来，奇怪自己当初怎么竟会看上燕儿呢？明摆着月儿是比燕儿强多了。至少，月儿看书而燕儿从不看书。不喜欢书的燕儿当然不能懂得百川的爱情，燕儿心里只有那八百块，燕儿才是把她自个儿骗了哪。

百川自从成家以来，对于爱情的认识，有根本的改变。他和月儿一没看电影二没逛公园，定下日子就结了婚。月儿心眼儿好、脾气好，对爹妈也好，百川在城里挣钱，回家交给月儿管着，俩人的小日子过得和和美美、有滋有味的。

百川开始怀疑，城里人的那些爱情，其实也许都是扯淡。

可如今，百川的爱情也开始面临考验了。

考验就来自这个缺了一角的院墙。

按村上的老理，一家的院墙不砌个方方正正，财气肥水都从那缺口处跑了。

落实到百川，更多了一层心思：这院墙不砌直，他和月儿的爱情，时不时地受到骚扰。那个半夜入侵的贼人没留下线索，全村的男人都是嫌疑犯。百川的这口气没处出去，憋得义愤填膺，心里明白问题的症结，还是首先得解决同李家院墙的边界之争。

天下事都有个来龙去脉——百川结婚时，分了宅基地，是三间房的面积，院子倒有富余。于是百川又接出了一间，按四间的面积找齐，房建好了，打算再把院墙砌完整。但李家死活不让。因为百川的院墙砌成了正方形，院子就占了李家房后的一小块闲地。可是百川三番五次地提醒李家，当年李家接房时，也曾占了梁家房前的一块闲地，梁家当时一点都没难为李家。所以是完全公平的。

公平归公平，谁又能说，公平的事就非得按公平来办呢？

任百川磨破了嘴皮，李家男人只是闷头抽烟，一声不吭。

等到李家女人一回来，开口大骂，百川有理也变成个没理的了。

李家女人说，你一个毛孩子，你知道啥叫公平啥叫不公平？这天底下有公平的事儿么？你爹当书记那会儿，分自留地，少分俺家一垄地，俺告诉给你爹，这不公平，你爹听俺的了么？你不是识几个字儿嘛，你给俺算算俺家一年少收多少粮食？那么些年下来，俺家受多少损失？你这个小兔崽子还想到老娘这来找便宜！

每次都骂得百川抱头鼠窜，落荒而逃。

所以院墙的事一拖再拖，至今毫无进展。

百川为了同李家缓和关系尽释前嫌，曾想为李家免费安装上暖气。安装暖气的技术，是百川在城里几年最实在最重要的收获。百川早就在自己家和爹妈屋里，装上了烧蜂窝煤的土暖气。每个屋子还都装上了暖气开关，人多时就多暖几个屋，人少时就集中火力暖一个屋，真是先进又科学。爹说，就冲着百川学了这一手绝活，城里也不白去。每次只要百川一回，月儿就使劲添煤，把屋里弄得暖融融的。

可是托人把话带给了李家，李家女人呸的一声倒来了气。她说她家睡惯了土炕，安了暖气，以后谁管月月供给蜂窝煤呀？那不是往炉子里扔钱吗？想坑人哪！

爹妈曾建议百川给李家送百十块钱去，你让一步他让一步，也算是破财消灾。

但李家女人把百川的钱扔到了当院。她说你就是往我家扔金元宝，我也不能让你家合适了。我是一寸也不能让，一辈子也不让！

百川从此明白什么叫作深仇大恨和不共戴天了。

但百川不甘心。百川能让却不能忍。忍是在城里，回豆庄再忍，还叫家吗？

再说百川是在城里待过几年的工作人了，百川不能就这样任凭一个大字不识的女人骑在自己脖子上拉屎，更不能让这个女人委屈了自家的女人。

百川不信，明明自己占了理，却没有讲理的地儿。

这天早起一睁眼,百川对月儿说:咱家有《土地法》吗?

月儿翻身跃起,趿着鞋到柜里去找。后来月儿把一本破旧的白皮书扔到他怀里,他把月儿抱住狠狠啃了一口。他说月儿呀,土地的事儿就得找土地爷才行。

百川躲在屋里认真研究了一番《土地法》,就骑车到镇上去了。

他在镇政府门口等着镇长来上班。镇长没来,副镇长来了。副镇长耐心听他说完,对他说,你在外等着,我去查查她家的闲地是怎么回事。一会儿他出来了,说:没事,她家接房以后,屋后那块地就归集体所有了。你回家写个申请,让村里批一下再到镇上批。国家有土地政策,按政策办理。百川回家写了申请,写申请对于他来说,是小菜一碟。用不几天,村里镇上都批完了,同意他把院墙砌直。他把那张纸拿给李家女人看,李家女人冷冷地说:我不识字,那玩意没用。我跟村长说了,让我家在场院占一间房,我立马就让出这一角地儿!百川心想这农村人真是没文化,胡搅蛮缠的,那场院是你家占得的么,里外一个不平等条约。他就对李家女人说:现在可由不得你了,我有镇上的批示,合理合法的,明儿我就找人开槽砌墙!李家女人一听就尖声嚷起来:你有批示,那算个屁呀,还不如擦屁股纸呢!想砌墙?门儿都没有,不信你试试!

第二天,百川找了一个瓦工、两个小工,请他们吃了早饭,就打算开工挖槽。还没等动土,李家女人从房后蹿出,猛熊一般扑过来,高声叫道:我看哪个杂种敢再刨一下我的地!然后一屁股坐在了镐把上，呼呼喘着粗气，不停地朝百川翻着白眼。百川厉声说：你起来，再闹我就不客气了！李家女人顺势横倒在地，两手在空中挥舞，用哭腔喊道：咋，你还想打人？你打你打，老娘今儿就死在这儿啦！百川手攥着铁锹，血直往脑门上涌，真想一锹往她脖子砍下去算了。月儿闻声跑出来，对那几个帮工说，今儿不干了，你们都先回吧。收了百川的铁锹就往屋里推。百川在床上悻悻抽了会儿烟，心想自己一个大老爷们，咋连这么点事都办不了呢！

　　第二天清早，他对月儿说，他得到县城去一趟，找找熟人想想办法。百川坐汽车到了县城，找着一个初中的老同学，在县委当电工。老同学领着他去了一趟土地局，他把那份盖着两个大红印的申请书给人看了，又给那人塞了一个信封，里头装了二百元钱。那人就说，改天我亲自上豆庄去一趟，给你们调解调解。

　　百川回到豆庄的第三天上午，县土地局真来了两个人。在村里转悠了一个来回，到百川的院子里瞧了瞧，哼哼呀呀地点头，又到李家坐了一小会儿，然后就走了。也不知道他们都对李家说了些啥，只听得李家女人的声音倒比他们高出好几倍去。他们一走，李家女人就蹦到院子外头开始骂街。

　　李家女人站在门前的一块石头上，面冲着百川家的门楼，摆开了决一死战的架势。她的脖子梗着，身子往前倾，散乱的头发和衣服的下摆，随着胳膊的挥动一扇一扇的，像一只正同鹰蛇搏斗中的老母鸡；她的眼珠血红，嘴边唾沫飞溅，像一支支利箭，射向周围围观的村民；随着一连串的脏字出口，她的唇边堆起越来越多灰白色的泡沫，像磨盘边上往下流淌的浆汁，尖厉的噪音同远处的狗吠鸡鸣声声呼应，狂风一般卷过冬末死气沉沉的村庄……

月儿在屋里，用手掩住了耳朵。

天黑下来，那女人嘶哑的声音依然此起彼落。

百川站在寒风瑟瑟的小院子里，忧心忡忡地望着那个用篱笆挡上的缺口。

砌直院墙，究竟得"占"人家多大个地方呢？百川在心里估摸。

昏暗的暮色中，他看清那狭长窄小的一角，恰好等于一张单人床的面积。

就像百川在城里工棚的铺位那么点大小。

百川突然有点儿想念城里了。城里的人毛病再多，却没见过像李家女人这种压根不讲理不懂法的人。

百川进屋对月儿说：我得写一份起诉书，上法院告他们。我就不信，这么点事儿，真没有法律能管着了吗？

三

过完正月十五，百川把起诉书交到县法院，就回了城里。

他对月儿说，是个男人，不能老在家守着媳妇，等着也是等着，还不如回研究院去干活，还能挣点儿钱。

他又说，谁也帮不了咱，咱只要有理，总有赢的那天。

月儿不提"最后通牒"那些话了。月儿为他收拾东西，笑着说：你走吧，我还让娘过来跟我做伴。

百川临走前，夜里骑摩托到十几里地外的矿上，乘黑弄了几捆粗铁丝，然后把自家院墙缺口的篱笆，结结实实又缠了几道。

风暖了，村口的小河冰面上漾着一层亮晃晃的水，像是要化冻的样子。

百川一进城，望见那些黑压压的人群，胸口就堵得慌。在乡下偶尔惦念城里的那种好感觉，一下汽车就剩下不多了。

气势宏伟的研究院大院，一个偏僻的角落里，前几年搭起这座破砖旧瓦凑合成的两层简易楼。工程队的人陆续都回来了。一间间能住十几个人的大屋里，回荡着百川熟悉的气味，臭袜子、劣质烟、酱豆腐、咸菜，还有廉价香皂，百川能准确地辨别出其中复杂的成分。

队里有一大半临时工都来自柳树镇，沾亲带故，都是投奔千军来的。

他们同百川打招呼的眼神，显然同见了老板千军很不一样。

千军一九八四年进城当水暖工，一卷行李上扣一个脸盆。十年后千军不仅拥有了一个五六十人的施工队，还在县城置了商品房，一辆"捷达"每个周末来回溜达。若不是千军当头承包了这个队，老家的人，能在城里一月踏踏实实开上好几百块钱么？

千军理所当然拥有一种相当于救世主的自我感觉。

千军单独住一个小屋，在走廊的紧里头。嫂子来住的时候，他们就自己开伙。

百川不想先到千军那屋去报到。路过县城时,他也没到千军家去。千军是他亲哥,但千军给他的感觉太像一个领导。百川没有巴结领导的习惯,准确说,百川一向没有固定的领导,所以不大擅长同领导相处。

百川穿过大屋里横七竖八的上下铺中间曲里拐弯的过道,找到靠窗口自己的铺位,把手里的东西放下,胡乱抹了抹床上的灰尘,掏出烟来点上了,身子在行李上斜靠着半躺下来。有人同他搭话,他勉强敷衍几句,懒得多说。只是一眼看见那个叫响泉的人,竟然在这乱哄哄的地方,埋头抱着一本英语书,缩在自己铺位上,便笑着喊了响泉一声,扬手扔了一根烟给他。响泉接了烟,并不抽,仍是看他的书。

百川在喷吐的烟雾中,忽见床边墙上的那张招贴画,乔丹硕大而发亮的黑色头颅,正像一头公牛似的迎面冲过来。这张画是他从摊上花了好几块钱买的,在那么多世界级球星中,百川唯独喜欢乔丹,乔丹一抬腿,身子就像要飞起来,飞越世上所有的高山大川。乔丹是黑人,但乔丹能让所有的白人为他欢呼。

勇猛的乔丹天天同百川做伴。乔丹的足迹遍布整个地球,而百川蜷缩在乔丹的脚边,守着自己窄小的铺位,想象着乔丹在那个陌生的世界里叱咤风云。

但是,就这么两尺宽六尺长,一张床大个地方,眼下毕竟是属于他的。他要是愿意,就可以一直在上面睡下去。只要他拥有这床，他就可以挣到不算多也不算少的工钱。这和乔丹完全是两码事。

而在豆庄自家门口，也是两尺宽六尺长，就像这铺位那么大个地方，想"统一"到自家名下，却那么费劲。起诉书是送上去了，希望却很渺茫。法律要是也装聋作哑，你就算是个工作人，也干没辙。

那山沟沟本来有的是土地，可如今每一寸每一分得失，都你死我活的。

这城里本来挤得像个蜂窝，可那么多农民工进来了，倒是各有各的所在。

百川在城里拥有这六尺空间，百川在乡下倒没有了自己的位置——百川这样一想，觉得有些滑稽，像是一件安错了榫的家具，摇摇晃晃的，站不稳也看不明白。

这时百川就听见有人喊他，说是千军让他上那屋去一趟。

千军说：回啦？

百川说：回了。

千军说：爹妈都好么？

百川说：好着呢。

千军说：本想正月十五再回去看看，事儿忙，没顾上。

百川说：去不去都一样，娘给你拿了一瓶泡好的野杏瓣。

百川把手里的瓶子搁在了桌上。桌上刚换了一台29吋的彩电，是千军新买的。

千军扔给他一根烟,就开始给百川讲今年工程队的生产任务。千军和下属说话从没有半句废话。千军三言两语就把话说完了,百川用心听着,明白千军的意思是说,到今年冬天,这一片地区实行集中供暖,锅炉全部取消。所以从开春到秋天,工程队只有一种活儿可干——全力以赴挖土方埋管道,确保冬季顺利供暖。

百川问:那到了冬天我们干啥?还能当水暖工么?

千军笑笑:那得看情况。管理热力站,得有技术。

百川又问:那以后冬天不烧锅炉了,那些锅炉工咋办?

千军扔下烟头,说:你操这份心呢,管他们干吗?我找你来,是让你有思想准备,你也得去挖土方,明天就开始。

百川的脸就阴了,愣了一会儿神,说:你不是一直说,让我进城学技术么?千军很快接了话茬:要是你嫌挖土方钱少,可以再打一份工——兼管食堂伙食账,每月加一百元。这可是额外收入,算优惠我老弟的。

百川的喉结上下蹿动,唾液咽了又咽,甩甩手,走了出去。

千军算个啥呢?百川愤愤地想。自己虽然是给千军打工,但千军难道就真是个老板了么?别看千军在简易楼里说一不二的,出了这楼,一进研究院的办公室,千军就跟三孙子似的,见个司机、打字员都点头哈腰,脸上的笑容一堆一堆。

千军不过是比百川早了几年进城。刚进城那会儿,骑车上立交桥,找不着东南西北,在桥上转了半个小时,又从原路下来了,警察罚他一块钱,兜里只有五毛,回研究院找人借。千军拿了头一个月工资，到摊上买了套最便宜的西服穿上，领带系得跟红领巾一模一样。千军那时候管谁都叫主任，谁跟他打扑克，他都毫不犹豫地输给人家。那可是千军喝多了酒以后，自个儿透露的。

千军上任前，原先的老队长是柳树镇杏庄的，把个工程队管得个溃不成军，研究院基建部门早想把这队解散了。那队长去给主任送礼，灰头土脸，衣服脏拉巴叽，拎着一书包苹果、核桃，进了门往墙角旮旯一蹲，连句囫囵话都不会说。转身一出门，那书包就让人给扔出来了，苹果、核桃一个一个顺着楼梯往下滚⋯⋯

老队长弯着腰在楼梯上把苹果一个个捡起来，回到工棚已是老泪纵横。他说这队算是没法混了，要想不散伙，你们自己另选个队长吧。千军就是在这种情况下，亮出承包标底，翻身上马的。千军早就偷偷算好了一笔账，要是由他来驾辕，不用边套，稳稳地只赚不赔。

百川从小跟哥一起长大，哥虽是豆庄公认的人尖子，可怎么也没看出来，千军和城里人打交道，也真有两下子。管基建的头儿无意流露了想吃鱼的意思，千军立即就到早市上花钱去买，用塑料袋兜几条活蹦乱跳的大鲤鱼，给头儿送去了，却说是自己在朋友的鱼池里钓的。要不说钓的，人家就不好意思明目张胆地收下；而钓的鱼，除去交易的成分，还含有友情在内，让人收得理直气壮的，还挺亲切。千军给头儿送金丝蜜枣，也说是家乡的土产，可柳树镇那一带根本就不产小枣，头儿也默认了。千军送礼有一套理论一套学问，什么样的人该送什么样的礼，在什么时候送,都得恰到好处、各送所需,不可乱了方寸。若是同研究院的知识分子打交道,千军一般是送家乡的土特产,苹果、板栗什么的,让知识分子觉得价廉物美地心安,又不必再花钱去买。如果同处长、局长一级的干部打交道,最好是送茶叶,再进一步,就送喝茶的瓷器、茶具,像系统工程一样要配套,流水作业,一环扣一环的。那个管基建预算的处长,是千军目标中的重点人物,千军偶尔发现处长喝的是花茶,就很惋惜地告诉处长说,喝花茶上火呢。第二天给处长拿来一罐上好的绿茶,似乎随意地让人家试一试,就只是试一试,您看看是不是真的解毒败火,试一个星期,您告诉我喝绿茶的感觉,这有什么坏处呢,什么坏处也没有,喝不好再拿来还我都行……那处长从此喝绿茶喝上了瘾,茶叶当然都是千军保送的。随着高档绿茶价格的逐年扶摇上升,千军每年从承包预算中额外得到的收入,也一年高于一年。百川后来逐渐看明白,工程预算应看作一项魔术,其中的奥妙怕是连鬼都捉摸不透。比如盖一栋楼房预算一千万,表上指定该用直径1.5厘米的钢筋,425标号的水泥。可你包工头实际上购买的是1厘米的钢筋,325标号的水泥,等到钢筋灌入水泥,预制板上墙到位,谁能查出那钢筋缩了0.5厘米?仅仅这一项,就能为包工头省下了又赚下了多少钱呢?……

等百川进城的时候,千军已经像一条滑溜溜的鱼,在城里那没有水的立交桥底下转圈游荡,悄没声儿地畅行无阻了。

千军早已今非昔比了。走在研究院那么大个大院里,有文化、没文化的城里人，他都能跟人侃上一阵。他会同老局长谈谈有关养生之道的建议，给年轻人讲周末郊区旅游的窍门，和中年人谈物价和农贸市场。个头矮小的千军任何时候总是西服革履，头发梳得整整齐齐，打上摩丝，湿漉漉地油光锃亮，那风度气派，真比城里人还城里。如果不是他黑黢黢的肤色即使去美容外科磨砂也刮不掉，一般情况下很少有人能一眼看出千军原先是个农民。简易楼千军的小屋里，麻将哗啦哗啦洗牌的声音常常响到天亮。千军手气好但千军总输牌。千军在牌桌上的损失，自然会有人从别的渠道给他加倍地补偿了。如今给人送个茶叶茶具什么的，实在已经太微不足道了，所以千军必须通宵达旦地输牌，只有通过输牌才能挣到钱，才能使他的工程队站稳脚跟。七八年间，研究院下属的国有企业已陆续破产了好几家，可唯有这县里来的包工队，仍然稳稳地立于不败之地。百川每天早晨出工时，千军那屋总是房门紧闭，千军说不定才刚睡下哩，要到午饭那会儿，才能看见千军睡眼惺忪地从小屋里走出来。但千军是老板，老板打牌就是工作，千军只要把心里那一本账，出来进去的都管住了，千军就能继续往百万富翁的方向大步前进。

百川不能不佩服千军，但佩服归佩服，百川心里却不喜欢进了城以后的千军。千军学会了变脸，对城里人一张圆脸，对队里的临时工一张长脸。千军总用首长的口气对百川说话，好像是他在养活百川。百川觉出这种不平等，渐渐就同千军有了别扭。他明明和千军一同在支撑着这个队，他在工程管理的具体事务上付出的心血和体力,不说比千军多,起码也占了一半。为什么千军一当了头儿,兄弟之间就不是那么回事了呢?百川有时觉得自己和哥的关系很微妙,像是停在站台铁轨上两节交错的车厢,看着挨挺近,拉手说话的,车一开,就各奔东西地越走越远了。可那到底是贫富差距还是别的什么差别,百川一时还说不上来。

百川有时还能想起千军刚当上包工头那会儿,有一次回豆庄,咬牙切齿地对爹说,他一定要给全队的临时工每人做一套西服,让城里人再瞧不起咱农民工!后来只是由于全体农民工的坚决反对,说有做西服的钱,还不如直接发给大伙得了——千军为大伙改头换面的宏伟计划才落了空。

也许是因为穷日子太长久了,从出生到长大,从念小学到上中学,记忆中百川和哥哥从没有放开肚子吃过一顿饭。百川还记得,千军高中毕业那年夏天,县中全体高二学生照毕业照,老师要求每个人穿白衬衫蓝裤子,衬衫可以向别人借,却忘了自己光脚穿着一双布鞋,连袜子都没有。千军急得跳脚,赶紧用蓝墨水在光脚杆上涂了两截冒充蓝袜子,等集体照拍出来一看,那袜子画得像真的一样。

那张照片后来千军也不当回事,让爹妈捡了,宝贝一样挂在自己的屋里。

百川觉得贫穷就像一台机床,能把人的心,像钢丝像铁索,麻花似的旋拧、卷曲起来。他揣摩千军的心思,千军定是想让自己变得比城里人更有钱,千军相信乡下人有钱就能让城里人刮目相看。但偏偏百川不这么想。

锅炉的暖气停了以后,百川开始同大伙一道挖土方。

百川没有理由不去挖土方,除非他辞了工离开这队回豆庄去种地,那他就同哥彻底掰了。他细想想,觉得不值,挖土方这活儿累是累,也不是干不了。

研究院大门口的马路,像是开膛剖肚,挖出一道深沟。马路被手术过无数次了,死去活来的,缝了一遍又一遍,也不用麻药。玉米面似的黄土,堆积在马路两侧。遇到刮风天,尘土飞扬,迷得眼睛几步外看不清东西,同在豆庄的地里干活没什么两样。可若是在豆庄刨土,是决然挣不出在城里这每天十几块的工钱的。同样是扒拉土疙瘩,城里的疙瘩也比庄户的疙瘩值钱,也更是个东西。

百川听见沙土在他耳朵里旋转,像黄豆一粒粒滚过磨盘,发出金属一样铿锵的声音。他身上的汗味和热气,同铁锹一起挥舞着,在阳光下蒸腾出一道炫目的白光。深沟像一座墓穴将他围困埋葬,他挣扎着喘息着,喉咙好像着了火一般……

轿车、卡车、面包车、吉普车,牛群羊群似的,一群群一堆堆从马路上驶过去。宝马、奔驰、本田、雪铁龙、尼桑、蓝鸟那外国名牌数都数不过来。城里怎么就能有这么多的好车?开车的又是什么人呢?路边几十层的高楼,远的近的山峰似的耸立着,仰脸看像是老家山上的烽火台;这个花园那个广场一幢幢烟囱似的,山上人工植树的林子也没有那么密实;城里这么多的大厦,倒是都给谁住？谁能掏得起房钱？……

在城里的时间越长，百川积累起越来越多的疑问，把脑子搅得像浆子一样。

百川想要清理解决自己的问题，只有去看报纸。

每天下了工，百川洗了脸换上干净衣服，吃了晚饭看完新闻联播，就到研究院的老干部活动室去看报纸。那些离退休老干部曾经耐心地把他审查了一番，以后就一次也没轰过他。百川发现那空荡荡的屋里多个人，他们其实是很高兴的。

这天晚上，百川照例去看报。报纸太多，他每次只看一两种，但总是看得很仔细。他喜欢看《中国青年报》和《作家文摘》，几乎每一篇都不落。

百川看着看着，忽然就趴在报纸上不动了。

他看见了左下角有一加框的小方块，标题是：《中国远洋轮招聘海员的信息》。

他把那条消息，反反复复又看了好几遍。然后跳起身飞奔出去，一口气跑到简易楼，把那个叫响泉的小伙拽了出来，一直将他拽到了老干部活动室，把他的脑袋按在那张报纸上。

响泉也趴在报纸上不动了，半晌，抬起头，迷迷瞪瞪地问百川：能行吗？

咋不行呢？百川的嘴唇都打架了。你没看上头写着，年龄25岁以下，有高中毕业文凭，不限城市和农村户口，都可报名参加应聘海员的英语考试。我还是头一回看见报上登，农村户口的人也能去考试哪！你自学了那么多年英语，不就等着有个用它的机会么？

响泉直直地盯着百川，眼睛里一片闪闪烁烁的灯火，光芒四射。

响泉的老家不在柳树，响泉是从山西来的，他怎么进了这个队，百川没问过。只知道响泉老家有个爹和妹，爹想用妹给他换亲，他说妹太小，不忍心，就跑了出来。响泉瘦，干活没劲，千军看不上他，好几次要撵他走，百川都给说了情。百川喜欢响泉，因为响泉也爱看书，而且响泉看的是英语书，让百川望尘莫及地肃然起敬。响泉不像队里其他那些民工，凑在一起就说女人，城里女人乡下女人都在嘴上糟蹋够了，再就是男人和女人的那点事儿。但响泉一有空，就在角落里抱一本英语书，嘀嘀咕咕念念叨叨地招人烦。为了这个，响泉在队里很孤立，没少受千军和那些农民同事的奚落，就百川护着帮他。百川问过响泉学啥不行，非学个英语，隔山隔水的上哪换钱花？响泉说也不为别的，就因为上学时候英文特别好，就喜欢上这玩意了。百川觉得这和自己喜欢文学是一回事，从此将响泉视为知音。其实他并不认为响泉日后真能有什么出息，只是因为响泉那份不切实际的心思，多多少少分担了百川心里那个朦胧又遥远的梦。百川觉得自己有了携手的同路人，好像一支队伍壮大了。用书上的话说，他和响泉的友谊中有一种惺惺惜惺惺的成分，患难与共的。

所以百川当然要极力鼓动响泉去当海员。就当玩儿一把呢，百川的口气像城里人一般潇洒。为了落实这潇洒，百川掏出五十元钱,让响泉去交上报名费,否则响泉还是光学不练。过了两个星期,有通知寄来,让响泉到一家大饭店去考试,百川陪着去了,在考场外给他买了瓶杏仁露喝下。响泉考完出来后说他写字时尽想撒尿来着,百川气得给了他一拳。又过了两个星期,有一封信寄来,让响泉去口语复试。再过了两个星期,竟然有电话打到了研究院基建办,通知响泉说他被录取了。

那一天,百川比响泉还兴奋,对哥说,你让伙房炒两个菜,大伙儿喝点酒庆祝庆祝吧。千军的脸上很不是颜色,说你要庆祝,自个儿领着响泉下饭馆去,他考上考不上,关我屁事!百川扭头就走了。他拉着响泉上麦当劳,说这回你要上外国,先开开洋荤。却没想到那麦当劳不卖酒,嚼了两盒炸土豆条子和面包夹肉,灌一肚子凉可乐,两人吃得没滋没味的,感慨说那远洋轮船上也不知是吃的中国饭还是外国饭,若是天天吃土豆,还不如在国内呢。

第二天,百川请了假,陪着响泉去报到。那远洋公司的大楼倒很气派,百川留着心眼,让人拿文件给他们看,确定不是假冒的才算真正放心。等交了身份证,小姐说,还得交五千块钱,是押金和培训费,一个月以后,就要到新加坡去培训了。响泉一听,顿时就傻了,转身就走,一迭声地说,不去了不去了,我要有那五千块,还上太平洋去浪荡干吗?百川忙着追响泉,心里的气不打一处来。他说响泉你真傻,等你上了船,你就是挣上大钱了,那五千块要不了几个月就还上了,一辈子能挣多少你算一算?响泉愣一愣,停下脚说可也是,可我上哪去弄这五千块呢?百川说,借啊。上哪借去？你在这城里可有老乡亲戚什么的，你把这录取通知给人看，人都会信你不是？响泉站那儿琢磨一会儿，脸色缓过来些，当时就去办手续。小姐说那钱可以在一周内交上，剩下就等通知了。

响泉就此辞了工，一心一意地去借钱，做走的准备。过了几天，响泉垂头丧气地回来了，把百川悄悄叫到一边，把手里的纸包打开了让百川看。百川一看那沓钱薄薄的十分可疑，问是多少。响泉说，一共才借到两千五百块，再也没有了。百川想了想，说明天正好发工资，我借你五百吧，凑上三千整，就差两千了。

响泉呆立着，眼圈有些发红，揉着纸包说，再过三天交不上，我真去不了了。又用鞋使劲踢着地，低着头说：还能帮我想想办法么？哪怕借高利贷呢。

百川不吭气，百川的鼻尖上沁出了汗珠，手掌也潮乎乎的。

响泉绝望地看着他，好像自己唯一的一线生机，都寄托在百川身上了。

百川咳了一声，避开响泉的眼睛，点起一根烟抽。百川知道有一个人，可以帮助响泉。只要他真想帮的话，这点钱对他来说不会太为难。也许响泉寄予最后希望的，也是这个人。这个人就是千军，一家近在眼前的信用社。只是百川不知道千军肯不肯借钱给响泉，千军似乎是从一开始就立下了规矩，从不借钱给队里的民工。但响泉的情况例外，响泉就要到远洋轮上去了，响泉是完全有能力偿还的。

百川把烟头猛地扔下，说了声走，就在头里朝着千军的小屋走去。

他觉得心里有一种大义凛然的冲动，就像在河边面对溺水者见义勇为。

那会儿碰巧千军一个人在屋里看电视。百川把电视的声音拧小了些，怕响泉开不了口，就替响泉把来意说了。反正响泉是队里的人，这考远洋轮的事，前前后后千军都是知道的。他说得有些结巴，因为就连他自己，也从来没有向千军借过钱。千军听着他说，脸上一点儿表情没有。他说完了，屋里突然静了，就像半夜似的。

响泉的头更深地低了下去，连鼻子都瞧不见了。

后来千军就笑了一笑。千军说：响泉，你可是结了账的。那天我已经把你三个星期的工，发一个满月的工资给你了。

不等响泉答话，千军又说：这么的吧，你考上了远洋轮，是个好事，我就算是赞助你吧，再给你加上二百块，咋样？……其实呢，我也有我的难处，看着像是个老板，可维持这一个队五六十人的开支，哪有多少流动资金？……

千军从裤腰上解下钥匙，打开床头的保险柜，从里头点出二十张十元的票，又数了一遍，然后递给了响泉。

响泉嗫嚅着，似乎是想说什么，却没有说，把手在裤子上蹭了蹭好像摆了摆，明明是不要的意思，却终于还是伸出手去，把那钱接下了。

百川的脸唰地红到了脖根。等响泉回过头，发现百川已经不见了。

百川突然做出了离开工程队的决定。

从千军的小屋蹿出来以后，他在楼底下转了两圈，脑子里空空荡荡的，忽就觉得自己说什么也没法在城里再待下去了。

当哥的千军，见死不救，还叫个人么？明知是他百川张罗的事，却连个面子都不给。这回百川真的恼了，千军明摆着把响泉当成个乞讨者了，这等于将百川的人格都降低了档次。百川如果默认了这个事实，就是默认了千军的无情。他如果不反抗千军，以后千军还不知道会怎样得寸进尺，让他更加乖乖地俯首帖耳呢。百川觉得自己再也不能容忍千军的傲慢和自私了，他必须用行动来让千军明白，百川可不像别的民工那样，想揉成个什么样就揉成个什么样；他宁可不挣这份钱，也不愿变成一个像千军那样的城里人。

响泉冷不丁将百川推到了山崖边上，真让他有些进退两难的了。

不走还怎么着？打工的炒老板，赢的就是那么一口气。

再说城里原本也不是自己的家。

第二天早起，百川不吃早饭就开始打行李。旁边的人问，也不搭理。他知道会有人去报告千军，他就等着千军来问，问他为什么要走，也许千军还会假惺惺地说几句挽留的话。那时他便冷冷地回答说：为什么走？什么也不为！千军讪笑着说：定是为了你家打官司的事吧，也是得回去催催了。百川反问：你难道真不知我为什么走？千军说：小麦该上肥了，玉米也得间苗了。百川打断他大声说：你少给我扯，我这一走，不回来了！千军这才慌了神，忙说：何必那么认真呢，我这就上银行去。他摇摇头说：不必了，你自个儿留着那钱去当地主资本家吧……

可惜等到百川把行李系上最后一扣，千军也没有出现。百川真是过高地估计了千军。千军连问都没有打算问一下呢，这下子百川看来是不能不走了。

百川走前，让响泉把那两百块还给千军，响泉照办了。百川没忘了领着响泉又到那远洋大楼去了一趟。他对响泉说，就当着山穷水尽呢，死路也就这一条了。响泉把那三千块给公司的人看，说他再交不上更多的钱了，如果他们真想录取他，他就打上个借条，先欠上一半的钱，等工作了再月月扣着还。他若是公司的人，死也死在船上了，还能往哪儿跑呢？几个头儿模样的人，到里屋研究了一会儿，出来对他说，那就先交了三千块吧，欠的两千块以后按月扣，要加利息的。

百川发现城里人办事其实挺讲究规矩的。一眼看去，哪个也不及乡里县上的干部腐败得明目张胆呢。城里人有时也比农村人更有同情心，那同情虽有些居高临下的，但你要真有难处，人家还真帮你。不像那豆庄的人，这几年好好坏坏的，全都原形毕露了，耍钱的、偷摸的、抢劫的，谁管谁啊；有一家人过年时给生病的爹放两个冷馒头在床边，外出串门去了，过了三天回来，那老头早就冻僵了……

城里既然还有可让百川留恋之处，百川又为什么要走呢？百川理不出头绪。

现在百川总算把响泉的事办妥了。办妥了他更不能不走了。临走时，他把自己的铁锹擦得锃亮，把工具收拾利索了，又在研究院大院里转了一圈。望着家属区宿舍的楼窗，他想每一家的管道都是他亲手安装的，可等他一走，谁还会记得他呢？

弯弯的山路两边，杏花开得云一片雾一片，惹得百川心里隐隐地疼痛。

四

香椿发叶了，攀树上摘下几枝，洗净刹碎了拌上盐末子，在面条碗里撒上一撮，出溜出溜的，鲜掉牙；小葱水萝卜蘸酱就烙饼小米粥，撑不死你；山上有的是野菜，莴苣、龙须草、花椒叶、木栎芽，凉拌也行包饺子也行，嘴边肚里都是野菜的清香。

靠山吃山。回了家，从春到秋，顿顿饭都体会着山沟里的好处。

百川想起城里包工队伙房炖得烂乎乎的白菜，汤上浮几片白灿灿的肥肉，更在心里认定城里的日子是没法过的。在家里，你想干啥就干啥，你想几点起就几点起，再没人会无端地训斥你，也没人能随意支使你。村长都没人管谁管你呢，除了兜里没钱，真有些像爹以前宣传的共产主义似的。

爹对他的归来抱着不置可否的态度。他曾当着爹说了千军的不是，爹哼哼说，回来也好，家雀和盐面虎飞不到一块去。百川记得庄上的老人说过,耗子吃了盐就会变成盐面虎。盐面虎学名蝙蝠,昼伏夜出的,和家雀正相反。只是百川拿不准,爹这句话究竟是向着自己还是向着千军。

百川既然从城里回来,就像以前的知青回城探家,首先得为自己做些补偿,充分享受回家的乐趣。天天晚上把那只有一个频道的电视看到再见,睡了早觉再睡午觉,午睡起来扛一根鱼竿去河边钓鱼,钓上了就让月儿熬鱼汤,钓不上就权当做气功了。补上了城里两三个月来欠下的困倦、欠下的油水、欠下的温暖之后,百川悠悠哉哉浑身轻松。

遇上有人来家里闲坐,让百川讲些城里发财的事,百川总是按着城里人的习惯,给人沏上茶水。人就有些受宠若惊似的,把鞋上的泥在门槛上蹭了又蹭。庄上有些无所事事的年轻人,闲得无聊总喜欢扎堆耍钱,百川说声不去,他们灰溜溜就走,再不敢多说一句,更不敢硬拽。百川感受着自己在豆庄受到的尊敬,似乎都是由于自己是从城里回来;但实际上他在城里却是那样地微不足道,他在城里受了那么多的委屈,就像扎了一背的芒刺,从来没有感觉自在过。但他回到乡下,却又把芒刺当作名牌T恤衫一般来炫耀。百川自己也觉得有点儿自相矛盾。

但他没时间细想。现在该轮到百川,来为月儿和这个小家做补偿了。

百川开始在院子里出出进进,忙乎着在东边搭葡萄架,西边栽柿子树;鸡窝要修,菜窖要扒,压水井的管子得检查,厕所的化粪池得清理……月儿到村办的服装厂去上班了，天天早出晚归，家里的一摊都扔给了百川。百川忙不完的活儿，做不完的事儿，披星戴月，脚不沾地，可人要是给自己打工总是打得心甘情愿。何况百川是在城里待过几年的人，百川见城里的那些男人，无论是坐办公室还是当领导的，回家买菜做饭洗衣真比劳动模范还劳动模范呢。有一回他调侃地问过徐主任，徐主任一本正经地回答说：结婚以后家务劳动就是爱情的具体表现，没有家务就没有爱情。这句话使婚后的百川刻骨铭心。百川除了给老婆洗裤衩这一条难以实施以外，在村里已成了大姑娘小媳妇暗中赞颂的对象。百川娘常见百川一早起来扫地抹桌子，叹口气跟百川爹说，你年轻时候要是进了城，我这辈子就有好日子过了。

百川一心一意进行着豆庄的家庭建设，这里是他永久的根据地。小家初建时，就是完全按照城里单元房的格局安排布置的——东西正房中间的外屋灶间，是一个正式的客厅，摆上冰箱电视，还有一大两小自己打的沙发，一进门就跟城里的住家没两样；东屋是卧室，一张从县城大商场买的双人床，覆盖着粉红色床罩，火炕这种落后的东西早就被他消灭了；厨房利用最西头的空屋改建，正房里根本闻不到柴火味和油烟味，用墩布擦洗了屋里的水泥地，同城里的地板一样干净。他还在西屋为自己做了一只书柜和写字台，桌上放着一只台灯和一只石头的笔筒，透过书柜的玻璃，能瞧见搁板上参差不齐的书，正在一天天满起来。百川兴致勃勃地经营着他的小家，被城市暂时中断了的家长意识，像一株芊插的柳条，在雨后蓬勃地复苏生长。

只是，每当百川穿过自家的门楼，望见那缺了一角的院墙时，心里就会咯噔咯噔跳个不停，院没堵上，心却堵得发慌。自从他将篱笆缠上粗铁丝以后，没有人再来骚扰月儿了，但是三个月以前交到县法院的起诉书，却至今也没有判下来。就像一条脱了钩的鱼，在深水里逃得无影无踪。

自打他一从城里回来，李家就在院墙缺角那篱笆底下，搭上了一只窝棚，单人床大小，仅够躺下一个人，李家男人从此夜夜都睡在窝棚里。百川不解，问月儿，月儿打听了回来说，那是怕我们半夜砌墙，做的防卫工事呢。百川哭笑不得。

百川只好请老同学去县法院说情。同学说，空嘴怎么说？总得喝酒吧。

喝酒没问题，嘴和肚子都现成。只是百川这几个月在家闲待下来，眼看就有了经济危机。最后一个月的工钱给了响泉，带回家的钱所剩无几。月儿说是在服装厂当了领班，可是每月的工钱都是拖了又拖，承包服装厂的头儿还是月儿家叔伯哥哥的"一担挑"，工资却是照样发不出来。月儿偶尔领了百十块钱，那钱就放在抽屉里，月儿说你想花就花，钱留着也不下崽。百川心想，要是用这点钱去请法院的人喝酒，闹不好该把院墙一角判到李家去了，百川不敢。那些日子百川想戒烟，心里烦着，一时半会儿戒不成，只好改抽一块一毛钱一盒的"高乐"了。嫁到县城当了工作人的姐回家来串门，说我弟都抽上这牌子的烟了，日子还有个过的么，红着眼圈当时就到村口小卖店给百川买了盒"阿诗玛"。姐说，你再没钱也得想法子请客，要不那判决书到2006年也下不来。院墙不垒直了，日子过不起来，你看你这两年不走运，不明摆的么？哪怕找你哥借呢！

百川点着头。但百川打定主意，即使穷途末路，也决不向千军借一分钱。

百川当初一气之下离开千军跑回老家时，并没有把经济上的事想得那么清楚。如今日子过得捉襟见肘的，才觉得问题有些严重了。村里女人们的眼色也变得丑陋起来，有人把"王府井"那儿扯的闲话传给百川，说男人靠老婆的钱养活，可不就得在家倒尿盆么。百川真想揍她们，可月儿在枕边却柔情万种地对他耳语：我就愿意你在家，一辈子不走才好，以前总留我一个人在家，结婚一年多了都怀不上孩子……月儿把他搂得紧紧，弄得百川晕晕乎乎的，倒觉得自己穷得很英雄。

第二天醒来，百川还是决定要找份活儿干。他想回矿山去，一打听，才知矿山前些时候刚出了一个大事故，正停业整顿。想要承包鱼塘，年初就被村上各户瓜分完毕了。如果承包荒山种树，买树苗和工具的成本首先就是一大笔投资。

豆庄方圆十几里，就这么几道山沟、几道山梁、几片山坡，再加一小块盆地、一条小河，还能有什么用武之地呢？村里的年轻人能走的都走了，都翻过门前的大山走到城里去了。城市就像九层重叠无边无际的天空，蝇也飞，鸟也飞，蝙蝠也飞，老鹰也飞，还有飞机和火箭，任这地球上有多少可飞的东西，城里的天空都填不满。

百川没想到，他一旦离开了城市，竟然就像折了翅膀的鸟，一下子栽到地上。

眼看着走投无路了，那一日月儿下班回来，满面春风地对他说：这下子你该高兴了，有人请你到服装厂去当副厂长哩，明天就去上班。

百川想起来，前几天在桥头，遇见过村办服装厂的厂长，人家是对他说了那个意思。说他在城里待了几年，见多识广的，要是到服装厂帮着干，服装厂立马就能转亏为盈了。百川没敢答应，听月儿说，服装厂做的衣服质量不行，卖不出去，钱也收不回来，一直靠贷款维持的。他即使去了，发不出工资，还不等于白干？

但白干总比啥也不干强些呢。百川犹豫着，在家待着憋闷，想了想，还是去了。人家让他当副厂长，说啥也比在千军的包工队里职务高多了，属破格提拔呢。

百川到了服装厂上任，一排新盖的厂房，都是贷款贷来的。车间里摆着几十台缝纫机，几十个姑娘媳妇的脑袋冲他转过来，叽叽咕咕地乐，都是一个村的，没有一个不认识。百川在过道里走了走，找不着一点儿厂长的感觉。

过了一个星期，百川发现自己这个副厂长，其实并没有什么生产任务可以管理。厂里最近一直没贷到款，也没有接到订单。他的主要工作，就是像个治安警察一样，严密防备工人偷厂里的东西。

偷东西在服装厂已是习以为常的公开秘密。大概除了厂长本人和月儿以外，所有的人都偷。车间的缝纫机线、布料、扣子、拉链以及塑料袋都是人们顺手牵羊的目标。她们说那不叫偷，叫拿，自家厂里的东西，不拿白不拿的，况且厂里已经好几个月不开支了呢，她们拿的那点儿东西，折算成工资还远远不够呢，理直气壮。厂长没办法，宣布一条纪律，每天放工的时候，派了人守在厂子门口，每个人的身上都得搜查。百川来了以后，厂长就把这个艰巨而光荣的任务交给了他去完成。厂长布置下工作后，就又外出奔波搞贷款去了。

晚间，百川对月儿说：这活儿可不好，你说，能不能不搜身呢？

月儿说：我都替她们臊得慌，可你要有招，真能让她们不偷，当然不搜的好。

第二天下班，等待搜身的女工在大门口排成一队。百川搬过一张凳子，站上去，清清嗓子，正色说：现在我说点事儿，大家听好了。我来了十几天，我知道你们最关心的，就是啥时候开支；但是发工资不是你们要管的事儿，你们应该操心的，是怎么把活儿干好，把衣服上的线码直了，把每一道工序，都做得让人挑不出毛病。可是你们因为暂时没发工资，就偷厂里的东西，今儿卷走个袖子，明儿塞走个裤管，后儿呢，偷成习惯了，没准就能去翻邻居家的箱子。我想告诉你们，毛病不是一次养成的，村上的老人说，贪便宜必惹祸，爱小必丢人。你们都是当了妈和要当妈的人，这么下去，将来怎么教育孩子？厂长设了岗，是让你们闹得没法，我不希望那样，报纸上说了，搜身是对人格的侮辱，你们是愿意继续偷下去，天天让人当贼防，还是愿意像当年的八路军，啥时候也不动厂里的一草一木？

百川发现自己只要回到乡下，说起话来，总能伶牙俐齿、口若悬河。

人群鸦雀无声。女人们一个个都低下了头去。

百川又说：从今天起，不设岗了，我相信你们！

有个尖尖的声音冒出来：要是厂里再不发工资，哪样办？

百川扬着额上的头发朗声说：真要是不发工资，我领你们上厂长家揭瓦。

人群哄笑着，散了。从第二天开始，厂里再没有丢过一件东西。过了些日子，厂长从外面弄来一批加工服装的活儿，交货日期要得死急，全厂加班加点地突击干。百川夜夜手里拿一只录音机，给工人们放歌听；工人都困得趴在机器上睡着了，百川干脆就给大伙唱歌，唱一个《爱上一个不回家的人》，都乐了，干到后半夜不说累。

一直到三个月后那服装厂实在坚持不下去，终于停了工，人们为了追回工钱到镇上去静坐，厂里仍然再没丢过东西。村里一个老头，儿子结婚需要用钱，给厂长跪下了，厂长给人把老头轰走，还是没钱。大伙一看这情形，也没让百川领着上厂长家揭瓦，当初百川为挽救她们发的誓,就那么拉倒了。

百川没上厂长家揭瓦,心里觉得对大伙有愧。临了厂长还欠着他好几个月的工钱没发,他本可以从产品报账的单据里扣下,却是一分钱也没动,他不想让奄奄一息的服装厂再把窟窿捅大。于是这位刚刚建立起威信的梁副厂长,总共在任三个半月,终于两手空空地自动下台了。

百川仍然没有挣出足够的钱,去请县法院的人喝酒。而李家的男人,却仍然夜夜睡在百川院墙角下那秫秸搭成的窝棚里。百川看得生气,故意在院子里拉上一根电线,就在那窝棚的顶上,挂了一只四十瓦的灯泡,夜夜亮着灯,照着李家男人的眼睛,让他睡不踏实睡不安生。有一夜,百川起来撒尿,用手电往那窝棚里斜射过去,见李家男人歪着脑袋,光脚蹬在干草上,嘴边的哈喇子流了一腮帮,猪一样打着呼噜。百川忽然觉得那男人其实十分可怜,狠骂一声,便把院里的灯拉灭了。

百川只能天天晚上在家闷闷地看电视。山里的信号不好,大多数时候,屏幕上一片银光闪烁雪花纷飞。他想自己若是有钱,真该把屋顶的天线接得再高些,高出大山去,高过山顶上的烽火台,那样全国所有的频道包括卫星转播都能一目了然了。这重重山沟把世界都隔绝在外,他发现自己心里其实挺惦念城市的。

那天中午刚吃过饭,百川听见爹妈住的前院有汽车声,探头看,见一辆深蓝色的捷达喷着白气,停在大门外的猪圈旁了。百川前几天就听爹妈念叨说千军该回来一趟了,见那果然是千军的私家车，故意倒床上睡午觉。

眯了一会儿，其实没睡着，听爹的脚步踏踏地过来，在他床边说：你哥回来了，要上山去看看他今年刚分的那棵栗子树，我怕他找不着地儿，你领他去吧。

千军后脚就跟了进来，在他屁股上拍一巴掌，笑着说：起来，懒得你！

百川只好嘟囔着嘴，不情愿地坐起来，一时也找不出什么理由说不去。

初秋的山沟沟，草叶把秃秃的岩石都盖住了，漫天漫地的一片绿。苹果、柿子、梨、桃、野酸枣都挂了果，可惜这季节果子大大小小还青涩着，吃不得摘不得的。

百川在前头走，千军跟着，离有七八步远。百川不说话，千军也不说。一气儿到了山腰，百川歇下脚，指着山洼里一株一人合抱的栗子树说，那就是。千军走过去，拍了拍树干，连声说好树，又自言自语地说，这树遇上大年，一年能结个百十斤栗子，够爹妈的零花钱了。百川仍不说话。千军在石头上坐下，掏出烟抽，也给百川一根，百川把烟抽到一半就掐了，扔在千军脚边。

千军抬头望着山顶羊群似的云彩，问百川说你那院墙的官司办得咋样呢？我知你是回家办这事儿了，不催你回。听爹说到现在没办下来，我想，等哪天，我去找县上的朋友给你疏通，找一家够档次的饭店请他们喝酒，里外我全管了。

百川有些吃惊，起身往山下走。其实他不信哥的话，哥一向许下的愿太多,像城里的空头支票。哥往家拿钱,从不一次性给足,总是二百三百的,像是撒鱼食。

  这回百川更不懂,精打细算的千军,为啥说要给他管酒钱,心里纳闷,在头里走得飞快。到山脚,路过别人家的鱼塘,千军喊他停下,说要看看里头的鱼苗长得咋样。百川站在塘堤上,看千军走到鱼塘边上,凑过脑袋去观察水面,又绕到塘堤下,用手去提那闸门上的铁环,像是要放出些水来试试。千军打小就是这脾气,根本不干他的事,他也得弄个门清。千军费了些力气,把铁环提溜下来,一股水流急急地从鱼塘的底部涌了出来,往沟里流去。千军忽就啊了一声,提着闸门的手,悬在半空,喊说百川你看坏事了呢,那闸不灵了。他又使劲地晃荡,想让闸门落下去,闸门只是不动。百川也有些心慌,赶紧滑到塘堤下,帮千军去关闸。这闸再合不上,人家一池的鱼苗,就全都跑完。两个人合力奋斗了一会儿,还是不行。千军精疲力竭地甩着汗,叹气说,倒是不常干活儿,身上没劲儿,我看,咱俩还是赶紧走人,要让人看见,倒不好办了。百川瞪一眼千军,回答说,这山上有人放羊打草的,你当人不长眼睛,跑了也总得有人知道是谁干的,都是一个村的人,以后咋见面?千军说,那你说怎么办?百川说:我回家去拿大锤来,好歹得把闸砸下去,把水关上啊。千军犹豫一会儿说,我看还是我回去拿吧,你在这守着。要是那家来了人,你就承认是你弄坏的,你在村里比我有人缘,要不了你的命;可我要在这儿,谁都知我有钱,弄不好讹上我了,我吃不了兜着走,你咋就不明白哩？

　　百川恍然大悟，眼看着千军一溜烟地跑回村里去了，心里有一点发酸。回头望着那咕嘟嘟淌水的闸门，只觉得一池的鱼苗，分分秒秒都在往外逃窜，也顾不上多想，脱了鞋蹚下水去，站在沟里。用脊背和胳膊抵着那闸门的缺口，心想堵一点儿算一点儿，少钻出去几条算几条吧。初秋时节，鱼塘的水冰凉，衣裤全湿透了，身上一阵阵哆嗦，等到千军扛着大锤气喘吁吁地赶来，百川的手脚都冻木了。千军把个水淋淋的百川从沟里拽上来，抓住他的手，当时哽咽得说不出话。

　　两个人又忙乱一阵，总算用大锤把闸落下了。

　　太阳落下山去，暮色苍茫的山林里，百川只听见自己的湿衣裤，走一步咕叽响一下，像归窝的山雀，在林子深处诉说着谁也听不懂的心事。

　　走了一会儿，千军忽然站下身，回头对百川说，今天的事太让他感动，亲兄弟毕竟是亲兄弟，无论到城里哪怕到月亮上，也是一根绳上的俩蚂蚱。千军诚恳地说让百川还回城里去，一个队几十号人，谁谁偷懒耍滑，若百川不在，他真不好控制。他说自己以前对百川太严厉了，其实也是无奈，外国那些资本家，对亲生儿子都和工人一样，就怕弄成个家庭公司，大家都得完蛋。百川莫非还理解不了么？他还说，自己一直在考虑让百川当工程队的副经理，再过上几年，就让百川分一摊出去单挑，百川自己当头儿，包上一个队干。要是百川运气好，接上一个油水大的工程，把工人管严了，半年的活儿用三个月干下来，挣的钱就够在县城里买一套商品房了……

百川的心动了动。西山晚霞红透了半个天空，像城里夜晚街上的霓虹灯。

快到家的时候，千军又一次停下等他，同他并肩走着，低声说：还生我的气啊？我借钱给谁也不能借给响泉，你想他上了远洋轮，满世界乱转，要是不还钱，上哪找他？

百川刚刚焐热的胸口，倏地又凉下去。

回家换上干净衣服，百川一边和月儿吃饭，一边就把今天下午的事对月儿说了，说哥想让他回城里去干。月儿放下筷子，走到他跟前，轻轻搂住他的脖子，贴着他的耳朵说：你想回就回吧，今儿我上卫生院了，大夫说——我有啦！说着，月儿的脸也唰地红成了一片彩云。

五

百川驮着初秋干爽的艳阳，重新回到了城里。

两个小时的长途汽车，百川却从未觉得那大山竟是如此之厚，出山的路又是如此之长，车在山里绕着，上上下下还是一模一样的峰峦和谷地。百川有一刻甚至感到了绝望，好像遇到了"鬼打墙"似的，任你怎么转也转不出这山去了。

人说好马不吃回头草。百川重新回队，自我感觉就矮了一截。但千军这回总算把支票兑现了，是打折的兑现。虽然他把大大小小具体的人事管理，都交给百川了，可是在名义上，仍然没给百川副经理的衔。百川只是不用干体力活了，还有了一些小权，比如记工、派活，工资也涨了一百块。队友背后管百川叫工头。百川不喜欢这名，他觉得工头和工贼汉奸差不了多少。可是实事求是想一想，自己确实是个工头，再是个头儿，也是工人的头儿。

再细究下去，就更不乐观了。事实上，整一个队的人，就连正式的工人还不是呢，只不过是一群农民工罢了。何谓农民工呢？百川早就试图同千军探讨，而千军总是含糊其词。后来百川只好独自研究，研究出一个绕口令一样的结果——说农民不是农民，说工人不是工人；说农民还是农民，说工人也是工人；工人刨去劳保住房等于农民工；农民加上包工头再加最低工资等于农民工；若要了解农民工，到哪里去寻找呢？到锅炉房，到工地，到厕所化粪池边，到下水井旁，总之，你必须到城市最肮脏、最艰苦、最丑陋、最危险的地方去——你准能在那里找到农民工。

因此百川的研究有了副产品，他发现城里人好像已经死光了，这样说当然有点恶毒，但城里一切需要人的地方——卖菜的、理发的、拾垃圾的、当保姆的，甚至当保安的、开出租汽车的，还有研究院总机的接线员、商店的售货员，统统不是城里人，他们虽然不全是农民工，但这么多的乡下人待在城里，城里人是不是只好下岗了呢？

有一点百川可以肯定，自从农民工进了研究院以后，原来这个单位干重体力劳动的正式工人，都变得不那么像工人了。至于像什么，百川说不上来。那个不像个工人的工人若是对你挑出点儿毛病，你还只能乖乖听着，连个屁都不敢放。百川有时不服，嘴上不说，脸上却不是个颜色，逮着机会，乘机搞点儿小动作报复。若让千军看见了，千军就会塌了天一样，拉下脸训斥他：你看他不是个东西，我不比你清楚？我看咱队的人干活，哪个也不比他们次，哪个也不比他们笨，哪个都比他们聪明，可人家哪个头皮都比你硬，哪个的脑袋都比你值钱，你要是惹了人家，哪个人都能到上头说上话，最后倒霉的还是咱自个儿。要是把包工队搅黄了，你那臭脾气顶啥吃？

  百川觉得自己这个工头当得窝囊。

  一日又挖沟，挖在院子里的交通干线上。早上派工时，千军突然露了面。他在路上画了道白线，然后迈开大步朝前走，他人虽矮，那步子迈得却是出奇地大。他使劲迈步，等把步子停下时，说那正好十米远，每人就按这个距离挖。百川估摸起码是有十二米多了，也不好当面纠正。等他走了，又重新用米尺量过，算准了才开工。那土邦硬，十个有八个手上出了血泡。到傍晚下工时，一个个都累得东歪西倒了，勉强挖成了形。那时千军陪着一位穿中山装的老头过来，像视察的样子。后来千军就对大伙宣布说，吃了晚饭就开始加班，连夜把管线埋上再填上土，必须在第二天早晨上班以前，全部恢复原样。大伙耷拉着脑袋说不出话，心里都不想再挣那加班费了。百川也不忍让大伙拼命，可是千军下达的指示，他即使不理解也得坚持执行。百川心想到时候给大伙多记点工吧,就吩咐大伙开干;千军照例去"修长城"了,只由百川监工。大伙一气儿干到后半夜,个个都面无人色的,连铁锹都扶不住了。百川打着呵欠,望着天上的星星,只觉得天空模模糊糊一大片,像是布满窟窿眼的破背心。到了天亮前,道路如期恢复原状,连路面都扫得干干净净。大伙回屋睡了仨小时,迷迷瞪瞪地又被打发去卸砖头了……

第二天中午,百川问千军,昨晚加班共七个小时,该按几个工记?千军不假思索地回答,算半个工吧。百川的血涌到脖子上了——半个工是五块钱,还把不把人当人哪?他忍不住对哥说,半个工少了点。要不是大伙顾着咱队的信誉,谁玩命要这五块钱呀?千军说不少了,一天挣双份呢,扭头就走了。百川的泪一下子就冲到了鼻腔里,使劲咬住了嘴唇,不让它往眼睛里灌。那会儿百川忽然觉得,千军是比城里人更城里人了;城市里所有的恶行与邪气已经附在了千军身上,同千军那农民的魂灵搅拌在一起,把千军弄成了一个农村和城市的毛病杂交出来的怪物。百川当着这个工头,岂不是在工人和头儿之间受夹板气么?

百川琢磨了几日,悄悄把加班那夜记的半个工,改成了一个整数。却不知让谁看见,为了讨好老板,竟偷着报告了千军。千军又让他改了回去。

百川心想,自己这工头不过少了个"包"字,差别怎么就那么大呢?

千军闭口不提曾许愿让百川当副经理的事。但周末时千军开车回了趟县城，回来告诉百川，他已经请法院的人在皇家大饭店喝了酒，法院答应按照"排除妨碍法"，尽快处理。百川不知该怎么谢千军，只好继续把工头当下去。

又过了一个星期，百川收到月儿的来信，说法院的人已经到豆庄来过了，找了村里好些人做调查研究。那天李家女人一直追着法院的人，在他们身后骂骂咧咧，弄得法院的人连百川爹递的烟都不敢接，水都没喝一口就回了县城。

院墙的官司，看来是遥遥无期了。

有一阵，嫂子到城里来探亲，每天晚上都炒几个菜，让哥喝酒。

嫂子给哥沏了茶水，要是那杯子的上面还浮了茶叶，嫂子就用嘴轻轻吹着，一直到茶叶都沉了，才给哥端上去。嫂子是吹习惯了，自觉自愿、自然而然的。

每当嫂子给哥吹茶叶的时候，百川就会想起书上的一句话："世上最可敬的是女人，最可怜的也是女人。"嫂子从不对哥说个不字，事事都顺着哥的意思。

嫂子炒好了菜，满走廊飘香，就来招呼百川过去同他们一起吃饭。百川总找个理由推脱。其实百川闻着饭菜的香味，就不停地咽着嘴里的唾液。但他不愿上千军那儿喝酒，千军那种颐指气使的样子，实在影响食欲。

嫂子不在时，千军每晚也喝酒，常去一家牛肉面馆，据说那儿煮牛肉放了罂粟壳，吃得人上瘾。有时是哥请人，有时是人请哥，反正哥从不在队里伙房吃饭。

这天过了九点，百川想着千军的酒应该是喝得差不多了，就去敲千军的门。他刚看了报纸，有一个想法，要跟千军说说。

嫂子开了门，百川发现千军还捏着筷子坐在那张小圆桌跟前，屋里酒气熏人。千军见是他，举起酒杯说来来来一块儿喝吧。百川一时走也不是坐也不是。嫂子立马就把杯子放上了，酒也满上了，是"红星御酒"。百川盯着酒瓶发愣不知"红星"和"御酒"之间有什么联系。百川其实有点儿酒量，只是不馋酒，喝不喝都没感觉。

两个人闷着头喝了一会儿，千军晃着脑袋，眯着眼睛，瞥一眼百川，喃喃说：

我知道……我知道你不满意我。我当着包工头，可你啥也不是，啥也没有，你想当副经理，想自己拉一支队伍。其实呢，你那是不明白，你是我亲弟，我是你哥，在乡下是分了家，进了城就得一致对外，亲兄弟得一鼻孔出气，才能成气候。只要我有钱，啥时候还不都有你的一份？我是长子，我能不护着你么？只要你全心全意地帮我干，等我的实力再强些，资金更雄厚些，我就不在这受气了，将来回县城搞公司做生意，当个名副其实的老板。在城里待这么些年，什么没见过，就算是免费培训了，白玩儿！以后等我生意做大了，你想要什么没有？上回我不跟你说了么，到那时，给你在城里买个房，你和月儿在城里找上工作，就是城里人了。

百川的脑子很清醒，他想说：你的钱是你的钱，我想拥有我自己的一份产业。但话到嘴边，他只是说：我不想变成城里人。

你不想变成城里人？千军似乎很惊讶。那你想咋样？你能咋样？

百川仰面喝了一大口酒。他心里知道自己应该咋样，但他一下子说不出来。何况他也不想跟千军说。

千军无可奈何地笑了笑，放下杯子，点着一根烟，那口气很是语重心长。

千军说，其实人都是有命的，不信命也不行。小时候就有神婆给他算过，他长大了是必定要发的。在豆庄，他是第一个进城打工的人，当时谁也没有这样的远见。到了研究院以后，顺顺当当就成了包工头，谁也没有他走运……

嫂子在屋角织着毛衣，插话说：可不是么，前些时有人给你哥算命，说哪天哪天，是他的交运日，那天必须找上一个属鼠的人，和他一块吃饺子。嘿，可也真神，到了那天，他早把这事忘了，偏就有个远房亲戚来找他，中午你哥就领着他上饭馆吃了饺子。这事过了以后，他回县城去，我想起来问他，他寻思半晌，想起来那天真是有个人来找，和他吃了饺子。等我赶紧打电话去问那亲戚，一打听，他真就属鼠呢……

千军一边说巧合巧合，一边很豪爽地把杯中酒一饮而尽。

隔着弥漫的烟雾和酒气，百川修正了前几日自己对千军的看法。他感到千军其实还是豆庄那个千军，千军在骨子里仍是个不折不扣的农民。

百川把酒杯在唇边沾了沾，忽就冒出一句，说：我看过一本书,那上头有一句话认为,极度自信其实是自卑的另一种表现。

千军的身子顿时就从座位上弹了起来,他把酒杯往桌上重重一摔,大声说:少给我扯这些,我没上过大学还没看过书么?柳树镇方圆几十里,有几个能干到我这份上?!我用得着去适应别人?我得让别人来适应我!

百川站了起来,但百川不能就这样退出去,他要想和哥说的事儿还没开口呢,他本是为这个事情来的。他担心到了明天,自己也许就没了勇气。

百川用很快的速度说:哥,我想去考个本儿!

考本儿?你还想考了本儿给我当司机呀。

不是,是土建工长的本儿。报纸上登了招生启事了,我想去学,六个月一期,学的是大专两年的课程,给发证书。

千军好一会儿没吭声。他瞥了一眼百川,像不认识他似的。

后来千军哼了一声说:那好吧,知道你打小就有主意,不让你去也没用。我早就明白,你看着蔫巴,心里鬼着呢。

停了一停,千军又补了一句:学费我可以先替你交上,不过,你要考不下来,上课耽误的工,我可一个子儿也不给。你这初中文化,小心白给人送钱!

那个秋天,百川觉得自己好像在跑马拉松。

他跑过街道,穿过马路,经过一家家商店学校,绕过一个个警察岗亭;他从研究院的大门跑出来,又跑向另一个研究院附设的课堂。他揣着课本和钢笔,跑得汗流满面、上气不接下气;他的衣角随着自行车轮卷起的风,翅膀一样地扇动;他的头发在城市污浊而干燥的空气中,像无数根旗杆迎风而立;他听见自己因来不及吃饭而空空如也的腹中,发出一阵阵悦耳的欢歌;他闻到书包里讲义上浓重的油墨味,如同满街飘扬的煎饼果子、羊肉串、比萨饼、糖炒栗子一般香甜无比……

整整六个月,百川一次也没有迟到和缺过课。他不停地换圆珠笔,不停地买眼药水和清凉油,不停地给自行车打气,不停地吃方便面。他已经把除了讲义以外所有的书都给忘了,把月儿也给忘了;有时偶尔想起豆庄的院墙,依稀如梦的,很是陌生,那些红砖一块块地从墙上脱落下来,像薄薄的纸片一样被装订成册,变成了一本本厚厚的书,再重新码到墙上去……

百川像一匹勒不住缰绳的马儿,天天在城里和汽车竞赛。

他发现城市原来是很深奥的。透过玻璃橱窗、玻璃幕墙、汽车玻璃,隔着大酒店商场迪厅酒吧,城市其实在往人们看不见的地方,一直延伸下去。城市的空气中除了香水和废气,还像幽灵一样游荡着飞舞着各种各样的字码和符号。只要他学会识别那些力学结构施工技术建筑识图的符号,他就能找到通往城市深处的钥匙。

百川那么跑着的时候,常常想起在柳树镇上念初中的日子。每个星期六下午,他都是这样沿着公路,翻过一座大山梁,一步步走回家去的。他的衣兜里连买张汽车票的两毛钱也没有,到了星期天下午,他紧紧抱着一兜子窝头和咸菜,再一步步从公路上走回学校去。那时他如果能一直往前走下去就好了，百川就不是现在的百川了，百川会考上大学，考上大学的百川，一辈子就是另一番光景了。

可是就算没上大学，自己哪点也不比城里人次啊，百川愤愤地想。说是六个月的学习课程，加起来统共才等于上了一个整月的课。从初中文化一家伙蹦到大专，坐火箭似的，容易吗？同桌那个城里人，还高中生呢，刚上了两星期人就没影了。

一天天冷了，百川跑过长街，看见自己嘴里哈出的热气，像个火车头似的。

终于到了考试那一日。傍晚时，百川精疲力竭地从考场出来，一仰脸，望见漫天的雪花，帘子似的从天顶垂下来，像是天底下都撒满了白色的考卷。他推着自行车，哭丧着脸，在雪地上慢慢走回去。自己究竟考得啥样，心里一点底没有，他不知该怎么对千军报告。百川心想，整个柳树镇的人，谁考不上都没说的，唯独他百川考不上就成了笑话。嘟囔说你怎么连这题都不会做，他在心里骂那老师站着说话不腰疼。那一整天一口气考了四门课，他前座那人，刚考了两门就跑了。百川估摸自己一定也考不上了，去年千军考电气工长的本儿，不也没考下来么？要是真那么容易考上，这满街的人不都成了工程师了？！

雪花密密匝匝的，如烟如雾，把百川罩在里头。城里的雪也脏，刚落下就成了一摊泥浆，踩上千人万人的脚印。百川一步步挪着。心想这城里其实根本没有自己的位置，甭说是工长，就是当个能直腰挺胸的农民工又谈何容易？他真想跟谁说说自己的心里话，可他却连能打个电话的人都没有。等他走到研究院大院里的简易楼前，才发现自己浑身上下都已精湿，额前的头发像雨后的房檐瓦一条条滴水……

那个春节百川都没过好，天天算计着学校发榜的日子。月儿说管它呢，考上本儿哥也不一定让你当工长。除夕那天，千军一家三口回豆庄来过年，大年初五，他到镇上请人吃了饭，告诉百川说院墙的地界快有结果了，百川却无动于衷。百川和月儿逗乐说，别惦着院墙的事了，等哪天我成了鲁迅、茅盾，国家还得主动给修故居呢。千军在家住了七天，出来进去的，偏不和百川提考本儿的事，那眼神分明有些幸灾乐祸的。百川惦记发榜的事，过了正月十五就回了城。

到了通知发榜的那天，百川却忽地没了勇气。他说活儿忙，不去看了罢，管它呢。哥突然来了劲，说我今儿给你放半天假，你去学校看个究竟，心里就踏实了。百川觉得千军比自己更想知道考试结果，磨蹭了一会儿，只好顶风骑车去了。到了学校，见办公室门口贴着一张大白纸，上头密密麻麻写着学员的名字。有人嚷嚷说，这是全市统考，考上的只占总数的48%，那蓝字的是及格，红字的是不及格。一个个都伸长了脖子挤着。百川打定主意，先从那红字里头找起。红字的人多，映山红似的一大片。从头看到尾，也没见着梁百川三个字。心里咯噔噔跳得发慌，只怕是学校给漏了。再从蓝字里头找，眼睛挨排溜过去，竟然看见自己的名字当真在白纸上竖着,像只灰喜鹊,川字那一撇,喜鹊尾巴似的翘着。他眨了眨眼,又揉了揉眼,定定神,再看了一遍,确信是自己的名字。却还是不踏实,挤出人群到办公室,愣愣地问老师:那名儿不会搞错吧?老师问:红的蓝的?他说当然是蓝的。老师问了他的名,拿出一本厚册子,查了一会儿,笑呵呵说:小伙子,恭喜你啦!

梁百川弯下腰,给老师深深作了个揖。

回去的路上他把车骑得飞快。大风中浑黄的城市像一块巨大的飞毯,驮着百川穿云破雾飞沙走石。他心里想到哪里去,一闭眼就到了地方。

那天,千军满脸堆笑地拍着他的肩膀,拉他去喝酒。可是百川把自己千辛万苦考下来的"建筑施工技术员证书"递给千军,千军根本都不用正眼瞧上一瞧。千军的语气酸不溜溜的,他说即便拿下了证书,技术也不一定过硬,等眼前这个工程完了再说别的吧。哥的意思是说,百川为考本儿耽误了不少工,现在是该加倍偿还了。那天千军喝了大半斤酒,百川却不知为什么,一口酒都喝不下去。满脸通红的千军拿出一份商学院的录取通知书,说他要去读管理专业了,毕了业就是中级职称,然后把那瓶酒喝了个底儿朝天。百川去队里叫了两个人来,才把他扶了回去。

后来百川就揣着他的证书上了工地。

那是一栋刚盖成个壳的架子楼,大风穿过黑洞洞的门窗,狼一般嗥叫。

百川走上水泥楼梯，背着手，悠悠哉哉地在预制板的楼面上巡视。怀里有了证书，感觉就是不一样。那叫工长，不再是工头。城里的事情，一个字都不能差。

百川觉得脚下的楼板吱吱扭扭地响动，他低头，发现自己踩在一块木头上。他听见那木头发出咔嚓一声巨响，眼前一黑，身子便直直地坠落下去。

他重重地摔在地面上，腰部一阵剧烈的疼痛，随后就什么都不知道了。

百川醒过来时，已经躺在医院的病床上，山子正趴在床沿上打盹。百川的身子一动就钻心刻骨地疼，脑子有点昏，却还能想事。他记起那空楼，心里很是懊丧，把山子喊醒了，问他千军在哪里，正说着，千军和医生一起来了，有护士推着移动床，等在门口。医生说马上去拍片，拍了片才能做诊断。拍完片子，千军对百川说，我已交了五千块押金，你放心住着吧，让山子陪你，队上给记工。今天晚上徐主任找我有事，他最近刚升了处长呢……那一夜，百川睁大了眼，一分钟都没睡着，他想怎么就偏偏伤着腰了呢，一个人若是直不起腰，还能干啥？他刚要挺直腰板扬眉吐气做一回工长，莫非这世道真要逼着他把腰弯下去么……

过了几天，诊断出来了，说是腰椎损伤，既不用手术也不必打针，只需在硬板床上卧床三个月，护理得当，可以自愈。百川听得仔细，长长松了口气，千军的脸色也和缓了不少。到第三天中午，月儿突然来了，眼睛红红的像只兔子，往百川床头一站，眼泪又扑簌簌滚下来，月儿哭哭唧唧地告诉百川，是千军给镇上打了电话，镇上派人去豆庄通知她的。爹妈急得都上了火，牙疼腮肿，连口水都喝不了。百川说你看这不没事了么，我要是光荣牺牲了，一个农民工，你连个烈属也当不上，不值。月儿扑哧乐了，一直腰，那隆起的腹部已很是显山露水了。

月儿一来，百川就让山子去上班。护理他还得记着队里的工，百川过意不去。山子不肯走，说哪怕队上不给记工，他也愿意伺候百川。百川一摔伤，大伙都想起了百川的好处。若不是百川办事公平，队上的人一年下来，还不知少拿多少钱呢。山子嘟嘟囔囔地说，千军之所以不能让百川单干，就怕人都跟着百川走了。

又过了三天，千军不知从哪儿借了一辆带斗的小货车，在车厢里铺上一块木板，再垫上褥子，然后把百川小心地抬到车上，躺好了，盖好被子，让月儿坐在旁边。千军对司机叮嘱了几句，就把百川送回豆庄去了。

百川被人抬出病房的时候，那个中年医生笑着对他说：回去好好养着，你还年轻，自愈力强，恢复得快。乡下空气好，食物又新鲜，就当是疗养吧。在城里挣着钱，农村还有别墅，连我都羡慕着呢……

百川想这医生真能安慰人，一路上把医生的话又想了想，心里舒坦了许多。

六

那是百川一生中最漫长的一段日子。

除了吃和睡，暂时再没有别的事可做了。若要看电视或是看书，身子就得坐起一半来，那是月儿绝对不许的。月儿把卧床的规矩定得好死，像是三大纪律、八项注意似的，违反了就不给饭吃。香椿又发叶了，月儿给他做香椿炒鸡蛋；榆树开花了，月儿用榆钱和上面，给他烙饼吃；月儿的胃口也一天天大得惊人，只要百川受了罚，月儿能把他那份统统包圆了，她有两个人的食量呢，百川不生气。

百川只好身子不动，把脑袋侧过来，目光成抛物线投向电视屏幕。那些日子，他看的故事片、专题片，人物全都横卧侧立、飞檐走壁，看得自己惊心动魄。

月儿说他快成斜眼了，建议他改听广播。旋转了几个来回，他发现文艺台、经济台、交通台都有很好听的节目，只是以前没注意到，真挺可惜。百川一时成了电台的忠实听众，如果床头有电话，他一定要打热线电话给那些个主持人，和他们探讨一些问题的。他还喜欢听流行歌曲，在城里的时候，他就给月儿买过好几次盒带，都是最走红的歌星。现在他有了足够的时间来反复欣赏或是模仿这些歌曲了，在嗓子里哼哼，是波及不到、危害不了腰部的。他常常翻来覆去地听一盒磁带，直到把每一句歌词都背得滚瓜烂熟，再唱给月儿听。有一首歌唱道：我的心在颤抖。可那女歌手把"颤抖"的"颤"字念成了"占"，听起来就像是我的心在战斗——百川心想那些所谓歌星的文化水平其实还不及自己呢，就很有些自得其乐。

歌听烦了，电视看腻了，百川只好两眼呆呆地望着天花板。

开始那些天，村里总有人来看望他，问的说的都是同样的话，百川也烦。

他们最关心的，是百川这次在工地上摔伤，药费和病假，队里究竟管不管？没看谁谁谁给村上打井砸死了，遗下一堆孤儿寡母，连一分钱抚恤金都拿不着。没看谁谁得了癌症，家里三个儿谁都不愿给钱，最后活活疼死在炕上……

百川说他不知道，是真的不知道。当时哥送他走，临走时忘了问。但住院是哥也是队里给掏的钱，还能咋样呢？

人都散去，院里屋里突然静了，静得百川能听见自己腕上脉搏的跳动。

许多许多的事、许多许多的想法，从百川的脑子里慢慢爬过，像春天涨水的河床，淹没了两边宽阔的河滩地；又像漫天飞舞的柳絮，蛾子似的扑腾，缠得人睁不开眼。天渐渐黑下来，能看见窗角上影影绰绰闪烁的星星。豆庄的星星多透亮啊，近得一伸手就够着了，哪像城里天空的星星，永远没睡醒似的眯着眼打哈欠。不知为什么，百川忽然觉得心里很乱，理不出个头绪。脊背躺得酸麻，又不能翻身，那思路就一条道直直地僵持下去。

百川想起爹的一辈子，爹在豆庄当了几十年村干部，百川小的时候，爹在村里吆五喝六的，很威风。可是那几十年间，豆庄的人过年，一顿饺子一顿面就打发完了，爹的辛苦全都白费，到老了，爹也叹着气说分田到户比人民公社强多了。百川又想起娘的一辈子，娘十二岁就跟着大人在山里躲日本鬼子，大冬天挤在羊群里取暖。十八岁那年抗战胜利了，娘嫁给了爹，一口气生下五个闺女之后，才盼来了哥和百川。娘是用什么养活那七个孩子的呢？百川至今不愿喝棒子面粥，他觉得自己的唾沫里都是一股棒子面味儿……百川还想起了燕儿。他有一次在桥头看见燕儿来娘家，燕儿臂弯里抱着个娃，脸上没精打采的，一点光泽都没有。他喊了燕儿一声，想着该跟燕儿说说话的。可燕儿瞪了他一眼，不理不睬地就走过去了，弄得他好狼狈。听说燕儿的男人守着燕儿种地，镇上城里哪也不去打工，燕儿身上的衣服式样都过时了，哪像月儿的衣裳，城里时兴什么式样，她总也落不下……

　　豆庄的人啥时候才能全都富起来呢？豆庄的人非得外出打工，才能富起来么？但是豆庄的人即使走遍天下，最后还得回到豆庄来。豆庄人的身份证上写着豆庄，豆庄人的祖坟都在豆庄四周的山上，豆庄人娶的媳妇来自豆庄，嫁的女儿大多也留在豆庄；除了你考上大学分配在城里或是当兵转干再或是祖坟的风水好碰上一个机遇让你农转非了，豆庄的人世世代代祖祖辈辈只能在豆庄苟且下去。豆庄人真正的根不是祖坟而是那张薄薄的户口卡片。那户口啥也不当却把豆庄人死心塌地地拴在豆庄的土地上。如今闯世界不用粮票了，但豆庄外出做工的男人，到了农时一定会按时回到豆庄来，柳树镇一带的库区从不用交公粮，他们种地，只因自家种出来的粮食吃到肚里，才算是真的粮食。他们在城里风餐露宿哪怕活得像狗一样，春节前几日，他们仍然喜气洋洋背着在城里买下的年货，像狗一样直奔他们永远的家园而去——只有豆庄的土地，才生长着他们永远的根。

百川忽地感到了一种极度的悲哀。普天之下，唯有豆庄是属于他们自己的，可是他们所有的青春年华，都献给了同他们毫无关系的城市。

豆庄什么时候才能变得像城市一样富裕、清洁、美丽呢？百川不知道。

难道他就一辈子这样打工打下去么？假如豆庄的男人一辈子在城里打工，他们挣下的钱，能不能让他们的妻儿老小过上城市的生活呢？百川也不知道。

百川就那么直直地躺着，不知道想了多少天，想得头疼头晕头昏。突然有一天，他奇迹般地发现腰竟然不疼了，他能坐起来了，还能下地撒尿了。

现在他可以靠在被垛上看书读报了。自从他能坐起来，月儿常常到村委会去为他找报纸，或者让到镇上办事的人给捎。月儿已是"大腹便便"了，百川可不敢让她骑车。百川只盼自己的病能快些利落，到时候好帮月儿一把，别弄得他和月儿一块躺在床上坐月子。

有一次百川在一份青年报上，看到一则征文启事，眼睛很是亮了一亮。

那征文专为农民打工仔而设,每篇一千字,说让农民工写出自己的真情实感。

这回百川没怎么费神,在床上半躺半坐的,提笔就唰唰写了起来,一晚上就写完了。末了他在文头写上了题目,叫作《我们都是芨芨花》,就是田野上到处生长的那种野花。又按报上说的写好地址,让月儿贴上邮票寄了出去。

那几日,百川已经能自己扶着墙,直腰站起来,每天在院子里遛几个来回了。

百川几乎已经忘了院墙的诉讼一事,法院的判决书倒是突然就下来了。

虽然全家人都欢天喜地地拥护那份判决书,可百川却认为法院判得不够公正——尽管法院把院墙那一角理直气壮地判给了梁家,允许梁家把院墙垒直,并要求李家付给法院诉讼费。但是,法院没让李家赔偿百川精神损失费。哥那次请人吃饭,人家就露过口风,说因为李家骂人,百川就让人付精神损失费,这在农村的案例中是头一回也是独一份,恐怕不符合农村的"村情",这一条就免了。百川泄了气。若是在城里,骂人就算犯法,这农村和城市不是一个法,农村还有个好?

愣怔着,沉默已几个月的李家女人的叫骂声又破墙而来:

我就骂你,骂你咋啦,我骂你,你听了响,还想找法院跟我要钱?让人笑倒大牙了,要脸不要啊?还想让我拿诉讼费?门儿没有!……给你个鸡巴毛吧!

百川把脸埋在掌心,苦笑,继而又觉得自己可笑。农村妇女骂大街,本是她们生活中不可缺少的娱乐活动,说不定,还应该让你给人家拿钱呢。月儿说别理她,法院都判了,咱占着理不怕。再过些天儿,等你腰再好利索些,咱就动工。

过了一星期,百川娘发话说,再过个把月,月儿就该生了,这墙得在孩子生下来前整完了,百川腰不好,请个帮工,能砌就砌吧。

月儿请了她弟,先清理了那篱笆,又挖了沟,拉了砖,就等砌墙了。

可那墙基的沟里,第二天早起就发现被人填上了石头,砖也被人砸碎了。

李家女人也不避讳,干脆就亲自睡在了那窝棚里,夜夜守着,看谁还敢动土。

百川急得冒火。法院明明不是已经判了么?这个法怎么就这么不管用?去同他家论理是白搭,更不能动手去揍那女人。一个爷们,也不能整天同月儿絮叨这事,心里怪委屈。憋得难受,又去翻书,把法律书从头捋到尾,总算找到一条依据,便一步步蹭到村委会,去给县法院打电话,法院的人说,交五十块钱,可以请求强制执行。就让人送了五十块钱去,又耐心等了一星期,执行庭也没下来人。

百川的腰不疼了,可整天抓耳挠腮的,心神不定,在屋里团团转。这天中午,月儿给百川炒了两个菜,说你喝点酒消消气儿，好好睡一觉吧，执行庭的人说来就来，你攒点精神好办事儿。月儿说完就到前院娘那儿去了，百川一个人喝起了闷酒，把一瓶二锅头一气儿干下去半瓶。正喝着，有人来串门，说李家女人又在场院上骂你呢，那女人说，他家要真敢砌墙，我就同他拼命，人就活这一口气，我倒要看看，是他的命值钱，还是我的命值钱！

  百川的脑袋，当时嗡的一下就炸了。他想自己为了这院墙，已足足等了两年多，受了两年多的窝囊气。他一个大男人，活活就让一个乡下女人给挡了道，他的脸面往哪搁呢？他在豆庄还有个立足之地么？百川觉得自己的一腔热血在使劲地往上拱，立马就要从脯顶上射出来了；他的脑袋像一颗点着了引信的地雷，即刻就要爆炸了；他的脚下轻飘飘，身子像是在腾云驾雾，不由自主地就往外飞出去了。

  百川顺手在桌上抓起一把水果刀，几步冲进李家院子，一脚踹开了李家房门。

  李家男人一下从炕上仰起，说：你来干啥？他杀气腾腾地答道：你女人呢，我宰了她！李家男人挤出笑容说：兄弟你回去，这事好说，法院都判你家了，不是早晚的嘛……百川拿着刀子的手直晃悠，四下搜寻那女人，却只是不见。

  事后百川想，幸亏那女人当时在场院没回，她如果真在家，他这一刀子浑不论地扎下去，那么被"执行"的就该是他百川了，谁的命都一样不值钱了。

百川高高举着刀子，同李家男人对峙着，有点骑虎难下的意思。

忽然间月儿就一阵风似的刮了进来。她一把托住了百川的胳膊，然后用另一只手去夺百川手里的刀子。百川攥着不让，月儿的手心捂在了刀刃上，用力一甩，愣是把百川的刀子给掰了下来。那刀子也真不结实，一掰就折，百川在那瞬间遗憾地闪过一念，觉得城里的铁器还是不行，就像燕儿似的，中看不中用。百川丢了武器，一时有点发蒙，想是刚才传话的那人，去给月儿通风报信的。又看见外面拥进来一大群人，把他死死抱住。他拼命挣扎着，仍坚持向李家男人扑去，一拳打在村里一个哑巴的胸口。哑巴当时疼得眼泪都下来了，呜呜叫唤也说不出话，却不还手。百川借着酒劲，还想继续同李家拼命，忽见自己西服的领子上红通通洇开去一大片，连袖子都变红了，用手一摸，摸一巴掌红，定睛一看，竟然是血。脑子一激灵，顿时清醒了不少，低头看看自己身上，哪儿都没伤着，再往人群中一看，吓得一哆嗦，月儿站在一边，正龇牙咧嘴地抱着自己的手，手掌还在往下滴血，娘拿着一卷棉花要给她包扎，她却还死命地拽着百川，不让他靠近李家男人……

娘厉声呵斥他说：你一个工作人，咋能和他们一般见识！给我回去！百川的勇气一下子散失殆尽，再无心恋战，拉着月儿就往自己家走。

刚进院子，听见一声巨响，厨房的窗玻璃被一块大石头击中，玻璃碎片四处迸裂，像玉米楂子哗哗淌了一地，在阳光下发出凛冽的寒光。李家女人重开战事，叫骂声冰雹一般袭来，老鸹似的聒噪着，在房檐屋顶下徘徊不去……

当天下午执行庭就来了人。据说是村长给法院打了电话。

百川后来听说，执行庭的人让李家人到法院去讲理，李家三口人一窝蜂气汹汹地跟着去了。到了法院，人家就不让回了，说他们损坏他人财物，赔偿费加诉讼费，这回得一块儿交。李家男人、女人和儿子三人被送到看守所蹲了一夜。第二天，法院执行庭让李家女人回来取钱，说是一天不让梁家砌墙，就一天不放人。李家女人蔫蔫地走进自家院子，再也没了先前的精气神儿……

月儿当天就让她弟动工砌墙，到了这天傍晚，墙基就结结实实地垒起来了。

很多天以后，百川走在村里的"街"上，还有人拍着他肩膀说他是好样的。人说村上最浑的女人，到底让他给治住了，还是法律这玩意厉害，亏得没动刀子呢。那哑巴见了百川，直跟他翘大拇指，倒叫百川满心惭愧，低个头就悄悄走开了。

院墙终于是砌成了，方方正正一个院子，坐南朝北，棱是棱、角是角，那西角上新垒的红砖颜色明显深些，像百川小时候穿的那种接了一截袖的衣服。大门的门楼下铺出一条水泥小道，通到正房的屋檐下。挨着四米宽的水泥平台，晒粮食、晒衣服干啥都方便。

百川呆呆地望着自家院子，心里空落落的，感觉不到多少喜悦。院墙总算是垒完整了，但他的心里却像是缺了一角，四处撒气漏风。有一种难言的悲哀，从院里的水井深处蹿上来，化作一股苦涩的艾蒿味，贴着墙基若有若无地飘忽。百川回想起自己以前在城里的种种窘迫和无能，又体会着自己面对豆庄的种种无奈，他觉得自己真是走投无路了。城里没法待，乡下其实也没法待了。城里虽有他的一张铺，但城里没他说话的地方；城市只需要他的一双手，却不理会他的心。他的心本是留给豆庄的，可这荒僻残破的豆庄，除了月儿谁也不懂他的心……

　　有一会儿，百川觉得自己的躯壳在城里的街上游走，而他的灵魂却依然守候在豆庄的苹果树下；又有一会儿，他觉得自己的躯壳留在这四方的院墙内，而他的灵魂，却早已归属于城市。他在这城乡交接的边缘地带，已经被切割分裂成了两半，然后把它们分置在自家的院墙内外，院墙是一道界，任他的游魂来去。他憎恨城市、讨厌城市，但他已经离不开城市。他热爱家乡、依恋豆庄，但却难以同它相处。他想自己是无法改变农村的。他能改变的，只有自己。

　　人说伤筋动骨一百天。百川到受伤满三个整月时，除了偶尔觉得腰部有些僵硬之外，基本上已没有什么异常感觉。

　　那天有人来通知他，让他到村委会去一趟，有一份外国来的邮件，邮递员等着本人签字才能给。百川好生奇怪，他想一定是弄错了，他又没申请到外国去留学。

他拿到那只长长的白信封,上面盖着椭圆形的外国图章。信是从新加坡寄来的,确实是用中文写着他的名字。打开看,里头有一张淡蓝色的大票子,全是外文字母,第一格像是他的外文名字,他能结结巴巴拼出来。他越发地纳闷,给人签完了字,去掏那信封,竟然掏出一封信来。信是用中文写的,他一看就乐了。原来是响泉那兔崽子呢,到了外国,倒真的没忘了给他写信啊。百川一目十行地把信扫了一遍,才知道那张淡蓝色的大票子,是响泉寄给他的外国支票,上头写着"100 $",响泉信上说那是一百美元,折合成人民币就是八百块,算是他归还临走前向百川借的那五百块加利息。信上还说了他在新加坡是如何如何好,百川也没顾上细看,心里一高兴,当时就掏钱在小卖店买了一盒"红塔山"散发给围观的村民。然后夸张地扬着那只信封,一路很招摇地走回家去。

响泉那家伙还把利息都算上了,中国人一到外国,也变得像外国人似的了。百川兴奋地摇了摇头。哥要是知道响泉还钱还付了利息,不定有多后悔呢。

百川正这么想着,走过桥头,忽见公路上扬起一阵烟尘,一辆深蓝色的"捷达"正往村里驶来。刚想到千军,千军就来了。他卧床三个月,哥还没回来看过他。这几天,真是好事儿都赶一块儿来了。

千军给百川带了一条"三五"烟和两大包"龙牡壮骨冲剂"。还有一摞杂志,花花绿绿的封面,都是千军自己消遣过了的刊物,算是废物利用。千军给爹带了两瓶"孔府家酒",给娘带了一条"神功元气袋"。千军到百川砌成的院墙下去视察了一番,顺便把过年那会儿请法院人喝酒的事又提了一下,百川脸上的喜气就剩下不多了。百川把千军让到屋里坐,千军看看表,说我下午就回县城呢,只坐一小会儿吧。百川就把响泉那信和支票拿出来给哥看。百川本没显摆的意思,他想千军见多识广的,能告诉他怎样才能把支票上的钱给取出来。结果千军看了信和支票,脸上就沉沉地严肃起来,像是蒙上了一层灰。千军只字不提响泉,说那支票麻烦着呢,你得拿上身份证到县银行去办手续,再等上三个月才能取出钱来,还得扣下去好几十块手续费,你以为哪!百川有些扫兴,闷下头抽烟不再说话。

后来千军就简单过问了一下他腰的情况。千军说:看你的样,也知道你好利索了,要没什么问题,你打算什么时候回队里去上班呢?

百川边想边回答说:再歇个十天半个月吧,总得再巩固巩固。月儿的预产期还有一个星期了,我想等月儿把孩子生下来,就到城里去把腰复查一下……

千军打断他说:你的病假已经到期了,要是再超,就得算事假了,我不能再给你开支。

百川问:那病假……按啥算的呢?身体刚好个大概啊。

千军从兜里掏出一张纸,扬一扬说:你看,我有医生诊断书嘛,上头写着,卧床三个月。

百川结结巴巴说：那也不是假条，只是个诊断。医生可没说，到了三个月我立马就能下地干活了。我还没复查，现在说啥都早……

千军站起来，把那张纸小心揣回兜里，沉下脸说：你是我弟，你要是开了这个头，以后我在队里不好办。又付医药费又发工资，这么惯下去，将来我还得给办医疗保险和养老保险啦？

百川说：可我是工伤啊。

千军说：稀罕，几百年几千年，听说过农民生老病死有人管的么？

百川涨红了脸说：可现在九十年代了，农民工，好歹也算是个工作人哪！

我还是个包工头呢，可谁管我啊？千军把门一甩，走了出去。

百川在屋里闷坐了一会儿，拿起杯子咕嘟咕嘟灌了一肚子凉白开，猛地站起身，冲出小院，快步往爹妈住的前院走去。

千军和爹正在炕上坐着抽烟，屋里烟雾弥漫，像城里的工地。

百川站在屋地中央，咽下一口唾沫，不紧不慢地说：千军，你可知道，如今农民工也有劳动保护法。

千军把脑袋背过去，哼了一声，不言语。

百川又说：你要是不执行劳动法，你是我哥，我也可以去告你！

千军撇了撇嘴，喷出一口烟，鄙夷地瞧了一眼百川，说：你告我，我不怕。别忘了，你那院墙，还是我托了法院的人，才完事儿的!

一股凉气像条蛇一样,忽地蹿上百川的脚背,狠狠咬上一口,又冷冷地箍上他的腰部,使他动弹不得,跌入冰窖似的寒彻骨髓。百川觉得自己站在悬崖边上,无法往前再走一步,更没有丝毫退路。他想如果自己的腰真的折了就好了,一辈子再也不用害怕弯腰了。其实早就应该明白,他和千军的关系,早晚是要走到这一步的。谁让他是棵黄瓜秧,非缠在千军这根棍儿上,才能开花结果呢。他为啥不是山上的松树柏树,谁要是敢砍伐一棵都得去坐牢。这么多年,他跟着千军,得了许多也失了许多,他不知究竟是得的多还是失的多,但是,即使他得的再多,他好像仍是没有得到自己想要的东西。他到底想要什么呢?那东西就在嘴边,却说不出来。他只知道,千军虽然有钱,但自己其实比千军更富有。他拥有许多千军没有也不想要的东西。就为了这些,其他所有的好处,他都宁可放弃的。

于是百川就对千军说了那句话,他说得很平静,就像早已想过一百回似的。

他说:我不在你那队干了,我不信找不着别的地儿。

说完这话,连他自己也有些吃惊。他不在千军的队干,他能上哪去呢?千军冷笑了一声,抓起柜上的汽车钥匙,抬屁股起身就往院外走。

百川听见大门外汽车发动的声音,像一群老母猪哼哼。

爹妈都追着千军出去了。爹妈绝不是为了他,去说千军一句不是。千军不回家时，爹妈都拿百川当梁柱子；千军一回来，爹妈干啥都看着千军的眼色，千军恼谁爹妈就跟着轰谁。百川给爹妈的钱远不如千军那么多，百川还能对爹妈要求啥呢？百川慢吞吞地走出去，望见小汽车后尾的那溜尘土，已卷到山梁上了。

爹站在当院，冲着娘吼道：那年亏了没给百川起名叫万马，看他这回翅膀硬了，可得了！

娘从厨房端着泔水瓢出来，一边嚷嚷说：老头子你这话可不在理，要我看，既是做了工作人，就得按工作人的规矩办，要不，咱上城里去干啥？

百川夺过娘手里的瓢，噔噔就往猪圈跑，眼里一片模糊。

百川回到自家小院时，太阳正偏西，月儿坐在平台的小凳上，见他进来，扬着手里的一张报纸，欢喜地叫道：你跑哪儿去了，快来瞧瞧这个！刚才我上小卖店，学校的杨老师给我的。

百川接过报纸溜一眼，报纸已有些脏了，沾着些汤渍，上头啥也没有。

你瞧这儿！这儿呢！月儿急得直拽他衣角。

百川拖过一只小凳，挨着月儿坐下了，随着月儿手指的位置凑近去，终于看见一排极小的黑字，写着"我们都是芨芨花"。题目下的空档里，蚂蚁一样趴着"梁百川"三个字。

百川目不转睛地看着那三个字，顿觉眼珠子都不会动了。

那是豆腐干大小的一块，不注意看，根本没有人会发现它。

它嵌在一整版横排竖卧的黑字里头，就像自家院墙后砌上去的那段新砖。百川把那短短的几百字默念了一遍，脸上有灿烂的笑容漾开去，他想自己头一回投稿，怎么就真能发表了呢。

月儿把报纸拿过去看了又看，埋着头问：发表了有钱么？

他说：也就十来块吧，当不了饭吃。

月儿忽就哎了一声，脸上抽搐着，捂住了肚子。

百川慌慌地问她咋了，他想月儿会不会就要生了呢？

月儿又嘻嘻地乐，脸上转眼就晴了，笑着说：踢我哪，准是个男孩。

百川纠正说：我想要女孩。人家城里都愿意要女孩呢。

月儿说：一直让你给孩子想个名字，最好男孩女孩都用得上……

百川说：我早准备好了，本想等你生下了再告诉你的。

月儿说：这会儿就说吧，要是不说，这报纸我还给杨老师去……

百川飘忽的眼神掠过院子里葱翠的菜畦，又跃上墙外那株油绿的枣树。屋檐下，那对年年归来的燕子筑起的新巢，像一只悬在半空的西葫芦。

百川拧开机井的泵，往菜畦里灌了半池子水。清水瞬息就被土吸干了，那菜地便油汪汪地发亮。百川撅一根树枝，猫下腰在那黑土上，一笔一画地写了两个字。

蓬——勃，是蓬勃么？月儿问。

蓬勃。就是蓬勃。这名儿好么?

月儿使劲点头,一边说不过还得有个小名儿,叫着才顺嘴。百川暗暗决定先不告诉月儿,等她生下蓬勃那天,自己就在这一笔一画的土沟里,撒上些花籽儿,像城里过节时候街心公园的花坛。等蓬勃满月了,满院子都是用叶子写成的"蓬勃"两个绿色的大字,也让村里祖祖辈辈种地的人,开一回眼。

那孩子将来的日子,会是什么样呢?

乡村电影

/// 艾伟

村头的香樟树下一大帮孩子翘首望着南方。他们在等待电影放映员小李的到来，因为在乡村间轮流放映的露天电影这回轮到他们村了。放映机是在早上由守仁他们几个用手拉车运到村里的，但电影片子是由放映员小李随身带的，小李没出现孩子们就不知道今晚放什么片子。

已经是初夏时节，天气已很热了，附近的苦楝树丛显得蓬勃而苍翠，细碎的叶子绿得发黑；一条小河从香樟树底下流过，河水清澈见底，河面荡着天空的一块，碧蓝碧蓝，使河道看上去像一块巨大的陶瓷碎片。放映员小李迟迟没有出现，孩子们不免有点着急，加上天热，一些孩子跳进了河里游水。这是今年他们第一次下水，气温虽高水还是很冷的，孩子们一跳进水里便大呼小叫起来。

另一些孩子没有下水,他们围在一起说话。一个叫萝卜的孩子在猜测今晚放映什么电影。萝卜的爷爷在城里,他在城里的电影院看过一部叫《卖花姑娘》的电影,村里的孩子似乎不相信或不以为然,他盼望有一天村里也能放这部片子。

萝卜说:"我猜今晚一定放《卖花姑娘》这部电影。"

大家没理萝卜,眯着眼看前方一个骑自行车的人向村里驶来,试图辨认那人是不是放映员小李。那人不是。

虽然没人睬萝卜,他依然自顾自说话:"城里的电影院白天也能放电影,因为电影院是黑的。我看《卖花姑娘》就是在白天。那是一部朝鲜电影,非常感人,当时电影院里几乎所有的人都哭了。"

孩子们都笑出声来。有人嘲笑萝卜竟喜欢这样一部没有战争的电影。那个叫强牯的孩子粗暴地骂萝卜娘娘腔。强牯是这帮孩子的头儿,孩子们都讨好地附和强牯,笑萝卜像娘儿们似的。

萝卜感到很孤独。他不知道为什么他的伙伴不相信他的话,处处和他对着干。他比他的伙伴有更多的见识,他的伙伴却还嘲笑他。

萝卜喜欢和比他大一点的小伙子和姑娘待在一起,他有点怀念村子里没电的日子。那时小伙子和姑娘们会坐在油灯下,谈论刚刚读到的一部书或一本手抄本,从他们的嘴唇中还会吐出像"恩维尔·霍查""铁托"这样的异邦人的名字。萝卜喜欢这样的场景,他觉得他们比起他那些愚蠢的伙伴来显得目光远大、见多识广;

同时萝卜还嗅到了爱情的气息在油灯下滋长,他发现在油灯照不见的地方,姑娘和小伙又在肌肤相亲。有了电灯以后,小伙子和姑娘即使聚在一起也分得很开,他们之间存在着不可逾越的距离。

孩子们还在谈论电影,这回他们在讨论为什么从电影机里蹦出那么多活人来这件事。孩子们感到不可思议。一个孩子听说过孙悟空的故事,就说,一定是像孙悟空用毛变小猴子那样变出来的。另一个则说,我去幕布上摸过,并没有人。萝卜听了他们的话,不自觉摇了摇头,想他们太愚蠢了,他真的不想理睬他们。但萝卜还是遏制不住站到太阳底下,让自己的影子做了几个动作,然后说:"你们见到的活人只不过是这个东西。"没有一个孩子认同他的说法。

就在这时,放映员小李骑着自行车进村了,他路过村头时一脸矜持,没理睬孩子们的纠缠,径直到了守仁家。孩子们也跟着来到守仁家。守仁家的门口一下子围满了孩子们。放映员小李从自行车后架上把一只铁皮箱子拿了下来,孩子们都知道那里面放着电影胶卷。那个叫强牯的孩子眼尖,他看到了铁皮盖子上面已被磨损得模糊不清的片名,就大声说:

"今天晚上的电影是《南征北战》,根本不是他娘的《卖花姑娘》。"

萝卜不相信,继续往里挤。萝卜好不容易才挤到守仁家里,想问守仁或放映员小李今晚放什么电影。萝卜站在门口不敢靠近守仁,萝卜很怕守仁,守仁是个有名的暴戾的家伙。

谁也不敢惹守仁，守仁是村里最狠的打手。守仁有一双高筒雨鞋，穿上后确实十分威风，走在村里的石板路上"咯咯"作响，很像电影里的日本宪兵。虽然村里的人都在喊"割资本主义尾巴"的口号，实际上家家户户都是养着几只鸡或者鸭的。鸡和鸭一般不怕人，它们怕守仁，见到守仁像老鼠见着猫一样溜之大吉。这是因为守仁操着它们的生杀大权。如果村里的男人或女人打死别家的一只鸡或者鸭，必会引起一场纠纷；如果守仁打死一只鸡或者鸭，大家都会觉得合理，割"尾巴"嘛。守仁打了，大家没意见。守仁是个凶神。每次孩子们调皮时，父母们就会吓唬他们："让守仁抓去算了。"听到这样的话，孩子们便钻到母亲怀里。在这样的灌输下，几乎所有的孩子都怕守仁。

　　守仁正在为放映员小李泡茶。守仁似乎很紧张，倒茶时双手也在微微颤抖，脸一直绷着。萝卜觉得守仁有点反常，他对村里的人凶，对外乡人特别是像放映员小李这样有身份的人一直是笑脸相迎的。萝卜很想知道晚上放什么电影，也顾不得守仁心情不好，问守仁今晚放什么片子。谁知守仁"砰"地把茶壶放到桌上，来到门边，抓住萝卜的胸口，把萝卜掷到屋外的人堆里。萝卜顿时脸色煞白。

　　守仁对孩子们吼道："都给我滚开，再来烦我，当心打断你们的腿。"

　　孩子们惊恐地离去。他们心里恨恨的，但都不敢骂出声来，怕守仁听到了没好果子吃。

萝卜的家就在守仁家隔壁，所以没理由走开。萝卜在不远处的泥地上玩那种旋转"不倒翁"，萝卜十分用力地抽打它，故意把抽打声弄得很响，用这种方法抗议守仁对他的粗暴。

放映员小李对守仁今天的行为很奇怪，他说："你怎么啦，守仁，发那么大脾气。"

守仁的脸变得有些苍白，眼中露出一丝残忍的光芒，说："他娘的，四类分子都不听话了，看我不揍死他，这个老家伙。"

外乡人小李不知道守仁在说什么，问："谁得罪你了？"

守仁说："得罪我，他敢，只不过是个四类分子。"

小李说："何苦为一个四类分子生那么大气。"

守仁说："上回轮到他，他竟敢不去……"

外乡人小李慢慢听明白怎么一回事了。村里有了电就可以放电影了。乡村电影一般在晒谷场放映。晒谷场不干净，每次轮到放电影，需要有人打扫。村里决定让四类分子干这活。村里共有十二个四类分子，两人一组，分六组轮流值班。开始一切正常，四类分子老老实实尽义务，没异议。但轮到四类分子滕松时，出了问题。滕松坚决不干。

守仁还在滔滔不绝地说，他越说越气愤，脸色变得漆黑。他说："他竟敢不去。我用棍子打他，他也不去，我用手抓着他的头发拖着他去晒谷场，他的头发都给我揪下来了，我一放手，他就往回跑。我用棍子打他的屁股，打出了血，直打得他爬不起来，他还是不肯去。打到后来他当然去不了晒谷场了，他不能走路了，起码得在床上躺上半个月。"

外乡人小李说:"这人怎么那么傻?"

守仁说:"这人顽固不化,死不改悔。今天又轮到他了,我早上已通知他扫地去,他没说去还是不去。中午我去晒谷场看了看,地还是没扫。"

小李说:"他大概还是欠揍。"

守仁说:"如果三点钟他还没去扫地,我会打断地的腿。"

萝卜听了守仁和放映员小李的对话就神色慌张地跑了。他来到晒谷场,晒谷场上已放了一些条凳,有几个孩子正在晒谷场中间的水泥地上玩滑轮车。那个叫滕松的四类分子不在,另一个和他搭档的四类分子拿着扫把坐在一堆草上。他叫有灿,是个富农分子。他还没有开工,因为滕松没来,开工他觉得吃亏。有灿很瘦,因是四类分子,平时抬不起头,背就驼了,走路的样子像虾米一样,好像总在点头哈腰。

萝卜来到有灿跟前,有灿很远就在向他媚笑,萝卜没同他笑,一脸严肃地站在有灿前面,说:"你为什么还不打扫,再不打扫天就要黑了。"

有灿眨了眨眼,说:"我……等滕……松啊,可是滕松……他……不肯来。凭……什么一……定让……我一个人打扫。"

有灿有结巴的毛病,这几年是越来越严重了,萝卜听了有点不耐烦,打断有灿,说:"你不会去叫他一声!"

有灿吱地笑了一声,露出一脸嘲笑,说:"我叫他?我算什么，我又不是守仁，就是守仁也叫他不来。"

萝卜想教训有灿几句，一时想不出合适的口号，就跑开了。他预感滕松像上回一样是不会来扫地的。他想守仁肯定不会放过这人的。上回守仁把他打得浑身是血，那场面看了真的让人害怕。萝卜想守仁疯了，那个叫滕松的老头肯定也疯了。如果滕松不疯，他干吗吃这样的眼前亏。

萝卜听住在城里的爷爷讲过滕松。爷爷说滕松是个国民党军官，本来可以逃到台湾去的，但他不愿意去（有人说那是因为他的妻儿在村里），就脱了军装回来了。爷爷问萝卜滕松现在怎么样。萝卜说，滕松一天到晚不说话，像一个哑巴。爷爷说，他一回来就不大说话，解放初共产党审问他，也是一声不吭。为此吃了不少苦头。萝卜告诉爷爷，现在滕松除了骂老婆没别的话，骂老婆嗓门大得吓人。爷爷"噢"了一声，自语道，他的老婆是很贤惠的。

午后天空突然下起雨来，云层在村子的上空滚动，天空掉下来的雨滴十分粗只是有点稀疏，在西边依然阳光灿烂。萝卜希望雨下得更大一些，最好今晚的电影取消，放来放去都是老片子，萝卜已经看腻了。如果不放电影，就不用打扫晒谷场了，守仁也就不会揍滕松了。

一会儿，天又转晴了。萝卜看到守仁带着一根棍子，黑着脸来到晒谷场。守仁见有灿坐着，给了有灿一棍子。

守仁说："你他娘的还不快点扫地。"

有灿抱着头，带着哭腔说："我一个人怎么扫地。"

守仁又给了有灿一棍,说:"谁规定一个人就不能扫地?"

有灿站起来开始扫地,嘴里念念有词的。守仁训斥了他一顿,让他老实点。有灿不吭声了。

萝卜看到守仁向村北走去,知道守仁一定是去教训滕松了。强牡对孩子们喊了起来:"有好戏看了,有好戏看了,守仁要揍滕松了。"一帮孩子跟着守仁朝村北走去。萝卜也跟了过去。

滕松正坐在自己的屋前。他住的是平房,因年久失修,房子破旧不堪。滕松脸上没任何表情。守仁和跟在守仁身后的孩子们来到他前面,他看也没有看守仁一眼。他似乎在等待守仁的到来。

守仁走过去,二话不说举起棍子向滕松脑袋砸去。滕松的头顷刻就开了裂,如注的鲜血把他的脸染得通红。滕松没有站起来,依旧纹丝不动坐着,任守仁打。守仁显得很激动,脸部完全扭曲了,他每打一下都要喊叫一声,然后说:"让你硬气,他娘的让你硬气。"

滕松的老婆站在一边,不敢看这场面,她低着头,背对着滕松哀求道:"你去扫地吧,这是何苦呢。"滕松突然站了起来,冲到老婆前面,大声训斥:"你给我安静一点!"滕松的老婆吓了一跳,不再劝说。就在这时,守仁的棍子向滕松的腿砸去,"啪"一声,棍子打断了。与此同时,滕松应声倒在屋檐下,脑袋磕在一块石头上。

守仁依旧不肯罢休,他从附近的猪栅里抽了根木棍继续打滕松。围观的孩子们见此情景脸色变得苍白起来,好像那棍子打在他们身上，脸上布满了痛苦的神情。滕松的老婆觉得这样打下去滕松非被揍死不可，冲过来用身体护住滕松。守仁用脚踢了女人一下，掷下棍子就走了。

孩子们见守仁走了，这才如梦方醒。他们看到守仁眼中挂着泪滴，都不明白究竟发生了什么事。孩子们跟在守仁背后，发现守仁越哭越响了，竟有点泣不成声。

萝卜没跟去，他看到滕松的老婆把滕松拖进屋后木然坐在地上。萝卜见周围没人，走了进去，替滕松倒了一杯水。滕松接过水时对萝卜笑了笑。他说出萝卜爷爷的名字，问是不是他的孙子。萝卜点点头。滕松说，我和你爷爷从小在一起玩，你爷爷比我滑头。说着滕松苦笑了一下。

一会儿，萝卜来到屋外，看到强牯带着一帮孩子站在不远处。他想避开他们。强牯叫住了他。他只好过去。

强牯双手叉在腰上，用陌生的眼光打量萝卜。强牯说："你刚才在干什么？"

萝卜的心有些虚，想他们一定看到他替滕松倒水了。萝卜的脸上本能地露出迷惘的神色，说："我没干什么呀！"

强牯踢了萝卜一脚，说："还想赖，我们都看见了。你为什么要讨好一个四类分子？"

萝卜知道抵赖不掉这事，他辩解道："我替四类分子倒水，我是在专他的政。因为我在水里吐了很多唾沫，还撒了尿，我是在捉弄他。"

强牻对萝卜的回答很不满意，又找不出什么理由反驳，就气愤地揪住萝卜的头发，说："你小心点。"强牻旁边的人趁机在萝卜身上打了几拳。

强牻带着手下走了。萝卜木然站在那里。他想自己的阶级立场存在问题，他不应该替滕松倒水的。但萝卜的爷爷说，滕松是个孝子，滕松母亲死时，滕松从前线逃了回来替母亲送葬，差点被他的上司枪毙。爷爷还说，从前家乡人找他帮忙，他二话不说一定尽心尽力。守仁打滕松时，萝卜挺同情他的。萝卜想自己的阶级立场确实存在问题。

当萝卜他们村真的迎来《卖花姑娘》这部电影时，已是这年的深秋了。村子里遍地都是的苦楝树的叶子早已脱落，枝丫光秃秃的，立在秋风中。天透出凉意，孩子们穿得已经有点厚了，他们在晒谷场上玩各种游戏。萝卜这天很高兴，因为终于要放映《卖花姑娘》了，他的同伴们在这之前一直不相信这部电影的存在，他们应该见识一下这部真正的电影。

午后，萝卜突然觉得有点不对劲，打扫晒谷场的四类分子一直没有出现。他一算意识到今天又轮到滕松和有灿打扫卫生。滕松没有出现（这是意料中的），连有灿也没有出现（这在意料之外）。萝卜觉得空气中一下子充满了火药味。萝卜想，守仁肯定不会放过他们的。

守仁叼着劣质香烟、操着棍子向晒谷场走来。守仁的脸色十分苍白，有人向守仁打招呼，守仁也没回应。守仁站在晒谷场边看了会儿,回头走了。萝卜迅速跟了上去。萝卜猜想守仁又要去打滕松或有灿了。

守仁朝有灿家走去。有灿的老婆正在晒霉干菜,见到守仁吓得篮子都掉了。守仁站在有灿家门口,吼道:"叫有灿出来。"

有灿老婆颤抖着说:"有灿病了呀!"

守仁说:"死了也叫他出来。"

有灿老婆赶紧回到里屋叫有灿。

一会儿,有灿满脸病容,弯着腰痛苦地站在守仁面前。

守仁说:"今天轮到你打扫晒谷场,你忘了?"

有灿说:"我怎么会忘,但我生病了,上回是我一个人打扫的,这回应该滕松一个人打扫了。"

"我看你是想吃棍子。"守仁撩起棍子向有灿的屁股砸去,边打边说,"看你学样,看你学样。"

有灿痛得在地上打滚,抱着头求饶:"别打我啊,我马上去,我马上去啊!"

守仁还是没放过有灿,继续狠揍他。一会儿,守仁才说:"你说去就行了吗?你给我爬着去晒谷场。"

守仁把门边的扫把掷到有灿头上,吼道:"爬。"

有灿背上扫把,向晒谷场爬去。守仁跟在后面,不时用棍子打有灿。孩子们跟在守仁后面起哄。

有灿爬到晒谷场,守仁叫他站起来扫地。有灿听话地扫了起来。守仁丢了棍子,拍拍手上的灰尘走了。孩子们依旧跟在守仁背后。萝卜想下一个是滕松,守仁要去收拾滕松了。

守仁没有向滕松家走去。有孩子问守仁:"怎么不去教训滕松了?"守仁回过头来,对孩子们吼道:"都给我滚!"孩子们一阵烟似的逃散了。

萝卜松了口气,想,守仁不会去打滕松了。

天开始黑了下来,露天电影马上就要开始了,村里的男女老少都搬了凳子来到晒谷场。滕松也来看电影了,他独自一个人坐在靠仓库的角落里。他腰板挺直面无表情地坐着。孩子们十分兴奋,撒着野,在人群中钻进钻出。

守仁叼着烟来了。他正朝仓库方向走来,见到滕松后就转了向,朝另一个方向走去。他好不容易才挤到电影放映机前,和放映员小李说了几句。一会儿,电影《卖花姑娘》就开始了。

别的孩子也看到守仁似乎在躲避滕松。强牤走到萝卜身边说:"我觉得守仁他怕滕松呢。"萝卜说:"是呀,我觉得很奇怪。"

一会儿,强牤疑惑地问:"守仁为什么要怕滕松呢?"

萝卜无法回答强牤,反问道:"你怕滕松吗?"

强牤说:"这个四类分子同别人不一样,一声不吭,是有点吓人的。"

萝卜见强牤怕滕松,心中涌出快感来,突然觉得自己在强牤面前高出几分,说话也牛气起来。他说:"我不怕滕松。"

强牤说:"你当然不怕他,因为他收买了你。你给他倒开水,你讨好他。"

萝卜说:"放屁。我没讨好四类分子。"

强牯说:"那你一定也怕他。"

萝卜说:"笑话,我不怕他。"

强牯说:"那你敢不敢用牛粪砸他?"

萝卜说:"有什么不敢的。"

村子的道路上到处都有牛粪,秋天的牛粪都风化了,结成硬硬的一块,用力掰开来,还能闻到一股青草的清香。萝卜捡了一块牛粪躲在一边,准备用牛粪砸滕松。萝卜觉得自己有点卑鄙,他心里其实是不想这么做的,他却做了,表现得还很火。他不想让滕松看见是自己砸了他。他躲在一旁向滕松砸去,牛粪正好落在仓库的墙上。萝卜蹲了下来,发现强牯早已逃之夭夭。

一会儿,萝卜向仓库那边望去。滕松正专注地看着银幕,神色十分悲伤,眼中噙满了泪水,显然他没注意到有人用牛粪袭击了他。萝卜看了一眼银幕,电影已进入了高潮。他看到周围的大人们都噙满了泪水。萝卜想,这确是一部让人心酸的电影。萝卜还发现,不但滕松泪流满面,连电影机旁的守仁也几乎泣不成声了。

一九九七年十月

长篇存目

王安忆《叔叔的故事》《天香》
艾　伟《南方》

后　记

　　《百年乡愁：中国乡土小说经典大系》是张丽军教授作为首席专家的2021年度国家社科基金重大项目"百年中国乡土文学与农村建设运动关系研究"的资料选编成果。项目团队核心成员田振华、李君君等参与了全过程选编工作，张娟、沈萍、彭嘉凝、陈嘉慧、姚若凡、胡跃、林雪柔、徐晓文、宣庭祯等参与了编校工作，在此对他们的辛勤劳动表示感谢！

　　在具体编撰过程中，本套"大系"还得到了张炜、韩少功、周燕芬、王春林、何平、孔会侠、苏北、育邦、刘玉栋、刘青、乔叶、朱山坡、项静等作家与学者的大力支持与帮助，在此深深致谢！

　　需要特别说明的是，因为选入本套"大系"的作品跨越百年之久，在文字、标点等方面，我们在充分尊重作家初版本的基础上，依据现代语言文字规范统一做了修订。

编　者

2023年7月4日